イラスト：ICA　デザイン：柊椋(I.S.W DESIGNING)

☆1　あ、そう

「お前との婚約は破棄《はき》するから」

勇者は私に向かってさらりとそう言った。


旅の途中、立ち寄った町で宿をとり一人部屋でくつろいでいたら、パーティーメンバーの魔導士の女が顎《あご》をくいっとしゃくった。ついてこいということらしい。彼女が私に対して態度が悪いのはいつものことなので、内心辟易《へきえき》しながらも従った。断ると後が面倒くさいから。

彼女に連れてこられたのは勇者の部屋だった。宿の一番広くて、一番豪華で、一番値段の高い部屋だ。彼が我儘《わがまま》を言って無理にとった部屋。予約のお客さんがいたっていうのに……。

部屋の扉を開けると、勇者が椅子に座って待っていた。ご丁寧に周囲に美女をはべらせて。

パーティーメンバーの子もいるし、そのあたりでひっかけてきたんだろうと思われる子もいる。

ああ、頭痛い。

勇者は私を見るとご満悦に開口一番、婚約破棄の台詞を吐いた。

「勇者は聖女と結婚すべきっていう風習は悪だよなぁ。お前みたいな地味な女と婚約させられてこっちは迷惑だったんだ」

聖女は、私だ。

黒い髪のおさげにこげ茶の瞳、平々凡々な容姿の、薄い貧相な体型。

言われるまでもなく自分が一番よく知っている、地味だということを。

でも私は聖女と判定され、同じく勇者と認められたこの男と婚約させられた。確かに彼の言う通り、勇者は聖女と結婚すべきという風習は悪だと思う。私だってこんな男、さらさらごめんだ。

「けど、見ろ。俺は沢山の美女を手に入れた。女はより取り見取り、お前みたいなちんけな女、俺には必要ないんだ」

吐き捨てたい唾《つば》を必死に奥にとどまらせていることなど知らないのか、勇者は続ける。

ふう、っと勇者が困った顔で深々と溜息を吐く。

その顔、ぶん殴りたい。思わず拳を握る。

「それにお前が聖女だなんてかなり疑わしい話じゃないか。確かに聖魔法は扱えるが、奇跡なんて見たことないし。よっぽどこっちにいるエイラの方が、聖女らしい」

銀色の長い髪に青い瞳の可憐な美少女が、そっと勇者に寄り添いこちらを見てくすくす笑う。

まあ、見た目はそっちの方が聖女っぽいよね。清楚な見た目して中身はどうなのかは知りませんが。

奇跡？　使ってるよ、いつも。

勇者と取り巻きのお花畑みたいな頭と戦闘力で魔王軍と戦って勝ち越してるの奇跡だからね？

私の、奇跡だからね？

まさかそんなことにも気付いていなかったなんて残念過ぎて眩暈《めまい》がする。

私がなにも言わないことを、ショックでも受けているのかと思っているのか勇者は楽しそうだ。

「悪いがお前とは婚約破棄して俺は自由にハーレムを楽しむ！　お前は聖女業からもこのパーティーからも解雇だ！　国王には俺から言っておくよ、やはりお前……シア・リフィーノは偽物聖女でしたってな」

取り巻きの美女達が勇者と共に高らかに笑う。


ぷちん。


もう、付き合ってられんわ。こちとら義務感で付き合っていただけなんだから。

「あ、そう。じゃあ、私は荷物まとめて出ていくから。さよなら勇者様」

「おう！　二度とその地味な顔を見せるなよ！」

背を向けて部屋を出る。

完全勝利の笑い声が、背から聞こえるがそのまま扉を閉めた。


よっしゃあぁぁぁぁ！　自由じゃあぁぁぁぁ！

聖女になってからこれまであの色ボケ勇者に散々付き合わされてきたこの地獄の一年。ようやく解放された私は、うんと背伸びした。

それにしても聖女の奇跡の力なくして、どこまで魔王軍とお花畑ハーレム勇者パーティーが戦えるのか見ものだな。ご自慢のエイラちゃんあたりが聖女に目覚められればいいですね、勇者様。


部屋に戻って、少ない荷物をまとめると部屋を引き払い、宿を出るとすぐに馬車に乗った。

目的地は王都。

せっかく勇者パーティーを抜けられたのだから、前々からやってみたかった仕事をやってみようと思う。その為には王都に行くのが手っ取り早い。

できるだけ速い馬車に乗って、王都を目指した。

路銀？　もちろん、勇者の鞄からくすねてきた。

退職金だ。今まで働いてきた当然の報酬である。


町から王都はそう遠くない。

二日ほどで辿り着くと、私はさっそくギルド協会へ向かった。

ギルド協会は平日昼間でも混んでいて、順番待ちをしなければいけない。番号札を持って地道に待って、受付へと辿り着く。

「ギルドの立ち上げをしたいのですが」

「ギルドの立ち上げですね。ではこちらに必要事項をご記入ください」

受付嬢に渡された紙を受け取って書き始める。

私がやりたかったのはギルド作り。

元々孤児で家族もなく、育てられた孤児院も冷たい雰囲気で辛かった。だから温かい家族に憧れていた。なので聖女になって勇者パーティーの一員になれたことは当初はとても嬉しかったのだ。

素敵な仲間ができた。

そう思った。

だけど蓋を開けてみれば、あれだ。

夢と現実の差の大きさに衝撃を受けた。

勇者を見出したのは私でもある。聖女の力を使って彼の才を見た。聖女には、その人間の潜在的な能力を伸びしろに至るまで覗き見ることができ、多少のズレはあれど精度は高く、私はその能力をまとめて才と呼んでいた。その力によれば彼はありあまる才を持っていた。聖剣を扱う為の剣能力はAランクだったのである。他にも軒並みB以上の数値を叩き出し、彼こそが聖剣を振るうに相応しい人物だと判断した。

正直失敗だった。人は才だけじゃない。人柄も見るべきだったんだって、今では激しく反省している。だから私は決めたのだ。

人柄を優先に、努力する才を持つ者達を集めたアットホームなギルドを作ることを。

後、あの勇者パーティーじゃ早々に全滅しそうだからいつかは私のギルドから高ランク者を出して魔王退治の手伝いをしようと思う。聖女は解雇されたけど、一応元聖女として後始末くらいはしないとね。これは世界の問題でもあるんだから。

用紙に書き込み終わり、受付嬢に提出して数分後。

「それではこちらのカードをお受け取りください。くれぐれも失くさないよう注意してくださいね。再発行が大変ですので」

「分かりました」

渡されたのはギルドカードだ。私のギルドのカード。

この国ではギルドは簡単に作れる。犯罪歴でもない限りは維持費毎月千Gも払えば文句は言われない。だからあちこちに大小様々なギルドが連なっている。その分、冒険者は自分に合ったギルドを探して入会できるのだ。

私のギルドカードの内容はこうだ。

ギルド名：『暁《あかつき》の獅子《しし》』
職：ギルドマスター
ギルドランク：F
ギルドメンバー：一人

こんな感じにカードに記載されている。これはギルドマスター専用のギルドカードでギルド情報の下に私の情報も共に記載されていた。設立者＝《イコール》マスターになるので、マスターを引き継いだ場合もギルドの情報は一緒に記載されるらしい。メンバーのギルドカードは所属ギルドの名前が記載されるのみで、後は個人の情報だけのものになるようだ。

ギルドランクはギルドとして仕事をこなせばポイントが貯まり、ギルド協会に認定されればランクアップできる。仕事の内容も幅広くなるから、ランクアップは必須項目だ。

さてと、ギルドカードも作って無事にギルドを立ち上げたので、次は拠点だ。

今の持ち金では家は買えないので賃貸でどこかを借りるしかない。

不動産を探して、適当に安いところを見つける。どうせ仮宿だ、のちのち引っ越すので立地を考える必要もない。

運のいいことに最近引き払われた元小ギルドの拠点だった物件を見つけた。

五階建ての建物の、二階部分だ。他には別の店舗が入っている。

ギルド兼自宅にできそうなのでそこに決めた。契約金と家賃三百Gを支払う。

いい感じの拠点もできた。

次に仕事を仕入れなければいけない。

いくつか仕事を持っていないと、ギルドメンバーを集められないのだ。

なので私は仕事を仲介してくれる仲介ギルド『空を駆ける天馬』を訪れた。運のいいことにそこのギルドマスターとは顔見知りだ。以前怪我したところを私がヒールをかけて助けたことがあるのだ。

彼は私が訪ねてきたと知ると自ら顔を出して出迎えてくれた。

「やあ、シア。久しぶりだね……勇者と共に旅に出ていたと思っていたが？」

「ええ、実は先日聖女をクビになりまして」

「——ええ!?」

詳しく内容を話すと天馬ギルドのマスター、ジオさんが怒り心頭でテーブルを叩いた。

「あのクズ勇者が！　地獄に堕《お》ちろ！」

「落ち着いてジオさん。あいつは確実に堕ちますから。それで相談なのですけど、いくつか天馬から仕事をうちに回してもらえないでしょうか？」

「ああ、いいとも！　恩人からの頼みだ、無下《むげ》にはしないさ。ただ、うちも商売だ。あまり渡した仕事が反故《ほご》にされるようならこちらも仕事を渡せなくなってしまうから気を付けてね」

「分かっています」

いくつか注意事項を聞き、契約書を交わして天馬ギルドの質の良い仕事をもらう。

まだギルドランクがFだからFランクの仕事しかもらえないが、ギルドのランクが上がればもっといい仕事がもらえるようになるだろう。頑張らないと。

ジオさんに見送られ、天馬ギルドを出るとさっそくメインのメンバー探しへと足を中心街へ向けた。一応、天馬ギルドで新ギルド立ち上げとメンバー募集のチラシを貼ってもらえたが恐らく来る人は少ないだろう。知名度がなさすぎる。

だから最初はどこもマスターが自らの足で動き勧誘するものなのだ。って、ギルドの立ち上げ方という本に書いてあった。とりあえずは人の多い中心街へ。

そこで聖女の力を使って、才を見る。

人柄に問題のない、磨けば光る才を持つ良い人はいないかなー。

☆2　ありがとう

さすが王都の中心街だけあって人が多い。

この中から、私の家族……ギルドメンバーになってくれる良い人を探すのは至難の業だ。だけどやるしかない。とりあえず疲れるけど聖女の力をまんべんなく使いながら歩いていく。

しばらく人混みを進んでいくと、ドンと誰かに強くぶつかった。

「ちっ、気を付けろ」

ガラの悪いにいちゃんだった。

そのまま通り過ぎていこうとする彼に違和感を覚える。

ん？　あー、あれか。

私はにいちゃんに魔力のマーキングをつけた。彼の背に見えないヒラヒラの魔力の帯がつく。それを見失わないようにして私はにいちゃんを追いかけた。

案の定、彼はすぐに路地裏に入り、人の少ない方へ歩いていく。

そしてある程度、奥まで行くと立ち止まり懐から財布を取り出した。私の財布だ。

「ふーん、貧相そうな割には結構持ってる……」

「だーれが、ひんそーですって？」

「げっ⁉」

にいちゃんに追いついた私は腕を組んで仁王《におう》立ちだ。

ぶつかった瞬間、懐に手を入れられた感覚があったのでもしかしてと思ったら、やっぱりだ。孤児暮らしが長いからスリのことは知っている。察知能力はもともと高いと言っていい。

「ばれちまったなら仕方ねぇーが、ちょっと不用心じゃないか？　こんなところに女一人で来て。だが財布は渡さねぇ、俺にも生活があるんでな！」

にいちゃんは刃物を持ってこちらを脅《おど》してくる。

どうやら生活困窮《こんきゅう》者のようだがこっちだって余裕があるわけじゃない。はいそうですかと、簡単にくれてやるわけにはいかないのだ。

「ごめんね、おにーさん」

一応、謝ってから。

「へ？」

「おやすみー」

呪文なしの簡易なスリープ魔法をかけた。呪文詠唱の省略をしたので効果は薄いし、稀《まれ》に耐性持ちもいるので不安はあったが、冴《さ》えない見かけどおり、にいちゃんは抵抗もなく速攻でおやすみ状態となった。

幸せな夢の中に浸っているにいちゃんから財布を取り返す。

私からスろうなんて百年早い。

さあて、こんな危険な香りのする裏路地からはさっさと出ようと踵《きびす》を返した時だった。

すぐ近くで痛そうな打撃音と、呻《うめ》き声が聞こえてくる。

……私はか弱い女の子。血生臭い喧嘩を止められるような力を持たない非力で可憐《かれん》な美少女……。

ここは涙を呑んで退散するのよ。

面倒——げふん、間違えた。荒事は正義感溢れる強い人に————。

「か、返せっ！　それは俺が稼いできた金だぞっ」

「ばーか！　金はな、今持ってるやつのもんって決まってんだよ！」

「自分のだって言うなら取り返してみろやー！」

…………。

「あらよっとー」

ゴスッ!!

投擲《とうてき》したゴムボールが二人組の男の細い方を薙《な》ぎ倒した。

「な、なんだ!?」

残った筋肉質の男がこちらを振り返ったので、私はふんぞり返った態度で腕を組んで仁王立ちしてみる。

「通りすがりの可憐な乙女です」

「……どのへんが？」

ゴスッ!!

二投目のゴムボールが筋肉質の男の腹に当たり、男は吹っ飛ばされて地面に転がった。

「このへんが」

だって、ボールにめちゃめちゃ強化魔法をかけないと男二人を倒すこともできないんですもの。

非力だよねー。可憐だよねー。

路地裏の凶行、第二弾を目撃してしまった私は、二人の男に暴力を振るわれている青年を助け出した。逃げようと思ったのに、会話を耳にしてしまったのがいけなかった。一瞬で一つの光景が思い起こされたのだ。孤児の時代、必死に溜めたお金を奪われた記憶。痛くて、情けなくて、悲しかった。

努力が報《むく》われないってのは、ひどく辛いものだと知っている。

だから、手を出してしまった。

私は、筋肉質な男の手から財布を取り返して、ぽかんとしている青年に差し出した。

「ほら、おにいさん。次は変な奴にとられないようにしてね？」

「――あ、ありがとう……えっと……ゴリ――」

「それ以上言ってみなさい、私の女神のごとき広い御心が一瞬にして鬼の形相に変わるわよ」

女神のような微笑みで、バキボキと指が鳴る。

彼が高速で頷《うなず》いた。

よし、素直でよろしい。

私から財布を受け取った彼は、ほっとしたように息を吐いた。

「……これで、なんとかパンの耳くらいは食える……」

「パンの……耳？　いや、もっとマシなもの食べたら？」

そんな端っこ食べなくても。

「十Gぽっちじゃ、パンの一枚も買えねぇーよ」

「十G⁉　働いて稼いだお金が入ってるんじゃないの⁉」

「ああ、汗水たらして働いて、十Gだ」

そんな馬鹿な。日雇いでも最低百Gくらいはもらえるぞ⁉

「おにいさん、いったいどこの悪徳業者に引っかかったのよ……？」

「普通の建設業の肉体労働だ。まあ、俺は住所も持たない浮浪者だからな」

彼の姿を今一度見てみると、服はぼろぼろで汚れていて、靴も壊れてしまっているのを無理に履いているようだ。髪も目元が隠れるくらいもっさりしていてボサボサ、お風呂はきっとあまり入れていないだろう。浮浪者なら仕方がない。浮浪者を雇う店は少ないが、その少ない店のほとんどが浮浪者を軽く扱う。給料もかなり安いとは聞いたことがあった。

可哀想……ではあるが、ここで私がただお金を恵むのもなんか違うだろうと思う。

しかし、パンの耳か。ひもじい、凄まじくひもじい。

なんて考えていると、

「あ、そういえば財布を取り返してもらったお礼がちゃんとできてなかったな。財布を持ち主に届けるといくらかもらえるんだっけ？　悪いが三Gでいいか？」

とか言って、一G硬貨三枚出そうとしてくる。

私は頭をトンカチで殴られたような衝撃を受けた。

十Gでパンの耳がようやく食べられるというのに、私に三G渡したら、彼の今日のご飯はどうなるのか？　パンの耳で繋がる命もきっとある。ひもじくても、ひもじいで済む。死ぬよりマシだ。

受け取れるか!!

「青年よ、その三Gをしまいなさい」

「え？」

「そして、黙って私についてきなさい」

「ええ？」

私はがしっと彼の腕を握った。

背が高い割にとても細い。栄養不足がひしひしと伝わってくる。

ずんずん歩いていく私だが、彼はお腹が空いているからか抵抗はあまりせず引き摺《ず》られるようにしてついてきた。

路地裏を抜けて、商店街を突っ切り——そして、

「はい、ここよ」

「ここは？」

「私のギルド『暁の獅子』の拠点。さあ、入った入った」

ギルドが入った二階へ上がる。

看板はまだ作っていないので、ギルドの名前しか書かれていない手作りの簡易プレートがかかっているだけの扉を開けて、中に入ると少し開けた場所がある。ここがギルドの受付だ。そしてその奥の扉にメンバーの居住区がある。そこまで彼を案内し、まずは治癒魔法で彼の負った顔の傷をちゃちゃっと治してあげてから買っておいた食材で夕食を二人分作った。

たらこパスタである。おまけのたまごスープ付きです。

「どうぞ召し上がれ。そして私もいただきまーす」

ぽかんとしている彼を余所《よそ》に私はご飯を食べ始める。

テーブルは六人分が座れるから二人なら余裕だ。しばらくモグモグしていた私だったが、彼がなかなか席に着かないので不思議に思って顔を上げると険しい表情をしている彼がいた。

「どうしたの？　お腹、空いてるんじゃないの？」

「空いてる……けど、見ず知らずの人間から出されたものを簡単に食べるほど、不用心じゃない」

そう言われて、私は『あ』とちょっとやり方を間違えたことを悟った。そうだよね、浮浪者なら無償の施しほど怪しいものはない。騙《だま》されて人身売買の被害にあったりするのが常である。彼も今までに似たようなことに遭遇したことがあるんだろう。配慮が欠けていた。

「毒とか入ってないわよ。あなたをどこかに売り渡そうとかも考えてない。――って言っても、口だけならなんとも言えるわね。じゃ、ちょっともらうわ」

毒が入っていない証明として、私は彼に差し出した皿に入っているスパゲッティを少しとって、食べてみた。うん、美味しい。

「ね？」

「……あんたに毒の耐性があるかもしれないだろ。やっぱり食えない」

とか言いつつ、彼の腹の虫は盛大な鳴き声を奏でた。思わず彼の顔が赤面する。

食べたいんだろうな。めちゃくちゃ食べたいんだろうな。でも最大限の警戒をしないと生きていけない世界で生きてきたんだ。私も似たような経験あるし、分からなくもないんだけど。だけどこれ以上の証明はできない。

ああもう！　私が悪者になってやろうじゃないの！

「四の五の言わずに食え！」

せいや！　とフォークを片手にスパゲッティを絡ませると、無理やり彼の口に放り込んでやった。腕力と俊敏に強化を施したので成人男性相手でも軽く勝利できた。

「むぐっ⁉」

彼は真っ青になって『やっぱり罠だったのか』というような表情をしていたが、いったん口の中に入ったものは自然と咀嚼《そしゃく》してしまうものだ。彼は不本意ながらもスパゲッティをしばらく食べ、

「……美味い」

ぼそっと呟いた言葉に私は笑顔になる。

これ、前にも勇者に作ったことがあったのだが『こんな安物不味くて食えねぇ』と目の前でゴミ箱に捨てられた。お腹が空いてはいたんだろうけど美味しいと言われて食べられるのはとても嬉しいものだ。

彼はスパゲッティがただの美味しいたらこ味であることを分かってくれたのか、それからは無言で食べ始めた。私はほっとしながら自分の分を食べ始め、咀嚼音だけが響く静かな空間で、私達はパスタを平らげたのだった。


「俺は……ルーク。家名は知らねぇ、ストリート出身の浮浪児だからな」

ご飯の後に私が名乗ると、彼は素直に自分の名前を教えてくれた。

根が良い人だからか、それともたらこパスタ効果か、どちらかは分からないが。

うーん、やっぱり悪い奴には見えないし、ちょっと才を見てみよう。

聖女の力を使って彼を見ることにした。

剣の才　F↓S
拳の才　C↓A
弓の才　F↓C

魔法の才　F↓F
人柄　Ｓ

げふん。思わず咽《むせ》た。

なに、このずば抜けた努力の才⁉

上の数値は現在の才で下が努力をしたら得られる結果の最大値である。

剣の才なんてFからSまで伸びる。信じられない努力の才だ。

そして注目すべきなのは人柄。

最高値はＳＳＳだが、その二個下のＳ。これだけでもかなりの良い人である。浮浪者生活で少し荒んだのか、ちょっとやるせない。でも、彼なら……。

私はここに来るまでに考えていたことを彼に話すことにした。

「ルーク、良かったらここで働かない？」

「は？　ここって……確か、ギルドだったか？」

「そうよ、立ち上げたばかりの新米ギルド『暁の獅子』」

ただ彼にお金をあげるのは違う。

なら、私が働き口を提供したらいいと思った。ちょうど人手を探していたし、彼のような人柄なら私も安心して雇える。

にこにこしながら言うと、ルークはなにかを思い出したのか渋い顔をする。

「あんたってさ、聖職者なのか？　そうは、見えないけど」

「聖職者ってわけじゃない……かな」

聖教会に所属する聖女という身分ではあるものの、女神の教えを説く神官としての教育を施されたわけでも資格を持っているわけでもない。ただ、女神に選ばれただけの存在だ。なので、正確には聖職者ではない。

「だよな。じゃあなんで俺を勧誘するんだ？　ただの浮浪者の、学もねぇ戸籍もねぇ奴を。飯は手なずける為のもんだって思ってても仕方ないだろ」

うーん、本当に警戒心強いな。だからこそ、ここまで無事に生きているんだろうけど。

理由、理由か。聖女だからあなたの内面が見えるんです。っていうのも信用のない相手から言われても変にこじれるだけだ。信じてはもらえない。でも私の目で、耳で直接に与えられたもので私がそうだと判断したこと、感じたこと、それもちゃんとあるんだ。

「……誰にもね、できることじゃないと思うの」

「え？　なにが？」

「あなた言ったじゃない、助けてくれたお礼をするって。少なすぎて今日のご飯も危うい財布から出そうとして。普通、そんなことしたら飢《う》えるわよね？　もしかしたら死ぬわよ。なのにそれよりもお礼を優先するのね。ちょっと馬鹿だけど、私はすごいと思った。んで、同時に『心配』になった」

「心配？」

「ここまで生きてこれたのはその警戒心の強さと、後は結構な幸運だと思う。でも、これからもそうとは限らない。いつか死んじゃいそうで怖い。こうして会ったのも縁だし、私もギルドを立ち上げたばかりで人員を探してた。……これで、理由になるかな？」

窺《うかが》うように彼を見れば、彼は眉を寄せて考え込んでいるようだった。自分の行動について他人の話を聞くのはあまりないのだろう。少し戸惑いも見える。

「あ、あんたが俺のことをどう見てようがどうでもいいが。そうだな……まあ、理由はあるのか。だが、条件はどうなんだ？　ギルドってのは入会になにか条件があるもんなんだろ？　大抵、金か高いステータスだと聞いてるが」

「そうね、あるわ入会条件」

「分かってると思うが金は持ってねぇーぞ？　高いステータスもないし……」

そんなものは、はなからいらない。

渋い顔のルークの手をぎゅっと握った。

「うちの入会条件はただ一つ。家族同然となるギルドメンバーを大切にすると誓うこと」

「……は？」

「は、じゃない。誓うの？　誓わないの？」

ルークの戸惑いの瞳と私の真剣な瞳がぶつかって交差する。

やがて、ルークは私の言葉を呑み込めたのか真顔で頷いた。

「ち、誓える。誰かを裏切るようなことはしねぇ」

「そっか、なら今すぐにでもうちに入れるわよ。こっちはいつでも大歓迎だから、考えがまとまったら言って」

そう言って、二人分の空になったお皿をさげて台所でしばらく鼻歌交じりに洗っていると、

「俺で……いいのか？」

いつの間にかこちらに来ていたルークがそう言った。

なんだかそわそわしている。落ち着かないのかもしれない。

「ルークだからいいのよ。ルークだから選んだ、それ以上でも以下でもない」

「シア……」

少し驚いたような顔をした後、

「お、俺で良かったら……ギルドに入れてくれ」

顔を真っ赤にして言うルークに私は心の底から嬉しいという感情が湧き上がった。警戒心の強い人だからもうしばらくかかると思ったけど、根が素直そうな分、そう決断したら行動は早いのかもしれない。

「ふふ、うちのギルドメンバー第一号ね！　よろしく」

「……ありがとう」

「どーいたしまして。あ、そうだルーク、家がないなら今日からここに住みなよ」

「え⁉　いいのか⁉」

「その為の部屋だしいいわよ。六人分あるから好きなとこ使って。それとやっぱ臭うからお風呂入ってね」

「お、おう──いや、いやいや⁉　待て、ちょっと待て。見たところ今、二人だろ⁉　女一人のところに男入れていいのかよ⁉」

そういえばそうだな。なんだ気にしてくれるのか、紳士だね。いや、普通？

「大丈夫よ、鍵はかけられるし。なんなら鍵開け対策の錠前《ロック》の魔法も使えるし、罠魔法、眠り魔法、痴漢対策魔法も扱えるから」

なんかけしからんことしようものなら、死あるのみです。

にっこり笑うと、ルークは真っ青な顔で、

「なにもしねーから、世話にならせていただきます……」

と言った。

「うんうん、あ、お風呂はそこを奥ねー」

お風呂の場所を教えると、気になったのか自分の臭いを嗅ぎつつ、奥の部屋に入っていった。

その背中がどこか浮かれているようで、十八の私より少し年上の気がするけど子供みたいで少し可愛い。

それからお風呂の湯の張り方が分からないルークを助けたり、ベッドが柔らかすぎて逆に寝れないという彼に寝つきが良くなるようホットミルクを作ってあげて、感動して泣かれたりと忙しなくギルド立ち上げの初日の夜は過ぎていった。

☆3　鬼だーー！

「おはよう、ルーク」

「お、おう……はよう」

次の朝、早めに起きて朝ご飯の準備を整えているとルークが起きてきた。寝ぼけ眼でぼーっとしていたが私の姿を見ると、一度目をぱちぱちさせて擦《こす》ってからもう一度私を見た。

まるで幻覚でも見ているかのようだ。

「どうしたの？」

「あ、いや……起きたら良い匂いがして、部屋に入ったら誰かに朝の挨拶《あいさつ》をされるってのが……どうも慣れてねぇーから」

彼はずっと一人で吹きさらしの野外で過ごしていたんだろう。

朝ご飯の匂いで起きることも、誰かに朝の挨拶をされることもなく、一人で。

「じゃあ、慣れていかないとね。これから毎日、こうして朝を迎えるんだから」

「……そうか、うん……そうなんだな。すげぇーな……」

浮かべた笑顔から涙が零《こぼ》れそうになっているルークの背を軽く叩いて、席に座らせると私も向かいに座った。今日の朝ご飯はパンと目玉焼きとポテトサラダ、そして牛乳である。

「いただきまーす」

「いただきます」

二人で食事の挨拶を交わし、食べ始める。

ルークは私の二倍の速さで食べ終わってしまった。

「ルーク、もしかして足りない？」

「ん……いや、十分だ。昨日まで日々の飯もありつけるか分かんねぇー状況だったし、ありがてぇよ」

それはつまり足りないということなんじゃないのか？

「ふむ、これは早急にお金を増やさないとな」

「今のままで十分だって」

「ダメダメ、我慢しないの。メンバーの食事管理や健康状態には常に気を付けないと。メンバーは家族！　家族の心配は当たり前です」

「そ、そうか」

言い終わるのと同時に彼の腹の虫第二弾が鳴ったので、パンと目玉焼きを追加してあげる。

彼が食べ終わるのを待って、私はジオからもらった仕事をいくつかルークに見せた。

「さっそく今日から仕事といきたいんだけど。どれにする？　私のおススメはスライム退治かなぁ」

ジオさんからの仕事は、
一、薬草の採取

二、学者の警護
三、近隣の森のスライム退治
である。

これらはすべてFランクの仕事なので内容はどれも簡単なものだ。

「思うに、スライム退治が一番この中だと難易度が高くないか？　確実に敵と戦うことになるぞ」

「そう、だからいいの。最初に魔物と戦って経験値を溜めてレベルを上げる。実戦をこなせば、後の二つは楽勝だから」

「先に難しいのを片づけるのか……。でも俺、一応剣は扱えるがすげぇ弱いぞ？　拳での喧嘩の方が得意なくらいだ」

「そう？　でも私は剣をおススメするわ。絶対強くなるから」

Sランクになる武器だ、絶対にマスターしてもらいたい。

だがルークは半信半疑だ。

「そう上手くいくわけが……」

「諦めない！　剣の先生はつけるから。大丈夫、ルークには才能があるんだから」

「えっと、シアが言うなら……まあ、やるが」

私が強く推すので少し面食らいながらもルークは頷いてくれた。

朝食の食器を片づけ、ギルドに鍵をかけて『外出中』のプレートをかけてからまずは王都役場へ行った。

ルークは王都住民に正規登録していない浮浪者だ。

だからまずは住民登録をしなければならない。彼の身の保証は私がすることになるが、私も元々が孤児で後継人が保証している為に少々審査に時間がかかったが無事に正規登録となった。ルークは正規の住民になれたことがすごく嬉しかったらしく泣きそうになっていた。

その後、ギルド協会へ移動してメンバー用のカードを作った。カードを作るには特殊な魔道具が必要で、私個人では所持できない高価なものである為、ほとんどの人がギルド協会で申請して作ってもらうことになる。彼が暁の獅子ギルドメンバーであることを私が承認した書類と共に提出し、すぐにルークのギルドカードが完成した。

そして細々とした用を済ませ意気揚々《いきようよう》と近隣の森へ向かった。

森は木漏れ日が気持ちのいい明るい森だが、少し奥へ行けば魔物であるスライムが出現する。最近、数が増えて浅い場所で出没するようになってしまったらしく、いくらか数を減らして欲しいというのが今回の仕事内容だ。

ルークは、剣と皮の鎧《よろい》を纏《まと》った装備で準備万端である。

この装備一式はジオからギルド立ち上げ祝いとしていただいた。ありがたいことだ。

私の装備は聖女の杖《つえ》に祈りのローブ。聖女時代の装備と一緒だ。聖女ではもうないから聖女の杖という名称はおかしいのだけどね。

「ルークは、まずスライムがでたら相手を斬って倒すことだけ考えていればいいから。シールド、強化、回復なんかの援護はすべて任せて大丈夫よ」

「シアはやっぱ治癒術士《ヒーラー》なのか？」

「まあそんなとこ」

聖女の奇跡の力使ってますけどね。概《おおむ》ね使用法は一緒なので否定はしない。

どうやら聖女の奇跡は聖女という地位？　役職？　を失っても発動できるようだ。もしかしたら失われるんじゃないかと思っていたのでありがたい。でもいつ消えてもおかしくはないので自分でも修業はかかさないようにしようと思う。

「ぎぃしゃあああ！」

「おわっ⁉」

さっそくスライムが出現した。

「はい、ルーク斬った斬った！　そーれ、テンション、テンション！」

テンションは攻撃力アップの強化魔法である。

「からの、鉄壁シールド！」

一撃目がかわされて反撃されそうだったのでシールドも展開しておく。これでルークは無傷で戦えるはずだ。何度も剣を振るい、ようやくスライムを倒す頃には肩で息をしていたのでヒールをかけてあげる。

「やっぱ、初心者にはスライム相手でもキツイもんだな。でもヒールのおかげで疲れがとれた。すごいな、ヒールって傷の治癒だけじゃなく体力も回復するのか」

「そうねー」

聖女の奇跡の力が入ってるけどねー。

「ちょっと強くなった気がする。剣の振り方も慣れてきたかも」

「うんうん、経験値入ってるからね。じゃー、さくさく行こうか」

「え、まだやんの？」

「当たり前でしょ、数を減らすのが目的なんだから。倒せば倒すほど報酬高くなるのよ。ということで今日の目標は百匹です」

「鬼だーー！」


衣食住を握られているので逆らえないルークは涙目になりながらも剣を振るって疲弊《ひへい》してはヒールで全回復され、疲弊しては全回復を繰り返し――馬車馬のごとく働かされたのだった。

「し……死ぬ」

「死なないわよ、私がいるんだから」

目標百匹はさすがに届かなかったが、六十匹は倒したであろうところで夕刻になったので帰り支度を始める。ルークは全回復しているはずだが、目が虚《うつ》ろだった。スライムばかり斬り倒しすぎて精神が疲弊したんだろう。ちょっとやりすぎたかもしれない。

だけどそのかいあって、ルークの剣の技量がFからEに昇格していた。これより効率的に上げるにはやはり先生を雇うのが一番だろう。そして実戦を通してレベルを上げていく、この繰り返しだ。


王都に戻ってジオさんの仲介ギルドへ立ち寄る。

ここで仕事達成の報告をして審査の後、正当な報酬が支払われるのだ。

「やあ、シア。調子はどうだい？」

たまたま下でくつろいでいたジオに会った私は、挨拶がてらルークを紹介した。

ジオさんは嬉しそうにまなじりを下げて微笑む。

「おお、良い人が仲間になったんだね。良かった良かった」

「ジオさん、報酬をもらいたいんですけど」

「いいよ、ついでだから私が報告の仕方を教えよう」

世話焼きの癖があるジオさんが報酬受け取りカウンターまで案内してくれた。

「まずは依頼書をカウンターで渡すんだ。それから依頼が品物関係ならその品も一緒に提出して。魔物退治関係ならギルドカードを提出するんだ」

「ギルドカードをか？」

「そうだよ、ルーク。ギルドカードには魔物を退治した数が記録されるからね。それで討伐《とうばつ》数を誤魔化することはできないようになっているんだ。君のカードを見せてもらってもいいかな？」

　促されてルークはジオにカードを渡した。

　ジオさんは不思議な魔導機械にカードを通す。

「うん、スライムを六十三体倒しているね。スライムは一体報酬額が五Gだから合わせて三百十五Gになるよ」

「三百十五G⁉　すげぇ、そんなにもらえるのか！」

　感動しているルークに私は彼と出会った時のことを思い出した。日雇い十Gでパンの耳が食べられるとか言っていた。本当、嫌な世の中だ。

「まあ魔物退治は普通の依頼より単価は高いからね。危険が付きまとうから……。で、シア、この依頼はここで終了するかい？　それとも継続する？」

「継続でお願いします。まだルークを訓練させたいし……そうだ訓練といえば、ルークに剣の先生をつけたいんですけど誰か良い人はいませんか？」

「剣の先生か……そうだね、うちでは紹介できる人が今いないんだが、人伝で悪いんだけど紹介できる人なら話を通せるよ」

「ほんとですか⁉　できればお願いしたいです」

「お忙しい人だからね……時間指定はされると思うけど」

「かまいません」

「そうか、じゃあ紹介状を書くよ」

「ありがとうジオさん！」

ジオさんは一回上の部屋にある執務室に戻り紹介状を書くと、戻ってきて私に渡してくれた。

「これを王宮の騎士団詰所に持っていくといい。取り次いでくれるだろう」

「ありがと……え？　王宮の？」

私の手が止まる。

「そう、なんてったって相手は王宮近衛騎士、黒鷹《くろたか》の騎士の異名をとる騎士団副団長イヴァース・テイラー殿だからね」

「……………あの、ジオさん。それ……大物過ぎじゃないです？」

剣の師匠を見繕《つくろ》う為だけにいくらなんでも副団長は重い。胃もたれする。

「なあ、黒鷹の騎士ってそんなすげぇー人なのか？」

なにも知らないルークがぽやっとしたことを言う。知らないって怖いな。

「まあ、一人で一国の敵軍一万人を相手に勝利したっていう逸話《いつわ》がある人だしね」

「一人で一万人!?」

ジオさんが呟いた言葉にルークが仰天した。

たぶん、尾ひれがついてはいると思うけどそれだけ強い人だということだ。

「イヴァース様か……」

「おや、シアは副団長殿と知り合いだったかな？」

「ええ、少し……」

聖女として王宮にちょっとだけいたことがある。

勇者の剣の指南役としてイヴァース副団長がついていたのだが、あまりのスパルタに勇者が音《ね》をあげて逃げてしまったのだ。あれ以来、勇者はかなり副団長のことを嫌っている。私にとっては、聖女に選ばれて緊張したり感情が不安定だったりした頃に彼がお菓子を持ってきてくれたり、面白い本を紹介してくれたりしてお世話になった。見た目は厳つくて怖いおじさんだが、話してみるとなかなか懐の深い、優しい人物だ。

話せば分かる人だと思っている。

だけど剣のこととなると人が変わるのも知っている。

良い人ではあるんだけどなー。

うーんと、私が迷っているとルークがぽんと私の肩を叩いた。

「ルーク？」

「俺、副団長にぜひともお願いしたい。その人ならすげー師匠教えてくれそうだろ？」

「え？　本気？」

「ああ、やるならとことんの方がいいと思うんだ。俺も強くなってギルドに貢献したいし……」

さすが努力の才持ちは違う。感激した。

ならば、ここからは私の仕事だ。

「分かったわ、ルーク。必ずイヴァース副団長からいい師匠紹介してもらいましょう！」

意気込んだが今日はもう遅いと、副団長のところには明日に行くことにしてジオに沢山お礼を言って、ギルドに戻ると……。

小さな女の子がギルドの前で蹲《うずくま》っていた……。

☆4　ふつつかものですが

少女は私達が帰ってきたのに気が付くと、膝に埋めていた顔をぱっと上げてこちらを見た。

まだ幼い、推定六、七歳ほどの金色の髪の可愛らしい少女だった。少女は私とルークを交互に見てからささっと立ち上がり、スカートの皺《しわ》を伸ばしてちょんとお辞儀する。

「はじめまして、おねーさん、おにーさん。えーっと、ここはぎるどなのですよね？」

ちょっと不安そうな少女に。

「ええ、そうだけど」

と、できるだけ優しく返した。まあ、簡易な小さいプレートに書かれているだけなのでちゃんとやっているのか不安だったんだろう。

少女はほっと息を吐いた。

「ぎるどに、たのみたいことがあってきました」

そう言うと、肩にかけていた小さな白い鞄から一枚の紙を取り出して私に差し出す。

「えーっと……」

戸惑っているがとりあえず私は渡された紙を見てみた。

……うーん。まるかいてちょん。まるかいてちょん。

三本毛のなにかがそこには描かれている。なにかな、これ。

「ひとさがしをおねがいするのです」

人相書きだったらしい。斬新な人相書きだ。

とりあえず、どこが目で口なのか、そこから知りたい。

「ほーしゅーは、おかねがないのでこれでおねがいしたいのです」

小さな手が差し出され、手のひらが開かれる。その上には飴玉《あめだま》が三つ。

ギルドの依頼の報酬が、飴玉というのは聞いたことがないけれど……。

どうしたものかと、ルークと視線を交わしていると、

「たりませんか？　じゃあ、これとこれも……」

次々に鞄からチョコレートやこんぺいとうなども出てくる。

「あ、このおさかなのおにぎりはりーなのきちょーなごはんなので……」

海苔《のり》の巻かれた三角おにぎりはささっと奥に押し込めた。

「うんと、あのねリーナ……でいいのかな？」

「はい、りーなです。まだほーしゅーたりませんか？　さがしてもらえませんか？」

大きく丸い青の瞳がうるうるしてきて良心が猛烈に痛む。ギルドの規則的には依頼者が未成年でもかまわないことになっているが、こんな小さい子は想定外だ。

「捜すのはいいんだけど、リーナは一人でここに来たの？　お父さんやお母さんは？」

「りーなはひとりできました。おとーさんはしりません。おかーさんは、これです」

と、リーナは先ほど渡してきた紙を指さした。

えー、これにはまるかいてちょん。の捜し人しか描かれておりませんが……まさか。

「リーナの捜し人はお母さんなのか？」

ルークが高い背をかがめてリーナに視線を合わせながら聞いた。子供の扱いに慣れているのか、声音も若干柔らかくなっている。

「はい、おかーさんはゆくえふめいとなったのです」

私はルークと顔を見合わせる。

「これはちょっとまずい状況なんじゃないかしら？」

「だな、この案件、ギルドというより騎士団に行った方が――」

「きしは、だめなのです!!」

先ほどまで落ち着いて話していたリーナが急に声を荒げたので私達は面食らった。

「おかーさん、いってました。きしにみつかったらころされる……だからなにがあってもおかーさんのことはきしにいってはだめって、りーなはやくそくしたのです」

それは一体全体どういうことなのか？

謎が謎を呼び、頭が混乱してきた。

リーナのお母さんはなにか事情があって騎士を避けている？

そしてなにかがあって娘を置いて消えた？

それで、リーナが母親を心配して騎士団ではなくギルドに依頼をしてきた……と。

今の状況をまとめるとこんな感じだ。

「たくさんのぎるどにおねがいをしましたが、ほーしゅーがおかしではだめだといわれました。きしだんにいこうといわれてしまいました。でもりーなはやくそくをやぶりたくありません。おねがいです、おねーさん。ここがさいごのと――とりで、そうとりでなのです！　おねがいします」

そう言うと次に、リーナがとった行動は、

驚愕の――土下座⁉

「リーナ⁉　汚れるよ⁉　っていうかどこで覚えたのそれ⁉」

私が悲鳴を上げていると、ルークがさっとリーナの脇を持ち上げて立ち上がらせた。俯《うつむ》くリーナは半べそをかいている。

「おねがいします、おかーさんをさがしてください。ほーしゅーがだめならりーなのしゅっせばらいでおねがいします。おはなのまちでがんばりますから」

しゅっせばらい、おはなのまち。

しばらく考えて、ぎゃあとなった。

恐らくは、色街で身を売って稼ぎますと言っているのだ。意味は分かっていないかもしれないが、

リーナ、どこでそんな言葉を覚えたの⁉

ルークもしばらく考えて同じ答えに行きついたのか、顔を真っ青にした。

「シ、シア……」

「分かってるわ。放ってもおけないし……リーナ、ほら泣かないで」

ハンカチでリーナのぐちゃぐちゃになった顔を拭った。

「その依頼、確かにこの『暁の獅子』が引き受けたわ」

「ほんとーですか⁉」

「ええ、任せておいて」

リーナを安心させようと優しく見えるように精一杯笑顔を浮かべた。するとリーナは、どこか恥ずかしそうにもじもじした後、私達を見上げて、

「ふつつかものですが、どーぞよろしくおねがいします！」

花のような笑顔を浮かべた。

でもリーナ、その台詞は間違っている。


今日はもう遅いのでいったんリーナをうちに泊めることにした。

「こんやはどうぞよろしくおねがいします」

リーナは持参していた寝巻を着て、ベッドの上で向かい合い三つ指をついて頭を下げた。

初夜の夫婦じゃないんだから……。リーナはどこでこんなことを――うんぬん。

彼女は寝袋まで持参していたのだが、さすがにベッドがあるのに床で寝ろなどと言えるわけもないし、小さい子を一人部屋にするのも気が引けたので一緒に寝ることにしたのだ。

「さあさあ、もう寝よ。明日はリーナのお母さんを捜しに行かないと。あ、でもその前にちょっと王宮に寄っていいかな？」

「おうきゅーですか？」

「そう、ルークの剣の先生をお願いしにいくの」

「わかりました。おにーさんのせんせー、りーなもおねがいします」

にこーっと笑うリーナはまるで天使。

ふふふ、これならあの強面の副団長でも落ちるだろう。彼は可愛いものに滅法弱いのだ。

「リーナ、その人は騎士なんだけどリーナの事情については秘密にしてあげるから大丈夫よ」

「みゅ……きしなのですか？　はい……りーなはおねーさんをしんじています」

「ありがとう、じゃ寝よう」

「おやすみなさいです」

リーナは眠りに誘《さそ》われるように目を閉じた。孤児院にいた頃はこうして年下の子供達と一緒に寝たものだが、懐かしいな。

私はリーナの寝顔を堪能してから、目を閉じた。

朝の目覚めはすっきりだ。

まだ隣ですやすや寝ているリーナを起こさないようにそっと起きると身支度を整え朝食を作り始める。しばらくするとルークがやってきて、そのすぐ後にリーナが起きてきた。

小さいのに一人で起きられるとは感心だ。

「おはよう、ルーク、リーナ」

「ふわあ、おはよう……」

「……」

ルークはまだ眠そうに席に着いたが、リーナはぽかんとしたまま突っ立っている。

「リーナ？　どうかした？」

「あ、えっとあの……すみませんです!!」

勢いづいたスライディング土下座が炸裂《さくれつ》した。

だからリーナ、君はどこでそんな……。

「ごはんのじゅんびにおくれるなんてとんだしったいです！　でもおねがいです、ぶたないでください。おひるごはんはとてもおいしいものをつくりますからっ」

「リ、リーナ!?　ちょっと、落ち着いて！　大丈夫よ、そんなことでぶったりしないから」

私はそんなに怖い人間に見えるのだろうか。ちょっとショックだ。

リーナはそろりと顔を上げて私を窺い見る。

「……ぶたないのですか？」

「しないしない。ほら、床に手をつけたんだから手を洗って席に着いた着いた！」

私がお皿をテーブルに並べている間、茫然《ぼうぜん》としているリーナを抱えてルークが洗面台で手を洗わせる。リーナの背丈では届かないから支えてやる必要があるのだ。

「石鹸《せっけん》つけて、よーく洗えよ」

「はい……です」

言われた通りしっかりと石鹸をつけて手を洗い、タオルで拭いたリーナはそっとルークを見上げた。ルークはそれを見て笑顔を浮かべる。

「上手にできたな。えらいえらい」

そう言ってリーナの頭を撫《な》で、それを見た私もリーナの頭を撫でた。

ルークばっかりずるいからね。

「えらいえらい」

子供は褒めてのばす主義。可愛い子には撫で撫で量倍増で。

リーナはちょっと苦しそうにしていたが、徐々に頬を赤く染めて俯いた。

「りーな、こんなにえらいえらいされたのは、はじめてです」

「そうなの？　お母さんにしてもらわない？」

リーナくらいしっかりした子ならいっぱい褒められそうだけど。

そう思っていると、リーナはしおれた声を出した。

「りーなはわるいこなので、いつもしかられます。たくさんたくさんぶたれるので、いつもどうやっていいこでいるか、かんがえるのです」

その言葉に私とルークは顔を見合わせた。

嫌な予感がする。

昨日は一人で入れると言い切ったのでリーナを一人でお風呂に入れた。だから見なかった。

「ちょっとごめんね、リーナ」

リーナの長袖をまくる。

その服の中に隠された腕には――――。

「酷い」

無数の痣《あざ》が刻み込まれていた。

「リーナ、痛い？」

私の問いにリーナは首を振る。でもその表情は晴れない。

そっと私は痛々しい痣の上に手をかざし、呪文を唱えた。

「ヒール」

温かな光の雨が痣に降り注ぎ包み込んでいく。光はやがて霧散《むさん》、そこにあった痛ましい痣は跡形もなくなっていた。うん、これでよし。だけど……痣の数が多いから一回では治しきれない。それにリーナには悪いがこれが虐待の証拠になる。騎士に直で行くのが憚《はばか》られるなら一度、聖教会に相談に行ってもいいだろう。とはいっても王都の聖教会の司教はものすごい問題人物ではあるのだが。

「ごめんね、リーナ。もっとたくさん綺麗に消してあげたいんだけど……」

「いいえ……おねーさんはすごいです。ぴかぴかしてあったかです……」

とても嬉しそうににっこり笑うリーナを私はぎゅっと抱きしめる。

終わったら絶対に全部綺麗に治療しよう。そう心に決める。

しかしこれはリーナのお母さんに、しっかりと『ごあいさつ』しなければならないなとルークと頷き合った。


朝ご飯を食べてから、準備をして先に王宮へ向かう。

徒歩で行こうと思ったが小さなリーナがいるので贅沢に馬車に乗ることにした。

「す、すごいです！　うまさんのはこです！」

「馬車は初めて？」

「はい！」

ステップが高いのでルークがはしゃぐリーナを抱っこしてあげて乗り込む。早く流れる景色にリーナは興奮しっぱなしだ。なんて可愛い。天使か。

繁華街、貴族街を抜けて王宮へ辿り着くと周囲の雰囲気はがらりと荘厳《そうごん》な空気に変わる。はしゃいでいたリーナもすっかりその空気にあてられたのか静かになっていた。

これから騎士に会うとも伝えているし、緊張しているのだろう。

私はジオさんからもらった紹介状を門番に見せて、中に通してもらう。

後は王宮騎士の人に会って、紹介状を渡し順調に行けば後日副団長から時間を指定されるはずだ。

私達は案内されるままに城の中を歩く。私はもう慣れているが、ルークとリーナは緊張しすぎてカチコチだ。壁に触るのも怖いのか真ん中を歩いている。

騎士が詰めている王宮の東側の一角の部屋に案内され、そこで少し待つように言われた。

私はふっかふかのソファーに腰を降ろして使用人が淹れてくれた紅茶とクッキーを楽しむが、二人はのんびりする気にはなれないようでソファーにすら座れずぽつんと立っている。

リーナはルークのズボンをずっと握りっぱなしだった。

なんとも可愛く初々しい姿である。でもちょっと気の毒だった。

しばらく待つと、誰かが部屋の中に入ってきた。取次の騎士の人だろうと思って扉に目をやると、予想外の人物がいて驚いた。

高い身長に鍛え抜かれた筋肉の立派な体躯《たいく》を持った黒髪オールバックの強面の男、非戦闘時だからかトレードマークの黒い鎧は外しているが威圧感のある黒の騎士隊服を纏っているのでこれでも十分迫力がある。

鋭い三白眼《さんぱくがん》の瞳が室内にいる私達を順番に見回した。

ルークは背筋をぴんと伸ばし、リーナは固くルークのズボンを握りしめたまま彼の背後に隠れる。

そして最後に目が合った私は、慌てて立ち上がって軽くお辞儀をした。

「ご無沙汰《ぶさた》しております、イヴァース副団長」

「ああ、久しぶりだな聖女シア」

「あはは……、もう聖女ではありませんが」

苦笑交じりにそう言うと、イヴァース副団長は苦虫をかみつぶしたような顔をした。

「話は国王陛下から少し聞いている。詳しい話が聞きたいと思っていたところだ……とりあえず全員かけなさい」

私はルークとリーナに声をかけ、ソファーに座っていいよーと促す。

戸惑う二人の背を押して、ようやく座らせると私はイヴァース副団長に問いかける。

「あの、お忙しいと伺っていましたのでご本人がおいでになるとは思いませんでした」

「シアとの面会となれば是が非でも参上しよう。まあ、なにちょうど時間が空いたのでな。気にしなくてもいい。あなたと話したいことは山とあるのでな」

そう言われて、彼の聞きたいこと、聖女解雇の経緯を話した。


話し終わると、これまで静かに聞いていたイヴァース副団長は、額《ひたい》に青筋を浮かべてドンとテーブルを強打した。

「あんのクズ勇者！　地獄に堕ちろ！」

あれ、この反応前にも見たな。

さすが常識人同士、言うことも一緒だ。

ルークとリーナが強打にびびった。私はこの怒声も慣れている。勇者がここにいた時から問題児だったから。当初からちやほやされていた勇者に対して叱ったり注意したりしていたのはイヴァース副団長だけだ。勇者を更生させようと頑張っていたが、その努力は泡と消えた。

「ゆ、勇者ってもっとこう品行方正なイメージがあったが……」

ルークがぼそりと言う。

「よく知らない一般市民はそうよね。でもあれは一生出会わなくていい人間だわ。関わり合いにならないのが一番」

「そうなのか……がっかりな奴なんだな。っていうかお前、聖女だったんだな」

「元ですが」

「勇者は王城のテラスで大々的にお披露目してたが、聖女は出てこなかったから知らなかった。街では聖女は慎《つつ》ましやかだと噂になっていたぞ」

「はははは」

乾いた笑いが出る。

その王宮テラスの勇者お披露目会に私もちゃんといたんだよ。

ただ、勇者が隣に私がいるのが邪魔だから後ろで花吹雪でもまいてろと言うので、へいへいと下がっていただけだ。勇者は目立ちたがりなので、聖女という存在で自分が注目を一身に浴びれなくなるのが嫌だったんだろう。

「はあ……だが、そんながっかりなクズ野郎でも才だけは見事なんだ。現状奴以上の戦士が聖剣を折らない限り、勇者を辞めさせることもできん。頭が痛い問題だ」

そう頭を抱えるイヴァース副団長に私はあれ？　と思った。

そうだ、そうだよ。見たじゃないか、勇者以上の剣の才を持つ人間を。

思いついた私はイヴァース副団長にそっと耳打ちする。

「その問題、もしかしたら解決できるかもしれませんよ？」

「は？　どういうことだ？」

「私の見立てではルークが剣士としてSランクまで育ちます」

「なに⁉」

ガタッと思いっきり音を立ててイヴァース副団長が立ち上がった。

「あ？　なんだ……？」

注目を浴びるルークがきょとんとする。

「彼が聖剣に選ばれる可能性は……？」

「聖剣が勇者を選ぶ基準が不明ですからなんとも言えませんが、ゼロではないかと」

悩み始めたイヴァース副団長に私はくるりと踵を返してルークを見た。

「ルークは努力の天才！　いつかは強くてでっかい男になる！　ね、ルーク？」

え？　え？　と混乱しているルークに必死にアイコンタクトを送った。

『イヴァース副団長に売り込みにきたんでしょーが！　先生紹介してもらわないと訓練が始められないわよ！』

意図をようやく汲《く》み取ったのかルークが立ち上がり、深々とイヴァース副団長に頭を下げる。

「俺、シアにとても恩義を感じているんです。浮浪者だった俺に居場所をくれた。だから俺にそんな力があるのなら、いやなくたって強くなってギルドの……家族の力になりたいんです！」

真剣で必死な声に、イヴァース副団長はじっと赤髪の頭を下げたルークを見下ろした。

そして私はひそかにまた感激していた。

ちゃんとギルドの一員、家族としてそんなに思っててくれたなんて……。不覚にも泣きそうだ。

イヴァース副団長はそんな様子の私も見て、そして最後はうんと頷いた。

「いいだろう。シアには勇者関連で迷惑をかけているしな、少しでも力になりたいと思っている。だが、ゆえに半端な師はつけない。それでもいいか？」

「はい！」

「うむ……ならばよい。だが、そうだな」

そっとルークの細い腕を掴む。

「まずはこの骨と皮しかないガリガリの体をなんとかすることからだな。これでは鍛えても筋肉にならんし、怪我をする。シア、こいつにしっかり飯を食わせてやれ」

「分かりました！」

「師の手配の方はやっておこう。後でふくろう便で知らせる。俺も時間があれば鍛えてやろう」

「え⁉　本当ですか⁉」

願ってもいないことになって私は声を上げた。

「ああ、誰よりも厳しくなってしまうと思うが」

「望むところです！」

ルークが意気込むとイヴァース副団長は嬉しそうに頷いた。

話も区切りがついたところに騎士の人がイヴァース副団長を呼びに来たので彼はやれやれと立ち上がる。これで解散かなと思ったが、イヴァース副団長は去り際に言った。

「そういえば、そこの小さな少女はどうしたんだ？」

ぎくりと身が縮こまる。

リーナ一人で留守番させるわけにもいかないので連れてきたが、やっぱり聞かれるか。

私はにっこりと笑顔を浮かべる。

「うちの初めてのお客さんなんです。なんでもいなくなった猫を捜しているとか」

「そうか、早く見つかるといいな」

彼は少々ぎこちないが穏やかな笑顔を浮かべてリーナを見つめた。

リーナはルークと私の影に隠れていたが、ちょっとだけ顔を出す。

「あ、ありがとうです……」

「ああ」

そうしてイヴァース副団長は去り、私達はほっと胸を撫で下ろすのだった。

☆5　おうごんのきれいなきらきら

「ふくだんちょーさんは、おそろしいひとではないのです？」

王宮を出て再び馬車に乗るとリーナがそんなことを聞いてきた。

「恐ろしくはないわよ？　見た目は怖いし厳しい人ではあるけど実は可愛いもの好きの優しい人だから」

「そうなのですか……りーなはずっと、きしはおばけのように、おそろしいひとたちなんだとおもっていました。おかーさんが、いつもちかづくな、つかまったらころされてしまうからって」

リーナの言葉に私は不思議に思う。

騎士は人を捕まえてすぐさま殺してしまうようなことはほぼないはずだ。魔物退治ならともかく確認作業をせずにそのまま処断して殺すのは国の法律的になしである。それに処刑は処刑人の仕事だから、罪人だったとしてもまず騎士は人を殺さない。人的被害が及ぶ場合はありえなくもないけど……。

リーナのお母さんが、リーナを騎士に近寄らせないようにわざと怖いことを言っていたのだろうか？

リーナはじっと自分の膝を見つめている。

「おねーさんは、いいひと……おにーさんもいいひと……ふくだんちょーさんもいいひと……じゃあ、おかーさんは……？」

ぶつぶつと呟くリーナに首を傾《かし》げた。

「どうしたの？」

「おねーさんたちはおうごんのきれいなきらきらで、でもおかーさんはまっくろなどろどろなのです」

ごめん、意味が分からない。

突然のリーナの比喩的《ひゆてき》な言葉にどう返していいか分からず悩む。そんな私に、リーナは手をそっと握ってきた。

「おねーさん、うまさんのはこをおりてもいいですか？」

「いいけど、ここからお母さんを捜し始めるの？」

リーナは首を振った。

「いいえ、でもおねーさんならきっとわかります」

「え？」

よく分からなかったが、リーナの目が真剣だったので馬車を途中で降りると人混みを避けて住宅の影に身を滑り込ませた。

リーナは通りの人達をじぃっと観察している。

そして、そっと指先を人に向けた。

「あのおじさんは、どろどろ。あっちのおばさんはきらきら」

指された場所にはおじさんとおばさんが立ってて、それぞれ誰かを待っているようだった。リーナの言うようなドロドロっぽいところもきらきらっぽいところもはた目からは見受けられない。

でもなんとなく聖女としての勘が表向きの姿のことではないのだと感じた。

だから私は見てみることにしたのだ。

まずはおじさん。

剣の才　F↓F
拳の才　D↓C
弓の才　F↓F
魔法の才　F↓F
人柄　E

これは……見るべきなのは低い才ではなく、人柄だ。人柄は良い人でSSSから一番低くてFで表される。これは下から二番目。かなり内面の柄が悪い。

じゃあ、おばさんは？

剣の才　F↓F
拳の才　F↓F
弓の才　D↓C

魔法の才　F→F
人柄　S

……とても良い人だ。遅れてきた待ち人にも嫌な顔ひとつせず笑顔で対応している。

そうか、そういうことか。

「リーナ、あなたには人の内面のオーラが見えるのね？」

霊的能力のある人間はたまに人のオーラと呼ばれる気が見えることがあるらしい。リーナはこくりと頷いた。

「おねーさんたちとおかーさんのいろはまったくちがいます。だから、おかーさんはわるいひとなのかもしれません」

気落ちしたように悄然《しょうぜん》と肩を落とすリーナを私はぎゅっと抱きしめた。

「おねーさん？」

「大丈夫よ、リーナ。お母さんを捜しましょう……見つけたら言いたいことを言わなくちゃ。でないとリーナも納得できないよね？」

「いいたいことを……いう……」

リーナはこちりと体を固めた。

母親に向かって口答えをしたことがないのかもしれない。そうだ、リーナには母親から受けたのだと思われる無数の痣があるのだ。よくぶたれていたようだし、なおさら無理かもしれない。

そう思ったのか、ルークはリーナの頭を優しく撫でた。

「俺達がついてる」

「そうよ、リーナ。なんなら私がばーんと言ってやってもいいんだから」

「おねーさん、おにーさん……いいえ、これはりーなのもんだいなので。でもありがとうございます。りーなは、おかーさんをみつけたらがんばっていうことにします。わるいことをしているならきしだんへいこうって」

幼いながらにリーナも気が付いているのかもしれない。

母親の悪事は、もしかしたら処刑されるくらいの重罪かもしれないと。常々母親が言っていた通り、彼女は殺されるのかもしれない。

だからリーナは母親の為にずっと騎士を避けてきた。

そして母親のどす黒いオーラも見て見ぬふりをしてきたのだろう。

気が付かないふりをしていたのだろう。

もしかしたら騎士こそが悪者で、ずっとその色を悪い色だと思い込んでいたのかもしれない。

でも今日、リーナは知ってしまった。黄金のキラキラは、優しい色なのだということを。

気が付いたのなら、もう誤魔化せない。

リーナの瞳には確かな強い光が宿っていた。

私達は再び馬車に乗り、まずはリーナ達がどこに住んでいるのか聞いてみた。

「まどろみのふくろうてーというところで、おせわになっているのです」

「それってもしかして宿屋のこと？」

「はいです」

「じゃあ、リーナは王都に家を持っていないのね？」

リーナはこくりと頷く。

「おかーさんはよくおひっこしをするので……。リーナはおうとからでたことはないですけど、おかーさんはあちこちいっていたみたいです」

という話から泊まっているという商店街にほど近いところにある宿屋に行った。部屋には沢山のお菓子とぬいぐるみが置かれていて、ある意味異様な光景だった。

「おかーさんが、かってくれました。これならひとりでおるすばん、できるよねって」

「そう……」

色々思うところがありつつも部屋を調べる。

だが、母親が戻ってきた形跡はなく従業員も見ていないという。それにしてもかなり無愛想な従業員だった。宿の雰囲気も暗くてあまり長居をしたくないところだ。

仕方がないので宿を出て次に商店街へやってきた。ここがリーナとお母さんがはぐれた場所らしい。

辿り着いたお昼頃の商店街は買い物客で大いに賑《にぎ》わっていた。

リーナの案内で、彼女が母親と別れたという果物屋の前まで来た私達はさっそく聞き込みを開始しようとしたのだが……。

「この人相書きじゃ、ぜんぜん分からないわよね……」

「そうだな……」

「そうですか？　にているとおもうのですが……」

リーナは自分の絵に自信があるのか、可愛く首を傾げている。だが、私達にはただのまるかいてちょん。性別も分からなければ、どこかどのパーツなのかも不明である。これが猫ですと言われたらへーっと言ってしまう具合だ。

「ねえ、リーナ。お母さんの特徴とかないかな？　私、ちょっと描いてみる」

「はいです。……えーっとまず、かみのいろはりーなとおなじきんいろで……」

「あー、ちょっと待って待って」

急いで私は近くにあった文具店で適当に紙と色鉛筆を買うと、リーナが証言した通りに紙に色鉛筆を走らせていく。

しばらく聞いて、区切りがついたところで私はふーっと手を止めた。

「うん、かなり難しかったけどなかなかの出来栄え」

「へー、シアは絵心があったのか。どれどれ、見せてみろよ」

「ふっふっふ。じゃーん」

紙を大きく広げ二人に見せた。

二人とも私の絵をしっかり見ようと顔を近づけて……。なぜか目を細めた。

「みゅ……？」

「…………えー」

天使が可愛い声をもらし、ルークが残念な声を上げる。

「？　なにかしら、その反応は？」

「いや……、シア……お前、これ――リーナの絵と大差ないぞ？」

「嘘でしょ⁉」

ばっと自分の絵を見た。

ここが髪、ここが目、ここが口。

うん、分かる分かる。少なくともリーナの絵よりは各種のパーツが整っているはずなのだが。

「それ、自分で描いたから分かるだけで、他人の目から見たらぜんぜん分かんねぇーから」

ルークにびしっと指摘され、がっくりと肩が落ちた。

そんな……自信あったのに。

「仕方ない。俺が描くか。リーナ、ごめんなもう一回、お母さんの特徴教えてくれるか？」

「はいです！」

今度はルークが挑戦するらしい。

ふん、どれくらい上手か見てやろうではないか。

またしばらくお絵かき時間となりルークが描き終るまで待つ。

そしてリーナが話し終わり、ルークの手が止まると彼は顔を上げて頷いた。

「まあ、こんなもんか。俺も絵を習ったわけじゃねぇーから自信はないが」

そう言い訳しながら見せられたその絵は……。

「わー、おにーさんじょーずです。おかーさんです！」

「えー……」

「シア、なんでお前そんな残念そうな声出すんだよ」

みんなで絵心びみょー仲間を期待していたので。

ルークの絵は、しっかり人間になっていた。とても写実的な絵で、きっちり影や輪郭《りんかく》、髪の細い部分、睫毛《まつげ》、ほくろまできちんとリーナの言葉通り描き込まれていた。

本当に絵を習ったことがないのか疑わしいくらいだ。

「べっつにー、悔しくなんてありませんー。でもこれでお母さん捜しができるわ。さっそくこれ持って聞き込み開始といきましょう」

『おー！』

とりあえず目の前の果物屋さんで彼女が戻ってきていなかったか確認してみた。

「ああ、この人かい。美人さんだよねー、その女の子と一緒にいたのを見たよ。え？　その後？さあ、どうだろう。俺は見なかったけど。美人さんだから見たら記憶に残ると思うんだけどねー」

一応真向かいの文具店にも聞いてみた。

「あーこの人ね。時々見るよ。すごい美人だから色んな男の人と歩いてるんだよな。昨日は一緒にいたよね？　その後？　いや、そういや今日は見てないな」

どうやら別れた現場には戻ってきていないようだ。

そこから徐々に範囲を広げて聞き込みをしていく。中にはこういうのは騎士団に任せた方がいいんじゃないかと渋い顔をする人もいたが、ここは私の話術と、リーナの天使のうるうる攻撃で撃沈させる。

ルークが女は怖いと呟いていたが、無視ですね！

だが、私達が長いこと聞き込みをしていると、やはり王都であるが為に巡回の騎士に見つかることになってしまった。一応、騎士が巡回に来るたびに隠れてやり過ごしてはいたのだけど……今日に限ってなんだか巡回が多い気がする。

「その子の母親を捜しているようだな。これはギルドの仕事ではないのではないか？」

「あー、えっと……」

どうしよう。真面目そうな騎士だ。リーナの事情も話せないし、どう切り抜けるべきか。頭を高速回転させて考えていると。ちらりと視界の端に派手な……でも騎士隊服を着ている銀髪の背の高い青年を見つけて、咄嗟《とっさ》に声を上げた。

「あ！　ベルナール様！」

大声を張り上げて手を振ると、運のいいことにこの人混みの中、彼は気が付いてくれた。にこやかに笑って手を振り返してくれた上に、もくろみ通りこっちに来てくれた。

「やあ、シアじゃないか。久しぶりだな」

「ベルナール隊長？　お知り合いですか？」

親しげな私達に騎士の男が怪訝《けげん》な顔をする。

「ああ、ちょっとな。変な関係じゃないぞ？　ただ、少し色々世話になったことがあるだけだ。君、ここは俺が対応するから巡回に戻ってくれ」

「え？　でも、その子供が母親を」

「母親？」

目が合ったベルナール様に目くばせすると、彼は頷き。

「俺の用事は終わっているからな。事情があるなら聞こう。君は巡回の途中だろ？」

「はあ……そうですね。ではお任せいたします隊長」

騎士の男が去っていくと、私達はほっと息を吐いた。

その様子をベルナール様が不思議そうに見てた。

「ふむ？　やはりなにかありそうだな。良かったら話してくれないか？」

親切心で言ってくれているのは分かっている。

だけど私は首を振った。

「悪いけど約束があるんです。ここは私の顔を立てて、見逃してくれないでしょうか？」

お願いと手を合わせて拝むと、ベルナール様はしばらくじっとこちらを見ていたが、やがて――。

「事情は分からないが、まあ君のことだから問題はないか……。しかし近頃物騒だからな、いくら力があるとはいえ不用意なことはしないようにな」

「ありがとうございます、ベルナール様」

ベルナール様とは王宮にいた頃の知り合いだ。一年前はまだただの平騎士だったが、どうやら隊長まで出世したようだ。王国騎士団は確か、七つの部隊に分かれていたはず。その隊の中で一番強い人が隊長になる習わしがあるから彼は二十四歳という若さで隊一番となったわけだ。前々からすごい人だとは思っていたが想像以上だった。

しかしそんな思い出に浸っている余裕はない。彼の言葉に引っ掛かりを覚えて聞き返していた。

「王都、最近物騒なんですか？」

「そうだ。どうも王都内に密売人が流れ込んでいるらしい。そのせいで界隈が物騒になっているんだ」

「ああ、だから騎士の巡回が多いんですね？」

変だとは思ったのだ。

まさかそんな事態が裏で動いているとは思わなかった。そういえば副団長もかなり忙しくしていたような。

「お前達に関わりはないだろうが、一応気を付けておくんだぞ？」

「はい、ありがとうございますベルナール様」

王宮に戻ると言うベルナール様はいったん私に背を向けたがもう一度、振り返った。

「そういえば、シア……聖女を解雇されたって？」

「え？　ええ、そうです。やっぱり知っていたのですね」

「もちろん。君の元護衛としては君の旅の動向は気になるところではあったからな。詳しく聞きたいのは山々だが、まあ大方予想はできている」

カチリ……と、彼は剣の柄に手を当てた。

そしてにっこりと美貌《びぼう》の笑顔を浮かべる。

「あのクズ勇者、いつか闇討ちにあって死ぬだろう……じゃあな」

なんか、恐ろしい予言を残して帰っていきおった。ラメラスの女神よ、ご加護を。

私が拝んでいるとひょっこりとリーナが顔を出してベルナール様の去っていった方向を見つめた。

なんだか目がきらきらしている。

「あのひとはおーじさまですか⁉」

「残念、騎士様です」

「そうなのですか⁉　でもすごかったです、ぎんいろできんいろで、ぴっかぴかのきらきらでした！」

天使、大興奮。

そうかそうか、子供とはいえリーナも女の子。王子様とかに憧れたりするんだな。確かにベルナール様は銀色のさらさらの髪に青い瞳で、精巧な人形かと思うほど整えられた美貌の青年だ。もちろん女性からの人気は怖いほど高い。さっきから周囲の視線も強かったのだが、彼がいなくなった途端に散った。さすがのイケメンである。

彼が私の護衛を務めていた時期は、乙女達の嫉妬の嵐で恐ろしかったな。返り討ちにしたけど。

「それじゃ、騎士に気を付けて捜査を再開……ルーク？」

なぜかルークが後ろで泣いていた。

「どうしたの⁉　お腹でも壊した⁉」

「シア……」

「なに⁉　薬⁉　トイレ⁉」

「……服」

「は？」

がしっと勢いよく肩を掴まれた。近づいた顔がすごく可哀想なくらい落ち込んでいる。

「とりあえず身綺麗にしたい！　ぼさぼさの髪もなんとかしたい！」

「落ち着いてルーク！　それはちゃんとやらせてあげるからっ」

一体全体ルークはどうしたというのだ？

意味が分からず目を白黒とさせていると、彼は消沈しきった声音で呟いた。

「かっこいいは……強い」

「いや⁉　かっこよさと強さは比例しないから！　ベルナール様が規格外なだけだから！」

「でもさ、実際俺の格好ひでぇじゃん。自らのみすぼらしさを突き付けられたようで、なんか惨めになっちまって……」

どうやらルークはベルナール様のイケメンオーラに当てられたらしい。まあ、二日前まで浮浪者やってたんだから赤い髪はぼさぼさだし、背が高くてもひょろひょろだし、服はぼろぼろ……かっこよさとは程遠い。あまり気にはならなかったけど、本人が気にするなら早急に整えてあげよう。

でも今は。

「ルーク、気落ちしているのは分かったけど今はリーナの用事が先決よ？」

ルークははっと顔を上げ、そうだったと頷いた。

「ごめんリーナ、すぐに再開しよう」

「おにーさんは、いーこいーこです！　きしおーじさまにまけてません！」

「うう、ありがとうリーナ」

ぎゅーっと抱きしめる姿はまるで年の離れた兄妹のようだ。

仲良しでよろしい。

そしてリーナの中でベルナール様は騎士王子様となったようだ。


ひと騒動ありながらも捜索を再開した私達は、商店街で調査を行ったが有力な情報を得られず、夕刻になった為、今日はここまでと区切りをつけてギルドに戻ることにした。

「明日はもっと範囲を広げてみましょう。リーナ、明日もいっぱい歩くけど大丈夫？」

「はい、だいじょうぶです」

夕飯の買い物に出てきた主婦でさらに賑わいを増した商店街から出るまで、背の高いルークを先頭にして人混みを掻《か》き分け、私ははぐれないようにとリーナと手を繋いでいた。商店街を出て閑静《かんせい》な住宅街の近くまで来ると役目を終えたルークがリーナの隣に来た。するとリーナがなにか言いたそうにルークを見上げる。

「なんだ？」

視線に気が付いたルークが聞くと、リーナは恥ずかしそうに俯いておずおずと左手をあげた。

「あの、てをつないでもいーですか？」

「？　別にいいけど」

上げられた小さな手をとると、リーナは嬉しそうに私達の間でぴょんぴょんした。

「あのあの、じつはとてもゆめだったのです。こうしてまんなかでてをつないでぴょんとするのが」

ああ、と私はルークと視線を交わして笑った。

街中で時折見かける親子の姿が思い出される。子供が両親の間で手を繋いで楽しそうにぴょんぴょんしているのだ。リーナはそれを見たんだろう。

「もっと高く飛ばしてやるぞ？　それ」

「きゃー、きゃーたかいですー！」

ルークが背の高さを利用してリーナを高く飛ばした。楽しそうにするリーナの笑顔が眩しい。父親は知らないと言っていたからこういったこともなかったのだろうな。

夕闇迫る帰りのひととき、私達は楽しく笑い合い、長い影法師《かげほうし》と遊んだりしながらギルドへ帰ったのだった。


次の日の朝。

私が起き出す頃には、リーナはもう起きていた。準備万端で、気合十分なリーナを存分に可愛がりながら一緒に朝食の準備をしてルークを待ち、賑やかな朝食を経て私達は捜索二日目を開始した。

今日は商店街よりさらに進んだ職人街まで足を広げた。職人街は商店街で品物を卸《おろ》すため、沢山のものを作っている職人が集まる工場区画だ。また職人と交渉する為に多くの商人が通っている場所でもある。その為、商人用の宿泊施設もあるくらいだ。

リーナのお母さんがここを通ったかは分からないが、商店街からも近いし可能性はある。

それに職人街は廃工場なども点在していて浮浪者のたまり場みたいになっているところもあるらしい。

隠れる場所も多くあるのでちょっと後ろ暗い人なんかが集まりやすいのだ。というルーク情報である。

しばらく職人街で頭の固い職人相手に手こずりながらも捜し続けてまた日が傾きかけた時だった。

リーナはぱっと私の手を離すと、路地裏の方にすっとんでいく。

「リーナ!?　ちょっと、待ちなさい！」

文字通り転がるように走ったリーナは、途中で転び足を止める。そこに追いついた私達は、リーナを起こしてあげてヒールをかけると彼女を落ち着かせるように言った。

「どうしたのリーナ、一人で行ったら危ないでしょう？」

「――さんが」

「え？」

「おかーさんがいました!!」

リーナが指示した先は、薄暗い路地裏。

その一番奥には、重厚な黒い扉が立ち塞《ふさ》がっていた。

☆6　またね

深い闇に誘われているような感覚に襲われる。これは聖女としての警告みたいなものなんだろう。どうする？

中がどうなっているか分からない状態で飛び込むのは危険だ。忍び込む方法はないこともないいんだけど……。

そうやって悩んでいると、ルークが忍び足で奥の扉へ向かい始める。

「ルーク？　危ないわよ」

「中にはまだ入らない、ただ人数を調べてくるだけだ」

「人数？　調べられるの？」

見たところ、その建物には黒い扉しかなく窓のようなものは高い所に少しあるくらいだ。どうあがいても届かない。だがルークは自信ありげに頷いた。

「裏ストリートでは浮浪者を取り締まる騎士や身売り目的の人身売買人が来る。そいつらの足音を聞きわけるのにいつも神経すり減らしてたら身に付いた技能だ……大丈夫、確実に人数を当てる」

なるほど、確かに浮浪者はそういう手合いには敏感でなければ生き残れない。だてに十数年浮浪者をやっているわけではないようだ。

ルークは静かに扉の前まで行くとそっと耳をそばだてた。

一階にいればいいが、それ以上だと聞きづらい。彼がどのくらいの範囲まで聞き分けられるのか分からないので祈るような心地でリーナと共に待つ。

しばらくすると確信を得たのかルークが戻ってきた。

「中にいるのは五人。四人が男で一人が女だ。全員成人済みだろう、一人大柄な筋肉質な男がいるな。後は細身じゃねぇかな」

「そこまで分かるの!?」

かなり細かいところまで聞き分けているようだ。なかなかの技能に感心する。

「扉には鍵がかかってるが、俺なら開けられる」

「鍵開け技術もあるのね……」

「浮浪者だから色んな特技ねぇーと死ぬんだよ。で、どうするシア？」

五人……五人か。

ギリギリいけるかもしれないが、直接的な攻撃力を持つのはルークのみ。支援は私ができるけど、どうしてもリーナから目を離しがちになる。彼女とお母さんを会わせるにはリーナを連れていかなきゃいけないし……。

「！　シア、騎士が来る」

突入するか、リーナのお母さんが出てくるのを待つか……。安全なのは後者だけど。

「隠れて」

近くのゴミ箱に身を隠すと、数人の騎士が走ってきた。

「この辺りか？」

「ああ、確かな情報だ。やつらを一網打尽《いちもうだじん》にするにはアジトを見つけないとな」

「捜すぞ、一刻も早く連中を叩き出せ！」

騎士達の会話に、私はベルナール様との話を思い出した。

今、王都は外国からの密売人達のせいで物騒だという。彼らがこの近くで捜しているということは、その密売人達がいるかもしれないということ。

そしてそれはもしかしたら……。

騎士に先を越されたら、リーナとお母さんが話す時間がないかもしれない。

やるしかないいか。

「ルーク、リーナ、聞いて。これから建物に突入するわ」

「そうか、でもどうする？　このまま入ってもすぐに捕まるぞ。俺の剣の腕はまだまだだし、さすがに一人で五人の相手は無理だ」

「そうね、でも一対一なら問題ないでしょう？」

「え？」

「考えがあるわ。とりあえずシーツかなにか布を探さないと」

私の言葉に疑問符をいっぱい頭の上に浮かべた二人をよそに私は丁度いい汚れたシーツを見つけた。汚いけどまあ、いいでしょう。

「はい、集まった集まった」

二人に手招きし私を挟むようにして集めると頭の上からシーツを被った。まるで大きなシーツおばけみたいだ。視界が開けるように目のところに三人分の穴をあける。

「はーい、出発。息を合わせてね。シーツから体がはみ出ると見つかっちゃうから」

「いやいや⁉　シーツ被ってた方が目立つじゃねぇーか⁉」

「大丈夫よ。聖魔法にはこんな魔法もあるの。隠蔽《カバー》！」

「うお⁉」

魔法を唱えると、見事に私達の姿が消えた。

「す、すげぇ……ほんとに見えねぇ。あ、シア、リーナ、いるか？」

「いるわよー」

「いるですー」

もさもさ動く。だが隣に気配をまったく感じない。

「なんか変な感じだ。感覚は鋭い方だが、お前らのことがぜんぜん感知できねぇ」

「そりゃそうね。気配も隠蔽《カバー》したから」

「え⁉　そんなこともできるのか⁉」

「熟練の聖魔法使いなら可能……たぶん？」

私の場合は魔法に加えて聖女の力も発動しているからかなり強化されているのだ。互いの気配が掴めないので手を握り合って進んでいくことにした。

「声も一応、隠蔽《カバー》してるけど、あまり大声は出さないようにね」

「分かった」

「はいです」

頷き合うとルークを先頭にして、私達は黒い扉に向かって進んだ。

慎重に扉に近づくと、ルークは懐から針金を取り出し、鍵穴に差し込んで何度か動かすと、カチリと音が鳴る。

「よし、開いたぞ……ん、近くに人はいないみたいだ」

「じゃあ、行きましょう」

そっと扉を開けて中に入る。

中には小さい窓が高い位置にしかない為、外の明かりが入らなくて薄暗い。足元に気を付けながら進んでいくと、奥の方に明かりの漏れる部屋があった。人の気配も感じるので近づいて様子を窺う。

中を覗《のぞ》き込むと二人の男がトランプをしている。二人とも体型は細身で歳は三、四十代ほど。着ている物と雰囲気から察するに商人のように思える。

一応、『見て』みたが武術に精通はしていないようだ。

ルークでも十分事足りるだろうが、ここはあまり物音を立てずに終わらせよう。

「母の声、母の腕、母のぬくもりを思い出せ。眠れ眠れ、静かに、深く眠れ――スリープ」

呪文を唱えると、

「あ、あれ……なんか急に眠く――」

「おい？　どうした……え？　――なんだ、すごく……眠い――」

バタバタとテーブルに顔を伏せて倒れ込む男達。

よし、成功だ。スリープは時々、耐性のある人間もいるから注意しなければならないのだが、今回は問題なかったようだ。

「魔法ってすげぇよな。俺も使いたい」

「うーん、残念だけどルークには適性ないかな」

「そっか……」

「……りーなもまほうつかえたらな……」

ぽそりとリーナが呟いた。魔法は誰しもが一度は憧れるものだが適性を持つ人間は極めて稀である。でもリーナに可能性がないわけじゃない。見てみよう。

剣の才　F↓F
拳の才　F↓F
弓の才　F↓F
魔法の才　F↓F
人柄　SSS

うーん、多くの武器種も魔法の才もない……か。残念ながらリーナは魔法使いにはなれないようだ。だけどさすがの天使、人柄は最高ランクである。可愛い。そのままでいて。

私が今見ているのは簡易のステータスだからもっと深くまで見れば様々な才能を見つけることは可能だけど、それにはかなり力を使うので今は止めておく。リーナにもきっと、リーナにしかできないことがあるはず。

眠らせた男達をその辺にあったロープで縛りあげると、奥の扉を開ける。その先は階段になっていた。

「どうやら残り三人はこの上だな」

ぎゅっと手を握るリーナの手に力が籠る。緊張しているんだろう。

相手は残り三人、うち一人はリーナのお母さんだと予想できる。

なんとか話だけでもできればいいんだけど。

さあ、行こう。

正念場だ。

慎重に階段を上りきると、開けた場所に出た。どうやら二階は一階と違って大きな部屋が一つあるだけのようだ。職人街に多くある廃工場の一つなのか、あちらこちらに廃材が捨て置かれたままになり、錆《さ》びついている様子が窺える。

その部屋の真ん中あたりに三人の男女が各々くつろいでいるのが見える。

一人は細身の男。大き目の木箱の上に腰を降ろし煙草をふかしている。

もう一人は大柄の筋肉質の男。二人の人物から少し離れたところに立ち、周囲の様子を注意深く見回している。隙のなさそうな厳つい雰囲気で、おそらく武道の嗜《たしな》みがあるのだろう。二人の護衛的立ち位置なのかもしれない。

最後は、女性。

金色の長い髪に、青い瞳の美しい人だ。少々露出度が高い服を着ており、化粧も濃いめで爪も真っ赤、靴は高いヒールを履いている……ものすごく派手な女性である。だが、どことなくリーナと面影が重なるところもあり、きっと彼女がリーナの母親なんだろうと想像できた。

リーナの手に再び力が籠る。

「どうする？　細身の男女はどうにかなるとして、あの大柄の男は俺じゃ難しいぞ」

「いえ、大丈夫よ」

大柄の男の能力を分析して、私は自信満々に頷いた。確かにあの男は現在のルークより強い。けど聖女の奇跡を付加した強化魔法なら勝てるだろう。そしてさらに勝率を上げる為に。

「ルーク、今回は格闘で戦いに打って出て欲しいの」

「剣じゃなくてか？」

「そう、まだルークの剣の腕は格闘より低いから、強化魔法が乗りやすいのは格闘の方なのよ」

ルークの剣の才はＥ。拳の才はＣである。鍛えれば才が高いのは剣だが、今は拳に軍配が上がるのだ。ルークは私の言葉に頷く。準備は整った。いざ打って出る！

「リーナ、ここでシーツ被って大人しくしててね」

「はい……です」

リーナの返事を聞くと、私とルークは勢いよくシーツから飛び出した。

突如現れた私達に真っ先に反応してきたのは大柄の男だ。だが、遅い。私はルークにありったけの強化魔法をかける。

攻撃力アップのテンション、防御力アップのシールド、速度加速のブースト。

瞬く間に大柄の男との距離を詰めたルークは、渾身の拳を彼の腹におみまいした。

「ぐっ⁉」

大柄の男の分厚く固い筋肉をえぐり込むように入ったルークの拳は勢いつけて男を吹っ飛ばした。

鉄くずの山に突っ込み、がらくたを巻き散らしながら男は床を転がる。

その光景に残りの二人はただ呆気《あっけ》にとられていた。

「うわ……すげ」

大柄の男を吹っ飛ばした当人であるルークでさえ、自分の拳を見ながら呟いた。私としては驚くこともなく予想通りなので次に行動を移す。

「チェーン・ロック！」

その魔法の言葉と共に細身の男女二人の体に魔法の鎖《くさり》が巻きつき、拘束する。いまだ状況が呑み込めずにいる様子である二人に私は近づいた。男の方はとりあえず置いておいて、女性の方に視線を向ける。

彼女は忌々《いまいま》しそうにこちらを睨《にら》みつけてきた。

「なんなのよ、あんたたちは⁉」

「私達はギルドの者よ。とある人物からあなたの捜索を頼まれてね、あなたに『ごあいさつ』に伺ったの」

そこまで言うと、後ろから小さな気配が現れた。

「おかーさん……」

我慢できなかったんだろう、リーナがカバーの魔法がかかったシーツを脱ぎ去りすぐ傍まで来ていた。リーナの姿を見た女性は目を大きく見開き、そして燃えるような憎悪の光を宿す。

「あれほど！　あれほど部屋から出るなと言ったでしょう!?　一人で留守番してろって言ったよね!?　なんで言うこと聞かないの!?　お前の好きなぬいぐるみや、甘いお菓子もいっぱい用意してあげたのに、なんでこんなことするの、お母さんのこと嫌いなの!?」

「ち、ちが――」

「なんて悪い子なんだろう！　ああ、やっぱりお前は疫病神《やくびょうがみ》よ！　お前を連れていると悪いことばかり起こる。もう少しで、あと少しでまとまった金が手に入ってようやく幸せを手にできたのに！」

わめきたてる女に私ははらわたが煮えくり返るような熱いものを感じていた。

こいつはなにを言っているんだろうか？　理解もしたくない。

「お、おかーさん、りーなは……りーなはおかーさんといっしょにいたくて――」

「うるさい、黙れ！　なにが一緒によ、これ以上手をわずらわせるのはやめて！」

彼女の歪んだ叫びに、リーナの大きな瞳から涙が溢れてくる。小さな体は小刻みに震え、今にも倒れそうになっているのを気力だけで立っているようだ。

ちらりと視界に入ったルークの拳は、握り込みすぎて血が滴《したた》っている。今にも走り出して彼女に殴りかかっていきそうな雰囲気だが、ギリギリのところで堪《こら》えているんだろう。

私だって、そろそろ限界だ。

「ねえ、リーナのお母さん。あなた……ここでなにをしていたの？」

「なによ、知らずに来たの？　ギルドの人間が」

「もちろん見当はついてるわよ。でもしっかりとあなたの口から聞きましょうか。密売人さん？」

女は忌々しげに唇を噛み、私を睨んだ。

少しの間、睨み合いが続き――――。

「私は……幸せになるべき人間よ」

ぼそりと女は呟くように言った。

私は油断せず、じっと彼女を見下ろす。

「生まれも不幸、生い立ちも不幸――なんでこんなに不幸なんだろう？　周りの人間はあんなに幸せそうに笑っているのに、私はちっとも幸せじゃない。ずるいじゃない、私だって本当ならあんた達に負けないくらい幸せになれるの。だから求めたのに。私はがんばったわ!!　いらない子を捨ても殺しもしないで、食べ物も与えて、玩具も与えて、寝床も与えて、お菓子もやった！　なのになんで私はまだ不幸なままなの!?　おかしいじゃない!!」

「――おかーさ……」

「黙れ疫病神！　お前のせいで私はもっと不幸になった！　二人分の生活費を稼ぐ為に散々悪事も

働いて、密売だって……なのになんでお前は不幸な面をしないっ⁉　なんで私を見て笑うの⁉」

つんざくような金切り声。

思わず耳を塞ぎたくなるような音だが、唇を噛みしめながら耐えた。

一番耳を塞ぎたいであろうリーナが、涙を堪えながらぐっと耐えているのが見えたから。

リーナがふらりと一歩前に出た。

いくら身動きを封じているといっても完全に安全というわけじゃない。私は静止しようとしたが、リーナは首を振った。そしてそっと母親の間にしゃがみ込む。

「……りーなは、しあわせです」

「――は……？」

女は意味が分からないという顔で、リーナを見上げた。

リーナは、涙ぐみながらも微笑んでいた。

「りーなは、おとーさんをしりません。でもりーなにはおかーさんがいます。りーなをすてないで、ころさないで、たべものをくれて、おもちゃもくれて、ねるばしょをくれて、おかしもくれます」

女は、黙り込んだ。

「おかーさんは、りーなをほめてくれません。いたいこともします。でもりーなは――」

「う、うるさい……うるさいっ」

その先は聞きたくないと、駄々をこねる子供のように女は震えながら首を振った。

だけど、リーナは断固とした決意を持ってそれを口にした。

「りーなは、おかーさんが……だいすきです」

だから、と続けようとした時、ルークがなにかに気付き、跳ねるように背後を振りかえった。

「シア！　騎士団に気付かれた、踏み込まれるぞ！」

言われて、すぐに耳をそばだてれば下の階で鎧のものであろう金属の足音が聞こえ始めている。

「リーナ！」

限界を悟った私は、リーナを連れて転移し、この場を離脱しようと考えた。

ここで騎士団に見つかると面倒なことになる。

だがリーナは、首を振った。

「りーなは、おかーさんといます。おかーさんが、わるいことをしたのならりーなもいっしょにあやまりにいきます。おかーさんをひとりにしません」

「リーナ……」

私には、どうして酷いことをする母親にそんなことができるのか分からなかった。

私は孤児で、親の顔を知らない。捨てられたのか、親が死んだのかも知らない。子供にとって親は重要で、必要なもので、特別なものなのだと知識で知ってはいても実感はできなかった。

最初から、いないのだもの。

知る由《よし》もない。

でも、リーナの顔を見ていると無理をしているようにも見えなかった。

心の底から、そう思っているんだろう。

近づいてくる足音を聞きながら、私は胸が痛くなる思いだった。

置いていきたくない、連れていきたい。あの女から引き離したい。

でもそれは、私の自己満足に過ぎない。

リーナの決意は、リーナだけのものだ。

私は、リーナから目を反らすとルークの腕を掴んだ。

「シア？」

「――行くよ」

足元に転移魔法陣を展開する。その様にルークは慌てた。

「シア!!」

「――リーナ」

ルークの叫びを耳にしながら、リーナを最後に振り返る。

リーナは、にっこりと笑った。

「さよなら、おねーさん、おにーさん。おかーさんにあわせてくれて、ありがとうございます。おれい、ちゃんとできなくてごめんなさ――」

「いいえ、私達はギルドの者よ。報酬はきっちりいただくわ」

「……え？」

「だから――またね、リーナ！」

笑顔で手を振って、私は魔法陣を発動しその場から転移した――。

Ｓｉｄｅ：リーナ＊

リーナは、その場に立っていた。

シアとルークが消えた場所をずっと見つめている。

「……なんで？」

ふいに声をかけられたリーナは母親を振り返った。

彼女は顔を伏せたまま、呟くように言う。

「懐いているんでしょう？　あの生意気な子達に。なぜ、一緒に行かないのよ？」

「……りーなはいいました。おかーさんといっしょにいるって。だからいきません」

「――意地っ張りね」

「それ、おかーさんにいわれたくありません」

その辺は、似た者同士だと、容姿は母親似だけれど中身はぜんぜん違う母親と自分の唯一似ている内面の部分なんじゃないかとリーナは思っていた。


『またね』

リーナの頭の中に、シアのその言葉がずっと残る。

またね、は――再会の約束。
（りーなは、またおねーさんたちにあえるのでしょうか？）
騎士の足音が、すぐそこまで迫る。
あと、数秒もすればきっとここの扉を蹴破ってなだれ込んでくるんだろう。
その時をじっと、待つ。
そんなリーナの背を、ちらりと母親は見上げて。
そして。
「リーナ――」
紡《つむ》がれたその言葉に、リーナは目を大きく見開き。
そして、ぼろぼろと大粒の涙を零した。
――それが、リーナと母親との最後の会話となったのだった。

☆7　デートしようか

私達が転移で現場を脱出して、リーナと別れてから一週間が過ぎた。

ルークとクエストをこなして彼のレベルアップを手伝ったり、小さな依頼をこなしたり、気にしていた彼の身なりを整えたり。私達は少し忙しい日常に戻っている。ふとギルドの前を見れば、小さな女の子の蹲った幻影が見える時があった。

でも、あの子は――リーナはいない。

ほんの少しの間、一緒に行動していただけだったのにまるで自分の一部がなくなってしまったかのように寂しかった。

ルークはあの後、あからさまに口数が少ない。

私に対して、少し怒っているのかもしれない。

でも彼も彼でリーナの思いを汲んでいて、誰も責められずに押し黙っているようにも見えた。

これは複雑な問題だ。

リーナのお母さんは騎士団に捕縛《ほばく》され、確実に牢獄行きだろう。

罪の重さによっては、死刑が言い渡される可能性もある。その時リーナは、どうするんだろうか？

――そして、私はどうしたいんだろうか？

……考えるまでもない。

リーナから報酬を受け取っていないのだから、報酬を受け取りに行くのは正当な理由だ。

――いや、そんなのはただの言い訳。

私がリーナに会いたいだけだ。約束したんだから、絶対に会いに行く。

だけどどうやってリーナに会おうか？　もしも母親と一緒にいるのであれば牢獄を管理する騎士団を通さないといけない。面会を求めるには相応の理由が必要だが、いくら私達にとって正当な理由でもリーナとの間にあるのはただの口約束で、書面で交わされた依頼ではなかった。事情が事情だったので文書として残さなかったのだ。

それでは面会の許可は下りない。そもそもリーナが牢獄にいるのかも分からない。罪のないリーナを牢に放り込むほどこの国の騎士は冷たくないのだ。リーナが無理を言って入っている可能性はゼロではないけれど……。

とにかくリーナの情報が必要だった。

それとなくベルナール様にでも接触できればどうにかとも思っていたのだが、こういう時に限って見当たらない。

リーナとの再会の目途が立たないまま、また静かな朝食の時間が来た。

少しだけ賑やかになったあの時の時間がひどく懐かしい。

黙ったままのルークが、もぐもぐと朝からかなりの量を平らげていく。

ここ数日で、顔色も健康的になってきた気がするから成果はありそうだ。

「……筋トレする」

「……うん」

個室は狭いのでルークは受付がある部屋の隅で最近は筋トレをし始めた。副団長から筋肉をつけてこいと言われているからがんばっているんだろうけど、まだ適当な肉がないから効果は薄いだろう。怪我をしない程度にと注意はしているが彼も彼で動いていないと気が休まらないのだろう。副団長からはもう少しで先生の方が手配できそうだと文面が届いている。

私はコーヒーを淹れて、読書を始めた。

昨日は、かなり無理な行程でモンスター退治をしたので今日はお休みにするつもりなのだ。といってもルークはトレーニングをしているけど。

そんな静かな、静かすぎる時間がゆっくり流れる。

カチカチと、時計の音を聞きながらどこか集中しきれない意識の中、唐突に玄関の扉がノックされた。

依頼人だろうかと、慌てて本を置いて出迎えると、そこには、

「……ベルナール様？」

銀髪の麗しい美形騎士、ベルナール様が笑顔で立っていた。

やっと会えた待ち人ではあったが、私はその笑顔にびくりと背筋が震える。

穏やかな心境の時に浮かべる笑顔とは少し違う、数日前に勇者に向かって放った予言の時と同じような怖い笑顔だった。

「やあ、シア。――ちょっと、デートしようか」

背筋に冷や汗がダラダラ流れた。

この台詞は一度、聖女修業時代……彼が私の護衛についていた時に言われたことがある。デートといえば恋人同士の男女がする甘い恒例行事だが、ベルナール様が私に対して使う時は意味が違う。

甘い雰囲気なんざ微塵《みじん》もない。

ベルナール様は私に対してなにか怒っており、それを追及しに来たのだ。

それが私の予想通りの話なら。

「分かりました、行きます。――ルークも一緒にいいですか？」

「もちろん」

私達の会話を聞いていたであろうルークが怪訝な顔をして立ち上がった。

「……デートに別の男同伴とか聞いたことねぇーよ」

「いいのよ、ベルナール様とのデートなら」

「必要なら何人でもお相手しよう。……さて、昼も近い。昼食がまだならついでに食べに行こうか？　おごるよ」

「わーい、やったー。行くわよ、ルーク」

「あ、おい……」

よく分かっていないルークを引き摺りながら、大人しくベルナール様についていくことになった。


大通りから少し外れた小道にあるカフェに入ると、ベルナール様がいくつか店主と会話を交わしてから私達は奥の個室に案内された。

室内は少し狭いが、可愛らしい小物が置いてある癒し空間となっている。

「騎士団でも時折使わせてもらっている場所だ。信用のある店だから安心していい」

私達は席に着き、料理を注文して当たり障《さわ》りのない話をしながら料理を待つ。その間、ルークは居心地悪そうにしていた。

料理が揃うと、ベルナール様は『合図があるまで部屋に近づかないように』と人払いをし、よう

やく本題に入ることになった。

「お前達は、リーナという少女を知っているな？」

その名前に、料理に手をつけていた私達の動きが止る。

そろりとベルナール様の顔を見た。

綺麗なその顔はやはりちょっと怒っているように見える。

「俺はシアならば、と見逃した。最近は物騒だとも言ったし、不用意なこともしないようにと忠告もした。シアは危険な場所に無暗に突っ込んでいくような子じゃなかったからな」

目が泳ぐ。

これはばれている。私達が先に密売人のアジトに乗り込んだこと。

リーナは現場に残っているし、ベルナール様は一度リーナを連れた私達に会っている。だから彼はそう推測はできるだろう。

ただ、確実な証拠はないはずだ。

私達がそこにいたという確かなものはなにも。

迂闊《うかつ》なことは言えない。私達の身の潔白は確かだけどそれを証明するのに何日も騎士団に拘束されるはめになる。こちらは弱小ギルド、日々の生活だってあるのに立ち行かなくなってしまう。

「確かにリーナとは知り合いです。うちの依頼人でしたから。あの子は捜していた猫を無事に見つけて別れたので」

「――ほう？」

ベルナール様の背にゆらっとしたなにかが見えた気がしたが、見ないふりをした。

怖くない、怖くない。

怖いのは失敗して、自分もルークも、そしてリーナを失うことだ。

思い切って、私は最高の笑顔の演技をかました。

「実はあの子からまだ依頼の報酬をいただいていないのです。不幸な行き違いで――なのでベルナール様、もし知っていたら教えていただけませんか？　リーナの居場所を」

ベルナール様は私をじっと見て黙った。

ルークも話の行く先を静かに聞いている。

長く静寂が続いたが、やがてベルナール様は深い溜息をついた。

「シア、お前な……こちらがどれほど心配したか分かっているのか？」

困ったような、そんな顔でこちらを見る。

まったく……といった雰囲気に、私は彼の言わんとしているところを察した。

ベルナール様には確信があるが証拠がないから不問にしてやるということらしい。ぽろっと零してたらどうなってたかは分からないが。

ベルナール様は顔ほど甘くはない。

「……そうですね、怒り心頭でデートに誘うくらいにはご心配をおかけしたと」

最初のデートの誘いの時もそうだった。

ちょっと無茶をしてベルナール様に気のある令嬢を蹴散らした時に、顔に傷を負った。あの後に鬼気迫る誘いを受けたのだ。美味しいものをおごってもらってからの心底胃の痛くなるデート内容だった。

「今回の件は、お前達が思っているより深刻なものだったんだ。あの場所に『彼ら』がいなかったのは不幸中の幸いだ」

「彼ら？」

「……詳しいことは民間人のお前達には話せないが――そうだな、先にリーナちゃんの話をしよう。彼女はあの後、騎士団に一度保護されてから最終的に聖教会の司教様預かりになっている」

「司教様……」

聖教会とは、このリーム大陸で信仰されているラメラスの女神を祀《まつ》る宗教団体だ。ここラディス王国もラメラスの女神を信仰しており、聖教会の神殿も建てられている。彼らは国の弱者、病人や孤児、浮浪者などに手を差し伸べる慈善活動も行っている。リーナが聖教会の司教預かりになったのは納得できた。

「……でも、あの子かなり抵抗したんじゃ？」

「いいや、大人しく言うことを聞いていたぞ」

――おかしいな。

リーナはあの時、お母さんと一緒にいることを強く希望した。

だから私は連れていくという決断ができず、今こうしているのだ。

なのに、リーナは大人しく騎士団に従ったのか？　私達が転移した後、なにかあったんだろうか……？

「あの子に会う会わないは自由だが、これだけは言っておく」

ベルナール様はトンと軽くテーブルを人差し指で叩くと、釘をさすように私を見つめた。

「絶対に、密売の件には深入りするな」

あまりにも強い口調だったので、逆に気になってしまうが彼がこう言うのだからかなりの危険度なんだろう。私達のアジト侵入も一歩間違えればとても危険だったのだ。

私としても危険はできるだけ避けたい。リーナと会えるのなら、密売の方は別に深入りする気もない。それこそ騎士団の管轄だ。

でもちょっと好奇心がうずいた。

「もし、深入りしたら？」

なんて聞いて、私はがっつり後悔した。

ベルナール様の笑顔が、女神よりも美しく輝く。

「次はデートじゃなくて、求婚してやろう。薔薇の花束と指輪を持ってな」

と言うベルナール様に、私は笑顔で固まった。

ルークは隣でぼそっと。

「……どういう脅し文句だよ……」

などと呆れた台詞を吐いた。

ベルナール様はそれには少し笑って。

「まあ、半分冗談だが」

「半分は本気なのかよ……」

半分は本気なのね……。

ルークは声に出して、私は心の中で突っ込んだ。ベルナール様はやると言ったらやる人だ。人が一番ダメージをくらう嫌がらせで急所に当ててくる。気のない求婚をされたら私はどうしたらいいのか？　断っても受け入れても私の体力と精神力はゴリゴリ削られるし、世のお嬢さん方を敵に回すことになる。月のない夜にご注意だ。

本気で止めて欲しい。

「リーナちゃんに会うなら、俺も行こう。司教様に報告もあるしな」

若干遠い目をしていたらベルナール様がそう言ってきた。

司教様、という単語に改めて張本人を思い出し私は苦い顔になる。

「相変わらず司教様の話をするとすごい顔をするな、シア」

「えー、そーですかあ？　ふつーですよー」

「あからさまに嫌がってるじゃないか」

苦笑するベルナール様と苦々しい顔の私を交互に見たルークが、首を傾げた。

「なにがそんなに嫌なんだ？　司教様って優しい感じのおじいさんだろ？」

「……ルークが司教様にお世話になったのって何年前？」

「え？　えーっと、五年くらい前まではしょっちゅう……。まだまともに働けなくて配給もらってたし。さすがにここ数年は教会の世話にならないようにがんばって働いて食いつないだが」

「ならルークが知らないのも無理はないな。司教様は四年ほど前に代替えとなったんだ」

「そうなのか。新しい人はどんな人なんだ？　シアが嫌がるくらい問題の人なのか？」

私達は黙った。

口で説明するのは簡単だ。一言でかたがつく。だがその単語と司教様という名の印象は真逆であるがゆえに信じられない。自分の目で見て、現実を受け入れていただくしかないのだ。私も最初に会った時にそうだった。『ちょっと……いやすごく怖い――げふんげふん、変わったお人だけど大丈夫、殺され――ごふん、無事に済むはずだよ』と案内された時は、処刑台に登る気分だった。

端々に滲み出る単語が怖すぎる。

そして面と向かい合った司教様を見て、私は気絶した。

できれば会いたくない。でもリーナがそこにいるなら行かないという選択肢はない。

あとなー、聖女の件で絶対なんか言われるしな……。

司教様になにか言われることを想像するだけでも背筋が寒い。

私とベルナール様は視線を交わし、そしてにっこりと笑った。

「すごい司教様よ、ルークも絶対拝み倒したくなるわ」

「そうだな。丸坊主になるくらい拝みたくなるな」

はははは。

ルークは私達をうろんな目で見て、冷めてしまったオムライスを突いた。

「なんか嫌な予感がするからしっかり食べてく……」

さすがルーク、だてに危険察知能力は高くない。

しっかり食べて、しっかり精神を保っておかないと司教様との対面は成し得ないだろう。

私も久しぶりに会うので、英気を養おうと料理に手をつけた。

☆8　ふつつかものですが2

司教様がいる聖教会《サン・マリアベージュ》大聖堂は王都の西に位置する。

こちらは住宅や商店などが立ち並ぶ場所とは離れた、緑の多い公園などが広がる一角である。大聖堂奥には墓地もあり、王都の人々のほとんどがここに骨を埋めることになっていた。

カフェを出た私達はさっそくリーナに会う為、大聖堂のある西区に馬車で向かった。

道中、ルークはどこか嬉しそうでそわそわしている。離れ離れになって久しい妹との再会を待ち焦がれるお兄ちゃんみたいだ。かくいう私も同じような心境である。

あの時、置いてきて本当に良かったのか？

リーナの願いよりも、倫理観に基づいた判断をするべきだったんじゃないか？

迷いは今もある。

正直、なにが正しいかなんて分からない。

ただ、あの子が泣いていなければいいな。

そんなことばかり考えていた。

ガタゴトと馬車に揺られてしばらくすると、西区画に入り辺りは緑に囲まれる景色になった。もう少しで大聖堂だろうというところで、なぜか馬が嘶《いなな》き、馬車が止まった。

怪訝に思ったベルナール様が、小窓から御者に声をかけた。

「どうした？」

「ああ、いえ……大聖堂の前に人だかりがありまして」

そう言われ、私達が窓から外を確認すると御者の言う通り大聖堂の前に多くの人々が集まっていた。道行く人も皆、大聖堂に向かって走っていく。

「物資や食べ物の配給でもやってるのか？」

「いや、今日の予定にはなかったと思うが……」

ルークの言葉にベルナール様が首を振った。

大聖堂の配給は日が決まっている。別の日になることは災害時以外ではほとんどない為、ベルナール様は首を傾げていた。

「とにかくこの人出だと馬車じゃ近づけないわね。降りていきましょう」

私の言葉に二人とも頷き、御者にお金を払って馬車を降り、さっそくベルナール様は通りがかりの女性に声をかけた。

「すまない、少し聞きたいんだが大聖堂の人だかりは一体どうしたんだ？」

「今、忙し――あっ！」

声をかけられた年若い女性は、ベルナール様の顔を視界に映すと途端に真っ赤になった。

「忙しいのか？　それはすまなかった。別の人に尋ねよう」

「いえいえ！　私がっ、私がお答えいたしますわ!!」

さらりと別の方を見るベルナール様に女性は慌てて頷く。

ベルナール様は満足そうに微笑んだ。

……まったく、この確信犯め。

わざわざ妙齢の女性を選んで、断られる確率を下げたな。これだからイケメンは。

私とルークのじと目などなんのその、ベルナール様の口は軽やかに言葉を紡ぐ。

「ありがとう。どうやらお嬢さんも大聖堂に用事のようだが？」

「ええ！　私も家族から今さっき教えてもらったのであれですが、どうやら大聖堂前で配給の質と量を賭け、司教様とゲンさんが大勝負をするそうなんです！」

「……司教様が？」

ベルナール様が呆れたような表情になる。

私も自然にそうなった。

ルークだけがまだよく分かっていない。

「司教様とゲンさん？　って人が大勝負ってどういうことだ？」

「はあ、騎士様素敵ですね！　お名前をお伺いしても？」

「いや、名乗るほどの者ではないよ」

ルークの問いをまるっと無視した女性は、どうやらベルナール様しか目に入ってないようだ。彼は彼で面倒なことになりたくないので、適当なことを抜かす。

あなた、騎士団の部隊長でしょ。名乗るほどの者だろ。これだからイケメンは。

見ろ、可哀想にルークがちょっと涙目だぞ。また彼が劣等感でのたうち回ったらどうしてくれる。

ここは私がギルドの家族として慰《なぐさ》めよう。

「安心なさいルーク、少なくとも私はあれより君の方が好きよ」

「……シアに言われてもあんまり――」

慰めたのになんとも言えない顔をされたので、思いっきり頬をつねってやった。

これだから男はーー!!

そんなことをしている間にベルナール様は女性を適当にあしらい、私達に向き直ると、

「面倒なことになっているようだが、どのみち司教様に会わなければリーナちゃんとも面会できないだろう。行こうか」

早歩きでその場を去ろうとする。

ちらりと周囲を見れば、女性達がわらわら集まり始めていた。彼は、女性専用吸引機かなんかだろうか？　私達も面倒事は御免なのでそそくさとその場から立ち去った。

石造りの荘厳な大聖堂は、とても神秘的で美しい芸術的な彫刻が彫られている建物だ。ラメラスの女神を始め、天界の主だった神や神獣などがその優美さを誇っている。そんな静謐《せいひつ》な大聖堂の前に似つかわしくない怒号と歓声、そしてなぜか黄色い声まで飛び交っていた。

大聖堂前まで辿り着いた私達は、人混みを掻き分けて前列に出ると頭の痛くなるような光景が目に飛び込んできた。

「クソ司教ー！　今日こそはもっと美味い飯の配給もろもろを要求させてもらうぞー！」

大聖堂前に陣取るのは、御年九十はいっていそうなおじいさんと……。

「あん⁉　クソじじいがなにほざいてやがる。ただほど美味い飯があるか、大人しく体に優しい粥《かゆ》でも食ってろ！」

大聖堂の階段にふんぞりかえった様子で腰掛ける、黒い衣装を纏った隻眼《せきがん》の強面な男。

その男の姿を目にして、私とベルナール様は頭を抱えた。

なにやってんの、あの人……？

「きゃあ、ゲンさんがんばってー！」

「あたしら年寄りの希望の星ー！」

どうやら黄色い声は、ゲンさんと呼ばれるおじいさんを応援するおばあさま軍団が発生源のようだ。それに混ざるように司教様を応援する声も聞こえる。

「うおおお、おかしらぁぁぁ！　そんなじーさんなんぞ、一発蹴散らしてくだせぇぇぇ！」

「我らがおかしらぁぁ!!」

こっちはかなり野太いけど。

「な、なんだ？　あいつら……まるで賊《ぞく》みたいな――」

「賊だな」

「そうね、海賊ね」

もう突っ込む気も起きない。

ルークがなにか聞きたそうにしていたが、目の前の二人が動き出したので注意はそっちにいった。

「元王宮騎士副団長、このゲンザハーク・レリオスがお相手申す!!」

おじいさんが杖をすらりと抜くと、隠し刃が現れた。あの杖は剣だったようだ。きらりと光る刃は、鋭く斬れそうで偽物には見えない。

対する隻眼の強面な男、司教様はやれやれと立ち上がった。

「昔取った杵柄《きぬづか》になんぞ負けるか」

腰から木の杖を取り出した。

明らかにやる気がない。

まあ、女神に仕える聖教会の司教なのだから間違っても光物は出せないのだけど。

その態度が癇《かん》にさわったのか、おじいさんが地団太《じだんだ》を踏んだ。

「名乗りをあげんかこのクソ司教！」

「ああ？　めんどくせーな。……ハルマードの大海を荒らして回った飛揚跋扈《ひようばっこ》の大海賊――あ、間違えた。なんちゃらの女神に仕える聖教会所属司教レヴィオス・ガードナー」

間違えちゃいけないところを思いっきり間違えたし、女神の名前を忘却している。

昔から何度も思ったが、なにがどう間違ってこの男が司教様などという地位に収まっているのか聖教会上層部を問いただしたい。

「いざ、尋常に勝負じゃあーー!!」

おじいさん、ゲンザハークがよぼよぼの見た目とは打って変わった俊敏な動きで司教様、レヴィオスの元へ駆けあがった。

あっという間に間合いを詰めると、ゲンさんの杖の剣が司教様の喉元へと襲いかかる。それを難なく彼は杖で迎え撃った。

「ふん、さすがは過去に蛮勇《ばんゆう》を轟《とどろ》かせただけのことはある！　じゃが、わしは負けんぞ！」

激しい打ち合いが始まった。

最初は余裕のある様子だった司教様も目が真剣みを帯びてきた。ゲンさんもさすがは大昔に王宮副団長を務めただけはある。動きも剣捌きも尋常ではない。あんな老体でよく動けるものだ。

隣のルークやベルナール様までいつの間にか試合に魅入って手に汗握っていた。

声援と黄色い声が響く中、力強い一撃が双方から繰り出され――。

キンッ！

高い音を立てながら、杖の剣と木の杖がどちらも宙に舞って地面に落ちた。

「この勝負、引き分けーー!!」

わあっと歓声が上がった。

鼓膜が痛いくらいの音量だ。

ゲンさんは少々不服そうに弾かれた杖の剣を拾って鞘《さや》に収めた。

「また引き分けか、悔しいの。わしがもっと若けりゃなぁ……。すまなんだ可愛い淑女達《レディ》よ」

「そんなことありませんわゲンさん！」

「ゲンさんカッコいい！」

「ゲンさん素敵！」

お歳を召した淑女達が熱い。

彼女達の声援の中、至極面倒臭そうに司教様は杖をとって頭をかいた。

「まあ、質やら量は考えとく。あんたの活躍は多くの人間を活気づかせるからな」

そう言うと、ちらりとこちらに視線を移してきた。

目が合った私は、そそっと目を反らす。

「……どうやら客が来たようだ。お開きにさせてもらうぞ」

司教様が手を打つと、賊のような柄の悪い男達が見物客を散らしていく。

ゲンさんは、やれやれと杖をついてこちらに近づき、通り過ぎようとして――。

「ん？――おや？」

ちらりとルークの顔を見上げた。

「ふん？　ふんふん……なるほどのぉ」

「なんだ？」

ルークの全身を観察するように見てくるゲンさんにルークが首を傾げる。

怪訝な顔の私達にゲンさんはご機嫌な様子で笑った。

「いやなに、久しぶりに面白いものを見つけたと思ってのー。気にせんといてくれ、じゃあの」

杖をついているのに足取りは速く、スタスタと歩き去っていくゲンさんの背中を見送ると、穏やかな笑顔を浮かべた神官がやってきて声をかけてきた。

「聖女殿、そして王国騎士ベルナール殿とお見受けします。司教様がお待ちですのでこちらへ」

振り返れば司教様の姿はもう消えており、ちらほらと一般人がいるだけだ。

リーナだけに会って終わりとはいかない。

司教様になにを言われるか今から怖いが、聖女解雇の件も報告しなくてはいけないだろう。知らないってことはないだろうし。行くのが嫌で後回しにしていたのが今になっただけだ。

「よし、行くわよ！」

パンッと頬を叩いて気合を入れると、ルーク、ベルナール様を伴って荘厳な大聖堂へと足を踏み入れた。


大聖堂の粛々《しゅくしゅく》とした雰囲気の中、神官に連れられて私達が通されたのは聖堂の奥まったところにある司教様の執務室だった。

部屋に入れれば、乱雑に置かれた本や紙の束が散らかり、壁には一面海図や海に関するものが飾られている。物騒な武器類もあったがよくよく見ればそれらはすべて模造品だった。

とても女神を信仰する敬虔《けいけん》な司教様の部屋とは思えない。

まあ、自分でもぽろっと言っちゃってたけど元大海賊のお頭《かしら》さんだもんね。

そりゃ、普通の司教様みたいな部屋などしていないだろう。逆に驚くわ。

どうしてその大海賊さんが司教様になっているのかは、詳しくは知らないが司教様が言うには『女神に嵌《は》められた』そう。意味が分からない。しかし聖教会の上層部である教皇様や枢機卿《すうききょう》達に認められているところからすると相応の理由があるようだが、それらは明らかにされていない。

私が知っているのは、聖教会所属聖職者の中で最強の戦闘力を持つ、という点だけだ。聖教会に所属する聖教騎士団もまた存在するが司教様はそれとも違うのだ。

「よう、シア……久しぶりだな」

耳の奥に響く重低音で、司教様——レヴィオス様が口を開いた。

彼は黒い大きな椅子に深々と腰かけて足を組み、不機嫌そうな態度で私を睨んでいる。ちらりと右隣に立っているルークを見れば、真っ青な顔で小刻みに震えていた。睨まれているのは私だが、はじめて面と向かったルークにはその強烈すぎる迫力と威圧感に耐えられないのだろう。何度目かの私だって本当だったら気絶したい。立っていられるだけルークはすごいのだ。

また左隣のベルナール様に視線を盗み見れば、さすがに彼は冷や汗一つもかいていない。毅然《きぜん》とした態度で立っている。

「お久しぶり……です、司教様。お元気そうでなによ——」

「勇者から聖女の任を降ろされたそうだな」

私のお決まりの挨拶を無視して、言葉が終わるより先に司教様が突っ込んできた。

冷や汗が背中を流れる。

「え、ええ……そうですね」

「聖女の力は？　失ったのか？」

「いえ、まだ……」

「ほう？　ではなぜ勇者は勝手にお前を解雇などしたんだ？　詳しく報告しろ」

ゴゴゴゴゴゴゴ。

という地鳴りが聞こえてきそうな威圧感に圧されながら、私は嘘偽りなくあのことを話した。途中で隣のベルナール様の剣の柄が鳴ったような気がしたが怖いので知らないふりをする。

話し終わるまで無表情のままで静かに聞いていた司教様だったが、終わった途端に鼻で笑った。

「これだけ反感を買う勇者も珍しい。……まあ、勇者は女神ではなく聖剣に選ばれる。女神は理を見れるが、聖剣はその人間の数値やとある特別な感情しか感知しないからな……人格までは及ばない」

トントンとなにかを考えるように司教様は机を叩いた。

「シア、お前はどうしたい？」

「え？」

「聖女の復帰を考えるなら俺から半ば強制的に勇者に嘆願書を叩きつけることは可能だ。聖女は元々女神の使徒、聖教会の所属だ。勇者の身分など関係ないからな」

そう、勇者は生まれの国の所属となるが聖女は別。女神に選ばれる特異な存在として聖教会所属となる。聖教会は大陸全土に渡り権力を持つから勇者がどんな身の上の人だろうと関係ないのだ。

私がどう答えようか考えていると、司教様がにやりと悪い笑顔を浮かべた。

「復讐するならそれも可能だ。聖剣を折れば勇者は勇者の資格を失う。聖剣は新しい主を見つけると再生する不思議な剣、勇者の選定をやり直せる。まあ、手っ取り早くやっちまうってのもあるがな」

強面な大海賊の笑顔が、なによりも恐怖を感じさせる。本気でやっちまいそうな司教様に私は首を振った。

「あいつは勝手に自滅しますよ。そういうやつです。何事もなければ私から彼になにかをすることはないです。それよりも私は新しいギルドを立ち上げ、強くしていくという目標をたてました」

「……ああ、なんか昔から言ってたな。いつか家族のような温かなギルドを作りたいと。俺は聖女業を終えたらにしろと言ったが」

「ええ、もう半分聖女業は終わったようなものですから」

「いいや、お前はまだ聖女だ。力を失ったんなら分かるが、あるならお前が聖女であることに変わりない。勇者はすげ替え可能でも聖女はそうはいかないからな。この国の王は、国から勇者が出たことにぬか喜びし、問題の多いやつを野放しにしているようだが」

隣でベルナール様の溜息が聞こえた。

自分の国で勇者が出るのは大変栄誉なことだ。他国にめちゃくちゃ自慢できるし、世界の命運を握っているから多少の融通も利くようになる。勇者の出た国は一時的に栄えることができるのだ。

それを王様がみすみす逃すはずはない。あいつから勇者の資格をはく奪したら次はどの国の人間が勇者に選ばれるか分からないのだから。

でも、もしかしたら――という予感はある。

ちらりともう一度ルークを見る。相変わらず青い顔だが踏ん張って立っている。

まだまだ彼は弱い。でも努力次第で誰よりも強くなれる可能性を秘める。

「そうですね、司教様の言う通り私はまだ聖女なのかもしれません。聖女としての務めも果たしたいとは思っています。だからもう一つ、私はギルドを育てることで魔王を討伐する力をそろえようと思うのです」

その言葉はさすがに予想していなかったのか、司教様はふむと興味を向けてきた。

「勇者は遠からずこのままだと自滅します。次の勇者はどうなるのか私にだってもちろん分かりません。でも可能性はあります。もしも別の誰かだとしても。新しい勇者の力に私とギルドの力が加われば、魔王討伐も可能になるはずなのです」

「……そうか、そうだな。聖女には人を見る力がある。それは育てるにはうってつけのスキルだ。いいじゃねぇーか下剋上、俺は好きだぜ」

思いっきり海賊の顔だ。血の雨が降る下剋上が、彼の頭の中で展開されているに違いない。

あくまでも私は平穏にいきたいんだけどな……。

「だが悠長に育ててはいられないぞ？　魔王討伐が遅れれば遅れるほど世界は危機に陥る。なにより魔王領に隣接するクウェイス辺境伯領が潰れるからな。そうなったら国境線は簡単に破壊され、魔物が大量にこの国に入り込むことになる」

「分かってます。できるだけ迅速に、他強力なギルドとも連携をとりながら動きたいと思ってますから」

「ならばいい、期待している」

ようやく区切りのついた司教様の台詞に私は思いっきり息を吐きたくなった。呼吸がままならないのだ。だから早く外に出て深呼吸をしたいが司教様はまだお話があるようで、次はベルナール様に視線を寄越した。

「ベルナール、例の件だが……」

「司教様、その前にこの二人は退出させた方がいいかと思います。あの小さな少女のこともありますし」

司教様はベルナール様の指摘に、面倒臭そうに頭をかいた。

「ああ、そうだな……。だが、詳しくは話せなくともあのことは伝えなければならないだろう。あのチビに関わってんならな」

ベルナール様は珍しくとても渋い顔をした。

その顔に私はいやおうなしに嫌な予感が背筋を這《は》い登った。

聞きたい、聞きたくない。

どちらの感情も同じくらいの強さを持ってせめぎ合う。

だが、ベルナール様と違って荒々しい元海の男は細やかな感情など察してはくれなかった。

司教様の口から紡がれた言葉に、私とルークは退室の挨拶など忘れて転がるように執務室を飛び出した。

——歌が、聞こえる。


聖歌だ。ラメラスの女神に捧げる祈りの歌。

『懺悔《ざんげ》』『後悔』『鎮魂《ちんこん》』

それらを歌う、幼い歌声。

私とルークが適当な神官を捕まえて、リーナの居場所を聞き出して向かったのは大聖堂の中央にある中庭だった。白い花が咲き乱れる美しい庭園で、見事な細工の女神像が鎮座している。透き通った水をたたえる噴水の脇には休憩用の椅子とテーブルがあり、女神像の前には小さな祭壇もあった。

リーナは、祭壇に立っていた。

白の神官服を纏い、両手を胸の前で組んで女神に歌を捧げていた。

永遠に続くかと思われた歌は、最後の章を歌い上げ静かに止まった。そしてリーナはゆっくりとこちらを振り返った。

いつものように可愛い微笑みとともに。

「おねーさん、おにーさん……りーなは、またあえたんですね」

「……ええ、だって約束したでしょう？　またね——って」

「そうでした、ほーしゅー……へやにもどればよういできます。しきょーさまがいろいろしてくれて、こわいおじさんかとおもいましたが、おじさんもやさしいひとです」

あの司教様を優しいおじさんと言えるリーナがすごい。この子も結構な大物だと思う。

私は一歩、リーナに向かって歩んだ。

「リーナ――」

「すみません、りーなはもうすこしここにいるので、ほーしゅーはへやからもっていってください。すきなだけ、おねーさんがほしいものぜんぶあげるので」

くるりとリーナは私達に背を向けた。

その背が小刻みに震えているのを私達は見逃さなかった。

「はやくいってください、りーなはひとりがいいです」

初めて聞いた、拒絶の声。だけどその声もどこか震えがある。

私達はかまわずリーナのすぐ傍まで歩み寄った。

「こないで……こないで……」

「そんなこと、できるわけないでしょう？」

あの時とは違う。強い意志で、私達にさよならをしたあの時とは。

私は背中からリーナをぎゅっと抱きしめた。

幼子の甘い香りと、柔らかな感覚、ぬくもりが全身に広がる。

「………りーなは、わるいこです」

「なぜ？」

「おかーさんを……ひとりぼっちにさせました」

ぽろぽろと涙の雫《しずく》が抱きしめた私の腕に降る。

「おかーさん、いったんです。あいするひと……りーなのおとーさんにあいたいって、おとーさんをつれてきたらおかーさんとなかなおりしようって、だから——だからりーなはおかーさんといっしょにいかないで、しきょーさまにおねがいしたのです。きょーかいは、たいりくぜんぶにあるから……じょーほーがあつまるって」

そうか、だからリーナは素直に母親と牢獄に行かず騎士に保護され司教様預かりになったのだ。

だけど腑《ふ》に落ちない。あれだけリーナを毛嫌いしていたあの女が『仲直りをしよう』なんて。今までリーナにしてきたことは流せるはずもない罪だ。簡単にはいかない。でもリーナにとってその言葉はなによりも望んでいたものだったんだろう。

けれどあの話が本当なら——。

「はなれちゃ、ダメだったのです。はなれなかったらおかーさんは、おかーさんはっ」

リーナはぎゅーっと私の腕を抱え込んで嗚咽《おえつ》を漏らした。

「ひとりでっ、ひとりぼっちで——しなずにすんだのですっ！」

『あのチビの母親は、牢獄で何者かに殺された。死体は無残なものだったらしいぜ。その女に強い恨みでもあったのかってくらいの、執拗《しつよう》な斬りつけ方だったそうだ。あの傷のつけられ方じゃ、即死じゃねぇーな。酷い痛みと恐怖の中で死んでいったはずだ』

司教様の口から語られたのは、リーナの母親の無残な最期だった。

リーナにどれくらいの言葉で伝えたかは知らないが、あの司教様のことだ。幼い子供だろうがなんだろうが事実は事実として伝えただろう。

リーナの母親は常々言っていた、捕まったら殺されると。

もしかしたらこうなることは彼女は想定済みだったのかもしれない。

リーナが一緒にいたところでもしかしたら巻き添えでリーナも殺されたかもしれない。

あの女が最期になにを思ったかなんて知りたくもないが、もしかしたら万が一の可能性でリーナを牢獄から、自分から遠ざけたのなら。

「……ねぇ、リーナ。リーナのお母さんは今、どこにいるの？」

「……だいせーどーのうらの、わるいことをしたひとがいるおはかに……」

「そっか。リーナは、お墓には行っているの？」

「――はい、まいにちしろいおはなと、おかーさんのすきなおかしをおそなえしてます」

私はリーナの頭を良い子、良い子と撫でた。

「なら、リーナのお母さんはもうひとりぼっちじゃないね」

「……あ」

リーナは私の言葉に嗚咽を強めた。

「大丈夫、リーナのお母さんはひとりじゃない。ひとりぼっちなんかじゃない」

「う――あ、ああ――うわあぁぁぁん!!」

振り返って私の胸に飛び込んで抱きつき、リーナは思いっきり泣いた。

今までずっと我慢していたんだろう。

どこからそれほどの涙と声がでるのかという様子で、すがりつくように泣いた。

リーナが泣き止むまで、私は彼女を強く抱きしめ返し背中を撫でていた。


「もういいの？　リーナ」

「……はい、ごめーわくをおかけしました」

真っ赤に腫《は》れてしまった目元を擦って、リーナが笑顔を浮かべる。

つきものが落ちたかのようなすっきりとした顔だ。

「あの、おねーさん、おにーさん……おねがいがあるのですが」

そうおずおずときりだしたリーナのお願いに、私とルークは笑顔で頷いた。


私達がやってきたのは大聖堂の裏手、墓地が広がる一角だ。

ここは罪を犯して、一般の墓地に入ることが許されなかった者が眠る場所。リーナの母親も重罪人としてここに葬《ほうむ》られた。

とても小さな墓だった。

墓標がひとつ、ぽつんと立っているだけの。だけどその周りは白い花で飾られ、綺麗に整えられている。

私とルークは死者に祈りを捧げ、持ってきた大聖堂の白い花を置いた。

リーナも長い祈りを終えると、振り返ってにっこりと笑った。

「ありがとうございます。おかーさん……よろこんではいないかもしれませんが、きっとさびしくありません」

「そうね。リーナがいる限り、リーナのお母さんは寂しくないわ」

「はい」

ルークはしゃがみ込んでリーナの頭をぐりぐり撫でた。

「リーナはこれからどうするんだ？」

「……りーなは、できるならおかーさんのさいごのおねがいをかなえたいのです」

「お父さんを連れてきて欲しいっていう？」

「はい。おとーさんのじょーほーはまだありませんが、こんきよくさがせばなにかてがかりがあるんじゃないかとおもうので」

私とルークは一度顔を見合わせて、そして互いに頷いた。

「ねえ、物は相談なんだけど。リーナ、うちの子にならない？」

「みゅ？」

可愛らしい声と共にリーナが首を傾げた。

「聖教会は大陸全土にあるから情報網はすごいけど、実際にお父さんの捜索にはなかなか乗り出さないと思うの。聖教会って結構多忙な面があるから、あくまで捜しにいくのは自分自身になると思う。だからそういう時の為、ギルドに所属するのが一番だと思う。……私達、力になれないかな？」

ダメもとで聞いてみた。

なにかリーナの力になればと、依頼人って形でもいいのだが彼女は生憎お菓子くらいしか払えない。ならばギルドメンバーに、家族に誘えないかと思ったのだ。ギルドに所属するのに年齢制限はない。彼女の力を考えたら仕事には出せないが、リーナの力はそんなものではかれない。場を明るくする笑顔、温かな声、癒しのオーラ。いるだけで世界がぬくもりに包まれるのだ。それは貴重な人材だと私は思う。

そして、あの子は誰かを『愛すること』、『愛し続ける』ことができる。見返りなんてなくても、あの子はそんなものを最初から求めていない。無償の愛って、存在が曖昧《あいまい》なもので定義が難しいものだ。そこにはいくつも打算があって存在するもので、少なくとも私にはできないことだ。だからこそ、すごい子だと私は思う。そして、これはルークにも抱いた感情だけど、それゆえにやっぱりちょっと『心配』なんだ。相手を思い過ぎて、また悲しい目に遭って一人で泣いたりしないか。

「で、でもりーなはなにもできないです……」

もじもじとするリーナにルークは、さらっと言った。

「俺、リーナのスクランブルエッグ食いたい」

「私は、海鮮リゾットねー」

ルークに便乗、そして大正解だ。リーナのご飯は本当に美味しいから。悔しいけど、私より腕が良い。

「ね、食べさせてよリーナ？」

私達のお願いに、リーナの顔が花の様に咲き誇り、そして頬をちょっと赤く染めてもじもじと、でもはっきりと言った。

「ふつつかものですが、よろしくおねがいしますっ」

はにかむ可愛いリーナを衝動的にぎゅーっと抱きしめる。

「よし、今すぐ司教様のところに行って『一生大事にします。リーナを私にください』って言わなきゃ！」

「それなんか違くねぇ……？」

リーナに夢中な私に呆れ顔をするルークをリーナはじぃっと見上げた。

「どうした？」

「おにーさん、かみがさっぱりになりました！　かっこいいです、すてきです。おようふくもきらきらです」

「リ、リーナっ!!」

ルークは感激のあまり目を潤ませた。

なにせ、私はルークが身を整えた時『まー、こんなもんでしょ』という感想だったし、ベルナール様が声をかけた女性にも無視されていた。大絶賛されたのは初めてなのである。ちなみに服がきらきらとは衣装がきらめいているんじゃなくて新品だからだろう。普通に地味目な白のシャツにこげ茶の上着、ズボン、皮の靴という装備だ。ぼさぼさに伸び放題だった赤毛はきちんと整えられ、思いっきりばっさり切ったので印象は爽やか系青年となっている。背丈はあるので栄養をつけて鍛えればモテる時も来るかもしれない。

がんばれ、ルーク青年。

「よぉし、リーナ肩車はどうだ!?」

嬉しさの頂点に昇ったルークがリーナを高い高いさせながら聞くと、リーナの目はきらきらと輝いた。

「かたぐるま！　あこがれなのです」

「でもリーナ、ルーク結構高いわよ？　大丈夫？」

「へーきです！」

神官服の下はズボンだから肩車は問題ない。

許可を得たルークは、ひょいとリーナを抱えて肩に昇らせた。リーナは両足を器用にルークの肩に乗せ、彼の頭に手を乗せて姿勢を保つ。

「きゃー、たかいたかいですー！」

「うっし、このまま司教様んとこ行くか！　『一生大切にするんで、リーナを妹に下さい』って言わねぇーと」

「それ、さっき私が言ったことと差がなくない？」

口を尖《とが》らせて言えば、ルークが笑いながら『そーだな！』って返してきた。

リーナが笑ってる。

ルークが笑ってる。

私も――笑ってる。

私が目指す、アットホームなギルドは少しずつ築き上げられ成長しているんだと実感できる瞬間。

私が本当に欲しかったもの。

失くさないように。

奪われないように。

強くならなくちゃ。

私も、なによりも強く。

決心も新たに、私達は大聖堂へと戻って行った。

☆9　おまんじゅうあげよう

喜び勇《いさ》んで司教様のところへ戻ったら、「まだ、司教様はベルナール殿とお話中ですので」と神官に止められてしまったので、リーナに割り当てられた部屋に行った。

白い清潔なベッドに、可愛らしいウサギと猫のぬいぐるみ。テーブルにはこぼれんばかりのお菓子が置いてあり、ほーしゅーをリーナと一緒に頬張った。

それにしてもあのおっかない司教様が幼子の為にこれほど良い部屋を用意するなんて意外だ。わざわざ自分預かりにまでしているし、なにが彼を動かしたんだろうか？　普通、事情があって親がいなくなった子供は教会運営の孤児院に送られる。私のいた孤児院は珍しく個人経営だったけど、経営の悪化だとかで今はなくなっていた。

でもまあ、よくよく考えたらリーナにとって孤児院はあまり良い環境にはならないのだろうと思う。『犯罪者の子供』として、他の子供達に仲間外れにされたり、いじめられたりする確率は高い。一時的にでも司教様預かりにして、今後の処遇をどうするか決める手はずだったのかも。

ベルナール様の話が終わったら呼びに来るという神官を待ちながら、私は本棚から絵本を取り出して読み聞かせをすることにした。

ベッドに腰掛けるとその隣にちょこんとリーナが座る。リーナを挟んでルークも座った。

「これは昔、昔のお話です。あるところに白い子猫のラムと、黒い子猫のリリがいました――」

孤児院時代から下の子に絵本の読み聞かせはしていたので慣れている。臨場感も加えながらなかなか上手く読み聞かせができたと思う。リーナの反応も上々だった。だが、ルークも同じように良い反応だったので若干違和感を覚える。子供用の読み聞かせ絵本で青年が楽しめる要素は薄いと思うのだが。

「ルークっていくつ？」

そういえば今まで聞いたことなかったなと、改めて思って聞いてみた。

「二十歳だけど？」

「……ルークって、ちょっと子供っぽいところあるよね」

「おい、どういう意味だよ」

馬鹿にされたと思ったのか、ルークの眉間の皺が寄る。

「絵本が好きなの？」

「え？　あ、いや別にそういうわけじゃなくて。ただ、シアがすらすら字を読むからすげぇなって思っただけだ」

「あー……もしかして字を読むの苦手だったりする？」

「全然教育受けてないからな。簡単なのは自力で覚えたが」

ルークは立ち上がり本棚の中から適当に一冊取り出してみせた。

「こういう難しい言い回しを使うような小説とかになるとぜんぜん読めない」

それは盲点だった。

考えれば分かることだったが、浮浪者であった彼がまともに教育を受けているはずがない。あんな環境の中であまり擦れずにいたことが奇跡だ。私は聖女に選ばれた時にみっちり教育を受けたから、まともに読み書きができるけど。

ランクの高い仕事を本格的にやるようになったら契約書とかも細かくなるし、ルークにはしっかり教育を受けてもらわなければ。

「気付かなくってごめん。私で力になれるなら一緒に勉強しましょう」

「いいのか？」

「ええ、と言っても私も高等教育を受けたわけじゃないから教育者としては力不足ではあるけど」

「いや、それでもありがたい」

ギルドに戻る前にさっそく教科書でも購入しようという話になっていると、真ん中でリーナがおずおずと見上げていた。

「あの……」

「あ、リーナごめんね。頭の上で」

「いえ、その……りーなも、おべんきょうをおしえてほしいです」

「リーナも？」

「はい、りーな、がっこうにいっていないので」

そうか、やはりあの母親はリーナに教育の一つもしていなかったようだ。

「分かった。じゃあみんなで勉強会やりましょう」

と、盛り上がっていると部屋の扉がノックされた。

「ご歓談中失礼します。ベルナール殿とのお話が終わったとのことでお呼びに参りました」

順番が来た。

私はリーナの手を引いて、ルークと共に司教様の部屋に急いだ。

司教様の部屋を訪れるとベルナール様はのんびりと紅茶を飲んでいた。あの、迫力の強面と圧迫感の中でよく胃に液体を流し込めるな。尊敬する。

司教様は若干疲れたような顔で、腕を組み私達を見た。

なんか用があんだろ、さっさと言ってさっさと帰れって顔をしてますね。

緊張したが、リーナを連れていく為だ。土下座だってしてやりますとも。

「司教様！　めちゃくちゃ大切にしますので、リーナを私にください‼」

「司教様！　めちゃくちゃ大切にしますから、リーナを妹にください‼」

打ち合わせたわけでもないが、私とルークは同時に床に膝をついて土下座し、同じようなことをお願いした。

「ぶっ――くっ――」

ベルナール様の爆笑を抑えるような声が聞こえる中、司教様は大仰に溜息をつく。

「好きにしろ。……暑苦しい」

あっさりとお許しが出た。

なにか重大な理由があってリーナを特別保護している……というわけではないのかな。

司教様のことだからなにか条件付けてくるんじゃないかと思っていたので少々肩すかしだ。

「チビの相手とかめんどくせーし、とっとと連れてってくれ」

「ありがとうございます、司教様！　これでリーナも立派にうちのギルドの……あ、あれ忘れてたわ」

「あれ、です？」

「そう、あれ。ギルド入会の為の約束事。……ごほん、リーナ、あなたは家族同然となるギルドメンバーを大切にすると誓いますか？」

「ち、ちかいます！」

「うん！　今度こそこれでリーナは立派にうちのギルドメンバー、家族よ」

ぐりぐり頭を撫でれば、リーナは嬉しそうに顔を綻ばせた。

「じゃあ、これで俺も失礼させてもらうかな。シア、ルーク、リーナちゃん、またな」

「きしおーじさま、またです」

リーナの台詞にベルナール様がちょっと首を傾げたが、そのまま手を振って出ていった。いきなり騎士王子様とか呼ばれても分からないよね。

私達も司教様に退室の挨拶を交わして、部屋を出ると大聖堂を抜けて外へ。

「はあぁぁ、すはあぁぁぁ」

空気がウマい。

ルークも深呼吸しているところを見ると、やはり司教様の元では息が吸いづらかったんだろう。

「めでたくリーナもメンバーになったことだし、リーナの分のギルドカード作ってきちゃおうか」

「りーなの、ぎるどかーど！」

ぴょんぴょんと飛び跳ねるリーナをルークが抱っこして、馬車で中心街まで戻り、手早くリーナのギルドカードを作ってしまう。

出来上がったばかりのほやほやな自分のギルドカードにリーナの顔はきらっきらだ。

微笑ましすぎて、こちらの顔が溶ける。

その後は、お店で材料を買い込んで、ギルドの台所で腕を振るった。

リーナのメンバー加入のお祝いだ。ケチケチせず豪勢にいこう。

リーナはしきりに手伝いたがったけど、これはリーナのお祝いなのだから断固お断りです。そわそわしたまま待つ姿も可愛くて、ついつい眺めてしまいながらもルークを扱《こ》き使い、ごちそうを用意した。

「す、すごいです！　ごちそうです、はんばーぐです！」

「チキンと、スープ、パイ、ケーキ。沢山あるからいっぱい召し上がれ」

「お、俺も食べていいか？」

「いいわよ。ルークもいっぱいお食べ」

よっしゃああ、とルークが巨大ハンバーグを豪快に食べ始めた。

久しぶりの三人での賑やかな食事の席。いつもよりもあったかくて楽しい時間だった。


騒ぎ疲れて昨晩はそのまま部屋でリーナと一緒に就寝したので、翌日私は早めに起きて台所の片づけをしていた。手早く終わらせると、朝食の準備にとりかかる。その間にリーナが起きてきてお手伝いをしてくれて、朝食が完成する頃に丁度いいタイミングでルークも起きてきた。

「ルークは朝食ができる時間を知ってるみたいよね」

「いい匂いで目が覚めるんだよ」

分量マシマシの自分の分を平らげていくルークを横目に、私とリーナも朝食をゆっくりと食べる。

食後は、消化にいいというお茶を楽しんでいた。雑談をしながらまったりしていると、突然ギルドの扉がノックされる。朝から依頼人か、それともベルナール様とかか？

お茶を置いて、扉を開けるとそこには、すらりと背の高い赤紫色の長い髪をゆったりと一本に結わいだ細面な男性が立っていた。彼は私を見ると桃色の瞳を細めて微笑んだ。

「こんにちは、シアちゃん。お久しぶりねぇ」

「お久しぶりです、ジュリアス様」

彼には見覚えがある。騎士隊服を着ていないが、彼は王宮騎士に所属する騎士だ。確か、イヴァース副団長の右腕だったはず。名はジュリアス・マクベル。初対面の時、いきなりオネェ言葉だったので面食らったが、言葉遣いと仕草が女性っぽいだけで恋愛対象は普通に女性だそうだ。

副団長の右腕である彼がどうしてここに、それも私服で。

「今日はシアちゃんじゃなくて、別の子に用事なの。ルーク君、いるかしら？」

「ルークですか？」

「ええ、そう。副団長に頼んでいたでしょう？　彼の剣の師匠のこと」

そうだ。少し前に副団長からもう少しで師匠の手配が出来そうだと聞いていた。

「ジュリアス様、わざわざそれを伝えに来てくださったんですか？」

「そうよ。丁度非番だし、シアちゃんにも会いたくて。……ちょっと会わないうちに大人っぽくなったんじゃない？」

「そうですか？　自覚はないですけど」

彼と最後に会ったのは一年ちょっと前くらいだから、それを考えれば一つ歳を食っているし、大人っぽくも見えるのかもしれない。

「シアちゃんも十八よね、そろそろ本格的にお化粧とかおめかしに興味もでてこない？　あたしで良かったら相談に乗るわよ」

「そうですね、ジュリアス様はセンスがいいのでぜひお願いしたいです」

そんな約束を交わしつつ、ジュリアス様を中に通してルークの元まで連れていった。

ルークは、ジュリアス様を見ると慌てて立ち上がる。私服姿でも身のこなしでただものではないと気が付いたのか？

「はじめまして、ルーク君ね？　それとそっちの可愛い子はリーナちゃんかしら？　こんな格好だけど王宮騎士のジュリアス・マクベルよ。よろしくね」

「ルークです」

「りーなです」

ぺこっと二人揃って頭を下げる様子を見て、ジュリアス様が微笑ましげに笑った。

「まるで兄妹みたいね。……じゃ、さっそくで悪いんだけど、あたしについてきてくれる？　あなたの師のところまで案内するわ」

「よ、よろしくお願いします！」

慌ててお茶を片づけて、ギルドの戸締まりをし、外出中の看板をかけてからジュリアス様の案内で私達は大聖堂のある西区へと再び足を向けたのだった。

西区は西区でもジュリアス様が案内したのは大聖堂とは別の場所だった。

森の中の、公園として開放されているところからさらに奥に行った場所。もはや王都の中なのに自然を散策しているような感覚になる。

しばらく歩くと開けた場所に出た。そこには小さな平屋の一軒家があり、こじんまりとした庭と洗濯物がかけられた物干し竿、積み上げられた薪《まき》など生活感のある光景が広がる。ジュリアス様は一度深呼吸をしてから、木の扉をノックした。

「だれじゃー？」

すぐに中からしわがれた男性の声が聞こえてくる。

「王宮騎士ジュリアス・マクベルです。先日、ご承諾いただいた件で、お弟子さんを連れて参りました」

ジュリアス様の声が若干強張っている。三十代後半の彼は、多くの危険な任務なども乗り越え王宮騎士まで成り上がった実力者だ。いつも落ち着いていて、穏やかな彼はあまり緊張するような場面を見たことがない。体力の問題で騎士は四十あたりで引退する人が大多数なので必然的にジュリアス様ほどの年になると上がほとんどいないのである。その分、緊張する場面が減る為、私はその場に立ち会ったことはなかった。

余談だが、騎士引退後は実力がある者であれば後任の教育係に回る。イヴァース副団長も四十二歳だというからそろそろではないかと引退を囁《ささや》かれていた。だが現在、イヴァース副団長の後を任せられそうな人材が王宮騎士にいるにはいるが、それより王国騎士のベルナール様を王宮騎士に昇格して副団長にという声が大きい。だが本人は王室警護より広く王国の人々を守りたいという意志が強く、断固出世を断っているそうだ。そんなこんなで後任で揉《も》めていると専《もっぱ》らの噂である。

そんな理由で、ジュリアス様が緊張してるの、珍しいなぁと眺めていると中から入室の許可が下りた。

「失礼します」

一言ジュリアス様はそう断って、扉を開けた。

ギギギ、と少々立てつけの悪い音を響かせて木の扉が開かれる。ジュリアス様が先行して中に入り、次になぜかルークが私の背中を押すので私が二番目、次にルーク、最後にリーナの順で続いた。

お行儀よく、リーナはパタリと扉を閉めた。

室内は落ち着いた内装で、目に優しい緑色のものが多い。植物もあちこちに飾ってあり、住人の緑好きが伝わってくるかのようだ。それでいて白壁にかけられた剣はどこか存在感があり、立派なものであるのが素人目でも分かる。

その部屋の住人は、部屋の隅の暖炉の横にいた。

ゆらゆらと揺り椅子に腰かけて、のんびりとこちらを見ている。

「「あ」」

私達はその人物を目にして、同時に声を上げた。

すると、その人も私達の顔を改めて見て嬉しそうに笑った。

「おやおや、誰かと思えば昨日の子供達じゃあないかね」

「お知り合いですか？」

「ふおっほっほ、昨日のにっくきクソ司教との戦の後で出会った金のたまごじゃよ。また会えて嬉しいわい」

よいせっと、その人――ゲンさん、もといゲンザハーク・レリオスは椅子から降りた。ご高齢でありながらもその足取りは軽い。当然のように杖をついているが、たぶんいらないのではないだろうか？

「……ふむ、お嬢さんこの杖が気になるかね？」

私の視線が杖にあることに気付いたのか、ゲンさんは私の前で歩みを止めるとにこやかに問いかけてきた。

「ええ、はい。とても楽にお歩きになられているので、必要ないのではと」

「それのー、わしも邪魔じゃなぁとかおもっとるんよ。だが、寄る年波には勝てなくての……ついうっかりなにかの拍子で腰をやることがあってなぁ、そん時は杖がないと困るのよ。いざという時の保険じゃな。はぁ、歳はとりたくないのー」

なるほどぎっくり腰対策か。

私が納得すると、ゲンさんはうんうんと頷いて次にリーナに視線を移した。

「おーおー、なんちゅうめんこい子じゃ。ほれ、おまんじゅうあげよう」

「え、えっと……」

ちらりとリーナがこちらを見たので私は頷いた。

ゲンさんからお菓子をもらっても問題ないだろう。今は年寄りの厚意を受け取るべきだ。だいたいお年寄りは家を訪ねると子供にお菓子を渡すことが多いのだ。受け取った方が喜ばれるのは、昔経験済みである。

「おじーさん、ありがとうです」

「うんうん」

深く刻まれた皺を嬉しそうにさらに深めてゲンさんは微笑むと、最後にルークを見上げた。

「むー、背が高いのぉー。じいさん、首が折れそうじゃ」

「あ、すみません。気ぃ利かなくて……」

慌ててルークがしゃがむと、ゲンさんと同じくらいの目線の高さになった。

「うむ、らくちん。くるしゅーない」

ふおっほっほ。と笑うゲンさんを先ほどまで黙って見ていたジュリアス様が呆れたように額を押さえた。

「ゲンザハーク老師、遊んでいないで本題に入ってやってくださいよ」

ゲンさんの前ではかしこまって彼のオネェ言葉はなりを潜《ひそ》めるらしい。せっつかれたゲンさんは、いかんいかんとルークの腕をぺしぺしと叩いた。

「ふーむ、聞いていた通り肉がないのー。じゃが顔色はいい、もう少しすれば適度に肉もついてくるじゃろう」

トンと、杖をついてルークから少し離れるとゲンさんは改まって私達を見回し、そしてルークを正面から見た。

「わしは、ゲンザハーク・レリオス。こう見えて昔は王宮騎士副団長を務めていたもんじゃ。よぼよぼのじじいではあるが、わしの持ちうるすべてを以って、ルーク……お前さんを強く育てようじゃないか」

「ありがとうございます、よろしくお願いします！」

きちりとルークが頭を下げるとゲンさんは満足そうに頷いた。

「今から早速、稽古《けいこ》をやっていくかの？」

「いいか？　シア」

「そうね、せっかくだからお願いしましょう」

私がルークに許可を出すと、ゲンさんは不思議そうに首を傾げる。

「さっきから見とると、どうもお嬢さんに主導権があるようじゃな？　ルークよ、お前さんこんな可愛らしいお嬢さんの尻に敷かれるなんて、幸せもんじゃのー」

「ええ⁉　違います、俺とシアとリーナは家族で――」

くわっとゲンさんの小さな両目が見開かれた。

「なにっ⁉　お前さんらそんな若い見た目して子持ちか⁉」

……盛大な誤解を受けた。

私は一発ルークに腹パンをお見舞いしてから、輝く笑顔でゲンさんに振り返った。

「ギルドのメンバーです。家族同然で付き合っているもので、余計な誤解を与えてしまって申し訳ございません」

「――その、それ以上誤解を続けることを許さぬ眼光と台詞、見事じゃ。ただもんじゃないの、お嬢さん」

その真っ直ぐな目が、私を探るように見てきたので素直に一応、聖女であることを伝えた。

「なるほど、色々事情がありそうじゃが、まあおいおい聞くか。そいじゃあ、ルーク……大丈夫か？　むせとらんで庭までついてこい。みっちり鍛えてやるから」

「――ごふっ、は……はい」

「夕刻までかかりそうじゃから、ジュリアス、非番ならお嬢さん達を街までエスコートしてこい」

「はい、分かりました」

ルークとゲンさんが家の外に出ると、ジュリアス様が残った私達を振り返る。

「ってことで、シアちゃん、リーナちゃん。あたしと一緒にお買いものしましょうか♪」

「ゲンザハークさんがいなくなった途端、調子戻りますね」

「だって、あの人結構おっかないのよ？　あたしとイヴァース副団長も若い頃は老師にこてんぱんにされたんだから……」

苦い記憶が蘇ったのか、ジュリアス様の顔が青くなっていく。

なるほど、イヴァース副団長の稽古も荒々しいと聞いているが、ゲンさんの流れを汲んでいるのかもしれない。ルークは大丈夫だろうか。最初の稽古だし、骨を折るほどではないとは思いたいが。

「それより、どこに行く？　お洋服？　それともお化粧品？　リーナちゃんは玩具屋さんかしら？」

ジュリアス様がなんだか楽しそうに聞いてくるが、私の頭の中に浮かんだ今、欲しいものはそんな楽しくて女子らしい甘いものではなかった。

「……包帯に、傷薬、痛み止め……それから汚れたり破れたりしたら大変だから新しい着替えもいるわね。それと本屋に寄ってあれも見繕わなきゃ」

「……シアちゃんが、なんか楽しくない単語を呟いてるわぁ……」

がっかりしているジュリアス様の肩を笑顔でぽんと叩いた。

「荷物持ち、よろしくお願いしますね？」

「…………仰《おお》せのままに、お嬢様」


リーナとジュリアス様を連れ、彼のエスコートで街中をぐるぐると巡って必要なものを揃えていく。重い物はジュリアス様に、そこそこの物は私が持って、リーナが比較的軽い物を持ってくれた。

休憩に広場で売っていたクレープをジュリアス様がおごってくれてリーナと二人で美味しくいただき、あっという間に時間は過ぎていった。

「そろそろいい頃合いかしら？」

「そうですね。あ、荷物はギルドに一旦置いてきた方がいいかな？」

「王国騎士団の詰所がすぐそこにあるから、ちょっと置かせてもらいましょ。ここからギルドに戻って老師の家に行くのは手間よ」

という彼の提案で一時、騎士団に荷物をお預かりしてもらうことにした。

この広場の近くは観光場所もあって外国からの観光客も多い。その為、騎士団の詰所で一時荷物を預かることもしているのだ。預けられるのは一日だけで、引き取り手がないと捨てられてしまうので注意だ。

　私達は医療品以外の荷物を預けると、すぐにゲンさんの家に戻った。


　陽は傾き、太陽が半分ほど山に隠れた夕刻。ルークは庭で倒れていた。

「ルーク⁉」

　何事かと慌てて彼に駆けよれば、

「………」

　反応がない。気絶している。

「おー、お嬢さん達帰ったか」

「ゲンザハークさん！　ルークに一体なにを⁉」

　血相を変えて詰め寄れば、ゲンさんはなぜかバケツを私の前に出した。水が半分ほど入っている。

　そしてそれを躊躇《ためら》いもなくルークにぶっかけた。

「――ぐっ、げほっ！」

「ルーク！」

「おにーさん！」

　冷えた水の衝撃で意識を取り戻したのか、息苦しそうにルークが悶《もだ》えた。

「すまんのー、ちょいとやりすぎたわ」

「ちょっとというか、だいぶ……ですね」

ルークの体はボロボロだった。

一体なにをすればここまでボロ雑巾のようになるのか。街で彼の新しい服を買ったのは正解だった。

「ルーク、痛いだろうけど少し我慢して。今ヒールを――」

「ヒールは禁止じゃ」

「え!?」

ヒールをかけようと手を伸ばした所にゲンさんの杖がびしっと遮《さえぎ》ってきた。

「ヒールは便利なんじゃが、せっかく鍛えた部分まで元通りにしてしまうからの。自然治癒、これが強くなるには一番手っ取り早いんじゃ」

「そうですか……傷薬とかは使っても?」

「それはいいぞ」

ならば仕方ない。

めちゃくちゃ痛そうだが、薬で手当てして後はルークの自己治癒に任せるしかないだろう。

ピンセットで綿を掴み、薬品を浸してルークの傷口に当てると、

「――うっ!」

染みたのか、ルークが涙目だ。

だが、嫌がることはなく彼は私の手当てを受けた。

……結構我慢強い。さすが男子。

「ルーク、寝たままでいいから聞け。お前さんは筋が良い。強くなるぞ……その傷が癒えたらすぐに来るといい、今日の続きをしよう。次はきっと今日よりお前さんは強い男になっておるからの」

ルークは伏せたまま静かに頷いた。


それから、しばらくルークをゲンさんの家のソファで休ませてから、夜が迫ってきたのでジュリアス様に彼を背負ってもらい、私達はギルドに戻ることになった。

「ゲンザハークさん、今日はありがとうございました」

「手荒くして悪かったの。ルークを十分休ませてやってくれ」

「はい」

「あ、あとの。栄養はしっかりバランスよくとらせるのじゃぞ?」

「ええ、私も必要だと考えまして街でその手の本を購入済みです」

にっこり笑うと、ゲンさんは「さすがじゃのー」と笑い返してくれた。

玄関先で私達に手を振って見送るゲンさんの姿を振り返りながら、私達は帰路についた。

ジュリアス様の背中でぐったりしていたルークは、彼の背に揺られながら申し訳なさそうに声を漏らす。

「すみません、ジュリアスさん」

「いいのよー、君おっきいけどまだまだ軽いから。早く筋肉で重くなりましょうね」

「はい……」

ジュリアス様はきっとイヴァース副団長に聞いているんだろう。ルークが剣士として高ランクに育つ可能性があるのだと。だから期待している。だから非番といえども私達を老師の元まで連れてきたんだ。

期待の大きさに気が付いているのか、いないのか。ルークの眼差しはより一層強く前を向いていた。


途中で騎士団詰所に寄って荷物を受け取ってからギルドへと足を向ける。

ジュリアス様にクレープをおごってもらった広場から数十分歩き、ギルドが立ち並ぶ区画に入っていくと、

「――あれ？　うちのところ明かりついてない？」

「え？　あら、ほんとね」

「ぴかぴかです」

ギルドが入っている建物の前で、私は違和感を覚えて声を上げた。私達は陽のあるうちにギルドを出ているから明かりはつけっぱなしではない。誰かがギルドまで来て明かりをつけなければ、つくはずがないのだ。

どうやら明かりがついているのは廊下の方で、ギルドの中は暗いままだ。

お客さんだろうか？

気になって早歩きになりながら、ギルドのある二階に登って廊下の扉を開けると――――。

ギルドの前に、子猫を抱きかかえたおっさんが捨てられていた。

☆10　どうか、このおっさんを拾ってくれ!!

おっさんが捨てられている。

私がそう思ったのはなぜかというと、彼は四角い箱の中に子猫を抱えて座り込んでいて、その箱の正面に手書きで『ひろってください』と書いてあったからだ。

でもよく考えろ私。

こんなところにおっさんが捨てられているのはおかしい。

というか、大人が捨てられているのがおかしい。赤ん坊とか子供などが孤児院や教会関係の建物の前に捨てられているのはあることだが、いい歳したおっさんが箱に詰められて拾い主を探しているなんて聞いたことがない。

お金がなくて行き場をなくしたのなら、ルークみたいな浮浪者になって教会の助けを得るのが普通だ。

!!?
ひろってください

頭の中で目まぐるしく現在の状況を把握しようと考えを回転させていると、

「なあー」

「なうー」

おっさんに抱えられている黒い子猫が鳴き。そして驚いたことに、おっさんの懐からもう一匹の白い子猫がもぞりと出てきた。愛らしい子猫が、おっさんの腕にもふもふと摺《す》り寄っている。

「……ラムとリリです……」

子猫達を見てリーナが目をキラキラさせながら言った。

そういえば、読み聞かせで白と黒の子猫のお話をしたんだったっけ。捨てられた子猫の兄妹が自分達を本当に愛してくれる家族を探して冒険の旅に出る話。

リーナの声に反応したのか、こちらに真っ先に気が付いた黒猫がおっさんの腕を抜け出して、リーナの足元に駆け寄った。

「なあー」

リーナの足を黒猫はすりすりと甘えるように摺り寄せた。

「あら可愛い」

ジュリアス様が呟いた言葉に私も同意だ。

リーナと子猫。最強の組み合わせである。

リーナは嬉しそうに子猫を抱き上げると、ちらりとこちらに視線だけを向けるおっさんを見て、トコトコと近づいた。

「あ、リーナまだ――」

このおっさんが害のない人間なのかどうか分からない。そう言おうとしたが、リーナは私を見て首を振った。自信のある足取りでさらにおっさんに近づいた。リーナは人のオーラが見える。きっとおっさんのオーラは悪いものではなかったのだろう。

「おじさんの、ねこちゃんですか？」

黒猫を差し出して、リーナが問うとおっさんは首を振った。

「いいや、違うよお嬢ちゃん。この子達はこの近くの路地でこの箱に入れられていたんだ。おっさんはなぁ、ここのギルドに用事があって来たんだが、留守だったんでしばらく相手してもらってたら情が移っちまってな。一緒に待つかと誘って箱ごとここまで持ってきたんだ」

おっさんはどこか疲れた様子で、リーナから視線を私達に移した。

「ギルドの人か？」

「ええ、そうです。なにかご用事ですか？　長くお待たせしてすみません」

「いいや、連絡もなしに急に来たしな。小さいギルドだ、留守番もいないだろ……」

疲れてはいるようだが怒っている様子はなく、おっさんは息を吐く。

リーナが『見た』通り、悪い人ではなさそうで安心した。でもなんだか、おっさんの様子が随分とくたびれているように感じて気になる。

身なりは……普通だ。

冒険者なのか、戦士風の丈夫な厚手の皮装備で、高い物ではないだろうけど高ランクのギルドメンバーでもない限り、質の良い装備はなかなか手に入らないものだ。長年使いこんだものを未だ使い続けている冒険者もいるし、おっさんの恰好は別段変わったものではない。

彼の体型はとてもがっしりとしていて、背丈は座っているので分からないが箱がみっちみちになるまで詰まっているので筋肉も相当ついていそうだ。

典型的な、戦士型の体躯だろう。箱の外には大きな戦斧《せんぷ》が立てかけられており、かなり使い込まれた跡が残っている。

容姿は焦げ茶の短髪に銀の瞳の、戦斧を振り回すような戦士には見えないような優しげな面立ちをしているのだが、それが陰るくらい今は疲れ切った表情をしていた。

「俺はギルドに頼みごとがあって来た……だが今、俺は自分自身に絶望してる。なんで俺はこんななんだって堂々巡りだって分かっちゃいるが、どうしても考えちまうんだ」

おっさんは白い子猫を抱きしめ、顔を伏せた。

低い声の端々に震えるような哀愁《あいしゅう》が漂う。

……おっさんに一体なにがあったのか？　私達になんの用事だったのか？　こちらから話しかけるのも憚られる空気だったが、おっさんが消沈していて浮上してこないので、私もリーナの隣まで行っておっさんの前に来るとできるだけ優しく話しかけた。

「おじさん、まずはギルドの中に入りましょう。お話はちゃんと聞きますから」

「お嬢さん……」

感動に打ち震えた様子で顔を上げてくれたが、私と視線を合わせると、すっとどうしてか苦しそうに反らしてしまった。

「おじさん？」

「すまない、本当にすまないんだが――」

おっさんは、しどろもどろでとても言い難そうに口ごもる。

私には言えないことなのか。おっさんの身になにが起こっているのか。まさか重大な事件に巻き込まれて、助けを求めたいけれどギルドの人間が若い子ばかりだったから言えなくなったとか――。

色々な状況を想定していると、おっさんは意を決して声を振り絞るようにこう言った。

「箱からケツがぬけねぇ！　トイレ行きたいっ、助けてぇーー！」


…………。

おっさああぁぁぁんっ！！！

おっさんは、そこそこ緊急事態だった。


かなり頑丈に作られていた箱を私とジュリアス様で解体すると、ギルドを急いで開けてトイレを貸してあげた。おっさんは文字通り転がるようにトイレに駆け込んだ。

「はあ、すっきりした……。三十五にもなって粗相なんて恥ずかしくて外に出られなくなるところだったぜ」

トイレから戻って清々しい顔になったおっさんを改めてテーブルに呼んで、お茶とお菓子を用意した。

ちょっと驚いたのだが、おっさんはすごく背が高かった。ルークよりでかい。立ち上がった姿を見たら、巨大な熊に襲われているような感覚がしてびっくりしたくらいだ。

ジュリアス様はルークをソファに寝かせてから、おっさんがトイレから戻る前に名残惜しそうに帰宅した。これは私達ギルドに持ち込まれる話みたいだし、遠慮したんだろう。

リーナはおっさんの連れてきた子猫二匹と遊んでいる。

「あれ？　あの長髪の男がいないな？」

「彼はうちのギルドメンバーじゃないので。用事に付き合ってくれただけなんです、気にしないで下さい」

そう言いながらお茶をおっさんに差し出す。

彼は礼を言いながら一口お茶を飲んで喉を潤わせると、バンッと勢いよく両手をテーブルについて額がつくほど頭を下げた。

「どうか、このおっさんを拾ってくれ!!」

私はお手製のクッキーをもぐっと食べた。

うん、我ながら美味しくできた。

「おじさん、うちのギルドはおっさん保護施設ではないんですが」

そんな施設がどこにあるのかは知らないです。

「あ、間違えた！　違う、そうじゃない。ギルドの入会を申し込みたいんだ。天馬のところの募集を見て……」

ああ、そういえばジオさんのところでメンバーの募集をかけていたんだった。あれからまったく音沙汰がないので忘れていた。できたばかりの小さなギルドだから選んできてくれる人は珍しい。

貴重な人材ではあるし、リーナの目も確かだ。私もおっさんの印象はそれほど悪くない。

だが、ギルドとして最低限の面接は必要だろう。

ルークの時は、行くあてなく切羽詰まっていたので連れてきたし、リーナの場合は特殊だ。

「ではまず面接しましょうか。自己紹介からしますね、私は『暁の獅子』ギルドマスターのシア・リフィーノです。ギルドランクはF、メンバーはソファで寝てる青年ルークと、猫ちゃんと遊んでいる女の子リーナの三人です」

「え？　あの小さい子もそうなのか？」

「事情がありまして。でも小さくても立派なギルドメンバーですよ」

そうか……と、おっさんはどこか眩しそうにリーナを見てから、ごほんと喉を整えた。

「俺はレオルド・バーンズ。見た通り、力自慢の戦士だ。少し前まで別のギルドに所属していたんだが……えー、わけあって追い出されて……」

「追い出された？」

レオルドの目が泳ぐ。

言いにくいことなのか、促してもなかなか口を開いてくれない。でも、こちらとしても前のギルドを解雇になった理由を聞かないと契約に支障があるかもしれないし。

どうしようかと、間が開いていると、ドンドンドン!! と、扉を強く叩く音が響いて、びくりと体が跳ねた。こんな乱暴な叩き方をする人は、今までいなかった。ベルナール様ならもっと丁寧だし、ジュリアス様が戻ってきたなら彼もまた優しく叩く。

『レオルドーー!! てんめぇ、ちょこまか逃げやがってクソ野郎が!!』

『ここにいんのは分かってんだ! 観念して出てきやがれ借金野郎!!』

ドスの利いた、ヤバい人達の怒声が聞こえてくる。

嫌な予感がして、ちらりとレオルドを見れば彼は頭を抱えてテーブルに突っ伏していた。

借金野郎……ねぇ。

私は面倒事を予感しつつもお茶を飲むと、立ち上がって扉の前に立った。リーナに視線を合わせると、勘のいいリーナは頷いて、子猫二匹を抱え奥へ避難する。

「あ、おいマスター! 危ないぞ!」

レオルドが驚いたように立ち上がって静止の声を上げたが、止めることなく扉を開いた。予想通り、柄の悪い男二人が扉の前に立っている。

「うちのギルドになにか用事でしょうか?」

「あ? なんだ小娘」

「私はギルドマスターです。もう一度聞きます。うちになにか?」

仁王立ちしながら聞けば、男二人はジロジロと私を見て言った。

「お前みたいな小娘がギルドマスターは珍しい。悪いこたぁ言わねえ、レオルドっつうやけにガタイのいいおっさんを匿《かくま》ってるだろ？　痛い目みたくなけりゃ、とっととだしな」

「匿っている？　人聞きが悪いですね。今現在ギルドにはメンバーとメンバー希望者しかおりませんが？」

怯《おび》えることもなくさらっと言えば、男達は私の態度に腹を立てたのか、ドンッと強く壁を叩いた。

「しらきるんじゃねぇーよ！　借金抱えて逃げ回ってるおっさんがいるだろーが！」

「それ、詳しく聞きたいですね。教えてくれます？」

「いいぜぇ、教えてやるよお嬢ちゃん！　レオルドはなぁ、お貴族様の屋敷を警護中にうっかり転んでべらぼうに高価な壺《つぼ》を割っちまったのさ！」

ドジッ子かい、おっさん。

そういう事情なら、前のギルドを追い出されてしまったのは頷ける。ギルドは自営業、メンバーの多額の借金を背負えるほどの大手ならまだしもそうでないなら破産してしまう。

「ちなみにおいくら？」

「聞いておどろけぇ！　一千万Gだ！」

い、いっせんまん⁉

あまり聞いたことのない額に、愕然《がくぜん》とした。

一千万もあったら、高級菓子店『ミューズ』の絶品イチゴ大福が何個買えるんだろう？

ああいや、例えを間違えた。一千万もあったらそれなりの豪邸が作れる。王都の一般庶民の年収が十二万Gくらいだから……。

百年以上働けば返せるかな!?

無理ですね……。

「馬鹿言え！　俺が割った壺の価値はだいたい百万だ！　後からなんか利子とか違約金とか色々難癖つけて一千万まで膨れ上がらせたんだろうがっ!!」

いつの間にか後ろまで来ていたレオルドが怒鳴った。

百万でもなかなかな気がするけど。

ん？　利子？

「おじさ……レオルドさん、もしかしなくともこの人達からお金、借りちゃったんですか？」

「うっ……だって、ぜんぜん足りなくてな……その場で百万払わないと貴族の屋敷からも出してもらえなくて」

……グルだな。

一瞬で、考えがまとまった。彼が高価な壺を割ったのは事実なんだろう。でもその壺、恐らく百万Gもしない。騙されやすいのをいいことに丸め込んで色々責め立てたんだろう。慌ててレオルドは貴族が一枚噛んでいる悪い人達にお金を借りてしまい、とんでもない額になったんだ。

「ごちゃごちゃ言い訳すんじゃやねぇーよ！　こっちだってなぁ、なにもすぐに一千万G払えって言ってるわけじゃやねぇ。とりあえず百万Gさえもらえりゃ、残りはゆっくり待ってやるって言ってるだろ！」

「まだ逃げるならてめぇの嫁とガキにもちょいと怖い目にあってもらわねぇとなぁ！」

酷い脅しに、レオルドの目がカッと開いた。

「妻と子供には手を出すんじゃねぇ!!　それに俺は二人とは離縁《りえん》したんだっ、もう他人だ関わるな!!」

響き渡る怒声と迫力に思わず男二人がのけぞった。

おお、これはすごいな……。

イヴァース副隊長や司教様で怒声と迫力には慣れたはずだったが、私ですらビリビリきた。

「悪かったなマスター。あの話はなかったことにしてくれ……小さなギルドに迷惑はかけられねぇーよな。ここが最後だったが……」

大きな背中を揺らして、レオルドは扉を潜《くぐ》る。

「金は返せねぇ。だから騎士団に付き出すなり、奴隷《どれい》にして売るなり好きにしろ」

「――お、おう？　やけに素直になったじゃねぇーか……」

「金が払えねぇーんなら体で払ってもらわねぇーとな！　こきつかってやるから楽しみにしてろ！」

乱暴にレオルドを連れていこうとする男達。

私が行動するより前に――。

「なあーー!!」

「なうーー!!」

白と黒の疾風が足元を駆け抜け、二人の男を襲った。

「いってぇ⁉」

「な、なんだぁ⁉」

シャアアア‼

と、子猫に似合わない威嚇《いかく》をする二匹がどうやら男二人を猫パンチと猫キック、必殺爪とぎで攻撃したらしい。リーナが後から慌てて飛び出してきた。

「す、すみませんです！　ねこちゃん、きゅうにはしりだして」

「いいわ、リーナ。助かったから」

子猫達にいいところをとられてしまったが、私は前へと一歩踏み出した。

事情を聞いた上に、家族思いらしいレオルド。

彼をここで見捨てたら、女が廃《すた》るってもんでしょう。

「あなた達、レオルドさんはうちに面接に来た身。まだうちの仮預かりよ、勝手に連れていってもらっちゃ困るわ」

「はあ⁉　こんな奴に採用の余地ねぇーだろ⁉」

「採用するしないは、私とギルドのメンバーが決めます。相談もなしで余地なしなんて決められないわ」

強い眼差しできっぱりと言えば、これ以上は押し問答と悟ったのか男達はナイフを抜いた。ぎらりとした刃が光を反射する。レオルドは慌てて私と男達の間に入った。

「下がれ、マスター！」

「大丈夫です、レオルドさん。任せて」

レオルドを避けて、さらに二人の前に出ると私はにっこりと深い笑顔を作った。

「恐ろしい目に遭いたくなければ、潔くお引き取り願えませんか？　そして二度とうちに顔を出さないでください」

「な、なに言ってやがるんだこいつ……？」

「頭湧いてんのか⁉　恐ろしい目に遭うのはお前の方だろ！」

やはり男達は私の言うことなんか聞いてくれないようだ。

ほうほう、そうか。そんなに恐ろしい目に遭いたいか。ならば、お望みどおりにしてさしあげましょう。

私は懐から一枚の紙を取り出した。

紙には代々の聖女を現わす文様が書き込まれている。

「願わくば、彼らに一滴でも女神の思いが届きますよう――」

「あ？　呪文か⁉」

「魔導士か、さっさとやるぞ！」

私が紡いだ言葉に、焦った二人は襲いかかってきたが――。

次の瞬間には、跡形もなく姿が消え失せていた。彼らがいた場所には一枚の紙がひらりと舞い落ちる。私はそれを拾い上げると紙を確かめた。

紙にはラメラスの女神を表す文様が書き込まれている。

上手くいったようだ。

「どうなったんだ？　あいつらはどうした？」

「お引き取り願いました。大丈夫、もうしつこくされることもないでしょう」

「い、生きてる……んだよな？」

とても苦しめられた様子だったのに、それでもレオルドは彼らの安否を気にした。

「生きてますよ。ええ、生きていることを後悔するくらいにしっかり生きています」

「え……」

青い顔をして固まったレオルドを私は「面接の続きしましょうか」と、足元で甘えてくる子猫二匹と一緒にギルドに戻っていった。

Ｓｉｄｅ：悪党＊

男二人は、気が付いたら荘厳な大聖堂の祭壇前に倒れていた。

あたりはしんとしていて、大聖堂の開放時間が過ぎているのか自分達以外誰もいない。

「な、なんで俺達はこんなとこに……？」

「あの小娘、なんの魔法使いやがったんだ」

とりあえずここが大聖堂だということは分かったので、出ようと立ち上がると、

「よぉ……悪党ども。どこへ行く？」

ずしりと心臓にくる重低音が響いた。

──誰もいなかったはず……。だが、背後からはやけに大きな存在感があった。

びくりと自然に二人の体が震えて強張る。男達は知っている。裏に通じる自分達は、常に闇の深い部分に触れているものだ。どれがマシで、どれがヤバいものかを嗅覚で嗅ぎ分けられる。それができなきゃ、こういう業界ではやっていけない。

男達は思った。自分達の今、後ろにいる声をかけてきた男は────相当ヤバいものだと。

振り返ったら終わる。

そう思うが、振り返らなくても終わる。とも思った。

ガクガクと膝を震えさせ、情けない面で思い切って振り返った。

『ひぃっ────!!』

称えられし大陸の美神、ラメラスの女神の像の前。祭壇に一人の男が不作法にも腰掛けこちらを見下ろしていた。漆黒の髪に、瞳孔の細い黄金の瞳……右目には眼帯を着けている。整っているが強面な印象の方が強い男で、大聖堂に似つかわしくない闇色の衣を全身に纏っている。

男は、左手に一枚の紙を持っていた。

そこには聖女を表す文様が書かれており、さきほどシアが使ったものなのだがそんなことは男達には分からない。

「ったく、シアめ。面倒なことを押し付けてくれる──だがまぁ、あいつが聖女になった時にした約束だからなぁ。守ってやるよ」

にやりと悪い笑顔を浮かべると、紙をぱっと手放して左手をふわりと掲げた。

「俺は、サン・マリアベージュの司教、レヴィオス・ガードナー」

男達はその名を聞いただけで腰を抜かし、床にへたり込んだ。

司教様は、得物を捉えた蛇のように鋭い眼光で男達を見下ろすと、今までにない綺麗な笑顔を浮かべて言った。

「悪党ども――懺悔の時間だ」


その後、大聖堂から頭を丸めた男二人が、もうしません、許してくださいと泣きながら走り去っていくのを目撃されたとか、されないとか。

☆11　待っています

「兎《と》にも角にも、問題なのはレオルドさんの抱える借金ですね」

「そ、そうだな……」

ギルドに戻り、席に座り直した私達は面と向かって面接を再開した。

レオルドは、ちらりと扉の外を気にしており、まだ消えた彼らの安否を慮《おもんばか》っているようだ。

彼らのような強引で暴力的な取り立ては国の法律で禁じられている。騎士団に突き出すには人手

と手間がかかるので奥の手を使い、彼らにはキツいお灸《きゅう》をすえさせてもらったが、命に別状はないはずだ。昔はともかく現在は司教様として慈悲深き女神に仕える身なのだから。……たぶん。

こちらとしては今一番問題なのは、レオルドさんが一千万Gという想像もつかないような金額の借金を負ってしまっているという事実。困っているなら助けてあげたいとは思うが、我がギルドはまだまだできたばかりのFランクギルド、弱小も弱小——小さなことで簡単に潰れてしまうようなギルドである。ギルドランクA以上、それこそ伝説とも謳《うた》われるSランクギルドにでもなれば借金返済も夢ではないけれど……。

「聞いたお話をまとめると。レオルドさんは、貴族の屋敷の警護をしていて誤って高価な壺を割ってしまった。屋敷の貴族はレオルドさんに百万Gすぐに払わなければ帰さないと言い、慌てたあなたは貴族の方の言う通りに別のところからお金を借りてしまった。そして色々難癖をつけられ、気が付いたら借金は一千万Gとなってしまっていた……と」

大きな体を縮こまらせて、申し訳なさそうにレオルドは頷いた。

うーん、大変に困った事態だ。

その貴族は、どう考えても金を巻き上げようと考えている極悪人だ。詐欺を働いている証拠さえ掴めればいいのだが、それには密偵《みってい》を雇ったり、法に詳しい人物の助言を仰いだりしなければならない。はっきり言って、うちはまだまだ貧乏である。とてもじゃないが資金が足りない。

「……一つ、提案があります」

できれば使いたくない手ではあるけれど。

「提案？」

「はい……うちがギルド銀行から、とりあえず百万Ｇ借ります。それで借金取りの方を黙らせましょう。彼らはもう来ないでしょうけど、別の人が来ても困りますので」

「だが、それだと……」

そう、又借りだ。

借金の借金。だけど、強引な手を取る悪徳借金取りから連日犯罪紛《まが》いの取り立てをされずに済む。

ただ、一度借りたら、期日内にきっちり返済できないと社会的信用を無くす。もうお金を借りることができず、貸付金も組めない。これから良い建物にギルドを移そうという時、困るかもしれないのだ。

「ギルド銀行の返済期日は、金額にもよりますけどこのくらいなら五年というところでしょう。

——大丈夫、問題ありません」

五年以内には、ギルドランクＡを達成していなければならない。

司教様と約束をしたのだ。魔王を倒す為の力を整えるのにそう時間はかけられないと。しっかりと期限を設けられたわけではないけれど、おそらく三年が限度のように思える。魔王の進攻は今はまだ大人しい方だが、年々勢いを増しているのは目に見えている。たぶんだが、目覚めてから徐々に力を取り戻しているからなんじゃないかと思われた。

三年以内に、高ランクギルドに……Ｂ、もしくはＡになって活躍すれば百万Ｇの返済は可能なはずなのだ。

私のギルド、暁の獅子のメンバーは粒ぞろいだ。ルークは、順調に最強剣士としての道を歩み出したし、リーナの人のオーラを見られる力は貴重である。私も聖女の力が消えなければ、高い補助戦力として役立つはずだ。他に仲間も集まれば、叶えられない目標ではない。

「残りの九百万Gは、徹底的にその貴族の方を調査して詐欺の摘発を試みます。正当な額が提示できたら、その金額を頑張って働いて返済する……と、こんな方針でどうでしょうか？」

「そ、そりゃあそれができるならありがたい話ではあるが。——正直、お前達に利点がないだろう？」

それはそうだ。

一人のドジッ子なおっさんの為に、多額の借金を肩代わりするなんて普通は受けない。

でも……ね。

「なあー」

「なうー」

白と黒の子猫達がレオルドの足元にやってきてくつろぎ始めた。リーナも追いかけるようにしてやってきて、笑顔でレオルドの顔を見上げる。そんなリーナを、彼は太陽のような温かなまなざしを向けて頭を撫でてやるのだ。まるで本物の親子のような光景に、ふんわりとその場が和む。

「……レオルドさんは、ご家族がいるんですよね？」

「ん？　ああ、まあ……いた、だけどな今は」

妻と子供には関わるな、と彼は言っていた。すでに離縁しているのだとも。

「離縁した理由はやはり……」

「ああ、借金の取り立てが厳しくてな。二人とも『大丈夫だ』『一緒に借金を返していく』と言ってくれたんだが……俺がな、耐えられなかった。日に日に弱っていく二人を見ていられなかった」

レオルドはポツリ、ポツリと語ってくれた。

どんなことになっても家族として一緒にいて借金を返済していく。そう強い気持ちを持っていたという奥さん。お父さんと離れたくないと泣いた娘さん。

でもレオルドは決断した。二人と離縁して、借金はすべて自分一人が背負うことを。

被害が二人に及ばないよう、彼はすぐに彼女達を故郷の田舎に送ることにした。故郷には、奥さんのご両親がいるから二人が安心して暮らせるだろうという判断だった。

レオルドとの別れの時、泣き疲れて眠った娘を背負って奥さんはこう言った。

『待っています。貴方が迎えに来てくれる日を……いつかまた一緒に笑い合える日を』

瞳に涙を溜めながらも、懸命に笑いながらそう告げた奥さんに、レオルドも泣きそうな笑顔で約束した。

『必ず迎えに行く』

と。

それから沢山のギルドの門を叩いては門前払いされる日々だった。それでも働き口を懸命に探し続け、最後に辿り着いたのができたばかりの私達のギルド。

小さなギルドだ、迷惑にしかならない、大した稼ぎにもならない。でも藁《わら》にもすがる気持ちでレオルドは私達を待ち続けた。

「――ぐすっ」

ソファから鼻水をすする音が聞こえる。

寝そべりながらもルークはしっかり話を聞いていたんだろう。案外涙もろい性質のようだ。という私も鼻水垂れそうだが。

「良い話だなー、で丸め込むつもりはない。俺の失敗が原因でこうなったのも事実で、それでギルドを潰してしまう可能性があるのも事実だ。でも俺は、それでも諦めきれない」

家族との再会、か。

ちらりと、ルークを見た。彼は私と目が合うと、こくりと頷いた。

リーナを見た。リーナはぎゅっとレオルドの太い腕に抱きついた。

それを確認して、私は一度息を吐く。

情にだけ流されて、ギルドに入れるのは良くないと思う。でもレオルドはとても温かい人物だ。

リーナの反応を見ても明らかだし、ルークもそして自分自身もそう感じられる。

うちのギルドの方針はなんだ。

「レオルドさん、あなたは家族同然となるギルドメンバーを大切にすると誓いますか？」

「え？」

「ギルドに入会する為の条件です。もう一度聞きます――誓いますか？」

「ち、誓う！」

大仰に頷きながらレオルドが誓うと、私はパンッと手を鳴らした。

「これでレオルドさんはうちのギルドメンバーの一人ですね！　ということで、敬語は外しても？」

「かまわない！　だが、本当にいいのか？」

「レオルドの入会に反対な人は？」

「「いませーん」」

ルークとリーナの声が重なった。

「だそうよ？」

「――うっ、ぐ……ありがとう、本当にありがとう」

「泣いてる場合じゃないわよ、これからバリバリ働いてもらって借金返済しないといけないんだから！」

「おう！　任せてくれ！」

気合十分なレオルドを見て頷くと、私は彼の能力を見てみることにした。

そして驚愕の事実を知る。

剣の才　F↓D
斧の才　D↓C
槍の才　F↓D
拳の才　C↓A
弓の才　F↓F
杖の才　F↓E

魔法の才　F↓S
人柄　S

ふむ、戦士の割に武器類の才能があまり良くないな。斧は頑張って訓練したあとが見えるけど伸び悩んでいる。拳の方は、さすがに体躯もいいだけあってセンスは良さそうだ。

これは戦士というよりは、格闘家として育てていった方が才能を発揮するんじゃ――――。

ん？

あれ？

え？　ちょっと待って。

一度見て、ありえない数値が見えた気がしたので目を擦ってから二度見して、やっぱり数値が変わらないので確かめるように三度見た。

だが数値は変わらず同じ値を示している。

筋骨隆々《りゅうりゅう》のマッチョなおっさんなのに――魔法の才がS⁉

おっさんは、とんだ見た目詐欺だった。

レオルドの驚愕な才能を目にして一瞬、頭が真っ白になったが気を取り直し、私はぽんとレオルドの肩を叩いた。

「レオルド、あなたの趣味を聞いてもいい？」

「え？　なんで？」

「参考までに」

隠れた才能って実はこういう趣味的なもので片鱗《へんりん》を見せている時があるのだ。だから少し確かめたかった。

レオルドはちょっと考えてから教えてくれる。

「筋トレしながら読書、かな」

――見事なまでに筋肉と知力が融合している趣味だ。どうなってんの。

魔導士が魔法を使うには、古代語で書かれた魔導書を読解し、習得しなくてはならない。つまり、魔導書が読めないと魔法がそもそも使えない。私は聖女に選ばれた時に聖魔法や他補助魔法などを扱うことができるようになる為、死ぬ思いで努力して身につけた。

自らの恵まれた体型から戦士を選んだようだが、レオルドは魔導書を読めるんだろうか。

「ちなみに読書って、どんなジャンルを読むの？」

「結構なんでも読むぞ。ファンタジーから経済まで色々」

多趣味なようだ。雑学王かな……。借金のくだりも冷静な頭だったら引っかからなかっただろうけど、彼は素直で高い壺を割ったパニックでいっぱいいっぱいだったんだろう。

でもまぁ、本を読むのが好きなら勉強もそこそこできるだろう。

「そんなレオルドに提案です。――魔導書に興味は？」

レオルドは私の言葉に目をぱちくりさせた。

「魔導書？　なんで？」

「私が見たところ、レオルドには高い魔法の才があるみたいなの」

「……見た？」

意味が分からないという顔をされてしまった。

そういえば、レオルドは私が聖女の力を持っていることを知らないのだった。びっくりさせてしまうのもなんだが、いずれは分かることなのでここで説明させていただこう。

話が長くなるので短くまとめて説明すると、やはりレオルドは驚いた顔で私を見た。

「お披露目の時……いたか？」

「……勇者の後ろその他で花吹雪撒いてましたがなにか？」

苦い思い出がよみがえるからやめてください。

黒歴史であることを悟ったのか、レオルドはそれ以上問いかけるのは止めて、改めて私をじっと見た。

「俺に、魔法の才があるのは本当か？」

「ええ、まず間違いないわ。戦士としてそれほど力が伸びなくて悩んでいたんじゃない？」

「その通りだ。斧だけはなんとか扱えたが、それでも他の奴に比べたら弱い。戦士として戦うには限界を感じていたのは確かだ」

実際は、素手だと武器をしのぐので武器が邪魔だったとも言える。だが普通は武器の方が強いはずなのでそれを選択するのは自然の流れだろう。

「魔法……魔導士か、俺が……」

どこか感動しているようにも見える表情でレオルドが呟く。

魔法の才がある人間はごく少数だ。ルークやリーナにも魔法の才はなかった。後天的になんらかのきっかけで魔法の才に目覚める人もいるが、それこそ極々稀だ。魔導士はなりたくてなれるような職業じゃないのである。

「レオルドが攻撃魔法系を得意だと嬉しいんだけど……」

私は聖魔法と補助魔法などが得意だが、攻撃的な魔法は扱えない。バランス的にも彼が魔導士なら攻撃魔法系が使えるとありがたい。

もう一度、レオルドを細かく分類して見てみる。

《魔法傾向》
火系攻撃魔法　B↓S
水系攻撃魔法　C↓A
土系攻撃魔法　A↓S
風系攻撃魔法　C↓A
光系攻撃魔法　――――
闇系攻撃魔法　――――
聖魔法　――――
補助魔法　――――
空間系魔法　D↓B

思いっきり四大属性攻撃系魔導士だった!!

空間系魔法も使えるってことは、おっさん転移魔法も使えるよ！　やったね。転移魔法は貴重だからすごくありがたい。容量たっぷりのアイテムボックスも作れるかも。これ、私はできないんだよね。

「……どうだ？」

「うん、すごいわ。四大属性攻撃魔法と空間系魔法が習得できる可能性がある」

「ほ、ほほほ本当か!?」

椅子をガタンと後ろにひっくり返らせるほどの勢いで立ち上がり、鼻息荒く迫られた。

近いぞ、おっさん。

彼の額をそっと押しつつ、身を引いた。

「嘘つかないわよ。レオルドが攻撃系魔法覚えてくれるとこっちは大助かり。ヒーラー兼補助、剣士、魔導士、天使が揃ってるからバランスいいでしょ」

「天使？」

「いるでしょう？」

ちらりと子猫と戯《たわむ》れるリーナを見て、

「いるな」

真面目に彼は頷いた。

天使と子猫は無敵なのだ。

「魔導書の話だが、問題ない。俺、古代語読めるから」

「ええ⁉」

彼の言葉に私は驚いて椅子からずり落ちた。

古代語とは、今から千年以上昔に大陸で使われていた言葉で魔法を使う為の基本的な言語である。呪文は現在の言葉に直しているが、古代語版の呪文をしっかりと理解していないと現代語の呪文を唱えても意味がない。

古代語を読める人間は、現在魔導士か魔導士を目指す者くらいで、それ以外の人には不要なものの為扱える人数は少ないのだ。明確に、魔導士になると決めているなら古代語を勉強していてもおかしくないが、レオルドは戦士だ。

そんな彼がなぜ古代語を？

私が不思議そうな顔をしているのを見て、レオルドは答えを教えてくれた。

「実はな、おっさんこう見えても王立学校卒なんだよ」

「お、おお王立⁉」

おっさんに対する驚きの連続で、私はびっくりしすぎて顎が外れそうです。

王立学校というと、ここ王都にある名門校だ。王国の子供達は基本、六年間の義務教育を受けることになっている。それ以降は自由だが、成績が良くさらなる向上を目指して上級学校へ進学する子供もいた。王立学校はその最上級学校に分類され、王国の頭脳と称される者達が通うところだ。

そこを無事卒業したとなると、レオルドはなぜギルドで戦士をやっているのか分からないくらい頭が良いはずなのである。

どうしてこうなったの？

「王立で古代語も勉強してな。ちょっと杖使って魔法使ってみたら暴発したんで魔導士は諦めたんだよ」

「杖……」

才能がないのは杖の方で、魔法の才はSである。基本的に魔法は杖を媒介にして発動させることが多いので最初に杖を使ったのは当然のことなのだが、運が悪かったな。

「でもレオルド、王立卒者なら就職先は研究者とか、王宮士官とか色々あったんじゃないの？」

「ああ、そうだな。でも俺、基本的に堅苦しい場所は苦手でな。貴族が多い場所も好きじゃないし、どうせなら人の役に立とうと教育者を目指したんだ」

「え？　先生ってこと？」

「そうだ。一年くらい、学校で子供達を教えてたな」

「それがなんだって、戦士職に……？」

レオルドは、ふっとどこか懐かしそうな、でも哀愁の漂う顔で私から目を反らした。

「あれは十年前の蒸し暑い日のことだった……」

「その話長い？　短くまとめてくれると嬉しいんだけど」

年寄りの話は長い。もう時間も遅いし、リーナは子猫と遊びながら朦朧《もうろう》としている。ルークもいつの間にか小さく寝息を立てていた。私も色々あって疲れているので巻けるなら巻いて欲しい。

レオルドは私に突っ込まれるとちょっと間を空けてから、一言で話を終わらせた。

「子供達には慕《した》われてたと思うが、うっかり転んで学長のヅラを飛ばし、俺のクビも飛んだ」

おっさんの人生は、ドジッ子属性に振り回されているのだろうか。才能はあるのに。

「とりあえず今日は終わりにしましょう。夕飯は……もうみんな眠いみたいだし仕方ないわね」

「悪いな……」

「新しい家族が増えるのに悪いことなんてないわよ。部屋はまだ余ってるから好きな部屋使って」

私はリーナを抱っこし、ルークはレオルドに任せて部屋に運んでもらった。

子猫達は私の足元をぐるぐる回ると、最終的にはレオルドにくっついていった。眠そうなリーナを抱え、部屋に戻るとお風呂を支度して、ささっと入浴した。男連中が増えたので鍵魔法と『女子入浴中』プレートは忘れずかけておく。お風呂からあがると、リーナをタオルで拭いてやる。

……痛々しい痣は、まだ少し残っていた。

リーナの母親はもういないから、この痣の罪を訴える相手もいない。残しておく意味もないので、すべて治療しようと思う。リーナもこの痣を残して欲しいとは言わなかった。でもどこかせつない表情で消えていく痣を眺めていた。


次の日の朝、朝食の準備をしているとハラペコなルークがゾンビみたいに這ってやってきた。体はまだ痛むようだが動けるようにはなったらしい。

そしてレオルドとリーナもやってきた。リーナはいつもなら『おてつだいします！』と言って手伝ってくれるのだけど今日はなにやらレオルドと顔を突き合わせて話し込んでいる様子だった。子猫達がレオルドの広い背中にぶらさがって遊んでいる。

一人分の食事量は増えたが、一気に作ってしまうのでそれほど手間は増えない。ただ材料が勢いよく減っていくので買い物は増やさないといけないだろう。

朝食を並べて、いただきますをして賑やかな朝が過ぎていくと、食後のティータイムだ。

「私はコーヒーにするけど、皆はなにがいい？」

「俺もコーヒー、ブラックで」

ルークは甘いものが苦手だ。紅茶は出せば飲むが、フルーティーなものはあまり好きじゃない様子だった。なのでコーヒーも無糖を好む。

「りーなは、ここあがいいです」

対するリーナは甘いものが大好きである。私も甘いものは好きだからココアも常備してあるが、コーヒーは朝に飲むには眠気覚ましになっていいので、朝食後のティータイムはコーヒーを飲むことが多い。

最後にレオルドが手を上げた。

「おっさんもコーヒーかな。ミルク三つと砂糖スプーン十杯で」

「……おっさん、それもうコーヒーじゃねぇー」

ルークが頭を抱えた。

私もそんな甘々でジャリジャリしそうなコーヒーは飲みたくない。

「はいはい、レオルドもリーナと一緒のココアねー。ちょっと待ってて」

私の頭の中に、レオルド『甘党』が追加された。

おっさんは、ちょっと不満げだったがルークが胸やけを起こしそうなので強制ココアでございます。

飲み物を配り、のんびりとティータイムを過ごしているとリーナとレオルドがおずおずときりだしてきた。

「マスター、ちょっと頼みがあるんだが」

「おねーさんに、おねがいがあるのです」

神妙な顔つきだったので、なんだろうかとコーヒーカップを置いて二人を見た。二人は視線を交わして頷くとテーブルに額がつきそうなくらい頭を下げた。

「ギルドで子猫二匹の面倒見させてくれ！」

「ねこちゃん、ほしいです！」

「なあー！」

「なうー！」

子猫二匹も一緒にレオルドの背中から訴える。

あー、そうだった。なあなあになってたけど、この子猫達をどうするか決めていなかった。レオルドに懐いているようだし、飼ってもいいんだけど……。

お約束は交わしておこう。

「いい、リーナ、レオルド。生き物を飼うには相応の覚悟と責任が必要です。それは分かってますね？」

二人は深く頷く。

「子猫達の面倒はきっちり責任を持ってやるのです。ご飯も、おトイレも、病気になったら病院にも連れていくんですよ？」

「「はい！」」

「ではよろしい。子猫達をうちで飼いましょう！」

「「やったー‼」」

と、リーナとレオルドは万歳して喜んだ。

二人ならちゃんと面倒を見てくれるだろう。でもまぁ……この子猫達、朝が早くてリーナよりも先に台所へ来てご飯をねだるので、ご飯係りは私になりそうだけど。


ティータイムを終えると、ゾンビ状態のルークを留守番させて三人で買い出しに出かけた。なくなりそうな食材もろもろを購入して、荷物をレオルドに持ってもらう。

「そうだマスター、ギルド銀行へはすぐに行かないのか？」

「うーん、そうしたいのは山々なんだけどちょっと待ってくれないかな。百万Gってそこそこ大きなお金だからたぶん借りるのに連帯保証人が必要だと思うのよね」

「あ、そうか……」

ちゃんとお金を返してくれるかどうか、銀行は見るし。もしもの時に備えて代わりに払ってくれる連帯保証人を立てる必要が出てくる。連帯保証人になれるのは、身元がしっかりしている人で、その金額を払える経済力のある人物となる。

私の中で、心当たりのある人は……一人だけだ。頼むのは心苦しいんだけど、他に頼める人物もいない。

「連絡とってみるから、それまで待機ね」

「そうか、面倒かける」

気の重くなる空気が漂う中、ついてきた子猫達が紙袋をがさがさ音を立て始めた。

「なにか気になるものでもあるのかしら？」

「ああ、ご飯だろ。この中にある」

「おいしい、ごはんです！」

全開の笑顔で二人が紙袋から取り出したのは――――。

「猫ちゃんまっしぐら！　とろける味わいご飯『ロイヤル＊スプーン』！」

…………。

い、いつの間にそんなめちゃくちゃ高級な猫ご飯買っとるんじゃあぁぁ!?

可愛い子猫にデレデレの二人が、おねだりに負けてしまうので私が全力で財布の紐《ひも》をきゅっと引き結んだ。

私は心を鬼にする。とりあえずこの『ロイヤル＊スプーン』は返品です。

☆12　閑話＊とあるBARの話

Side：マスター＊

王都の繁華街として賑わう一画、派手な店が多い中で少し奥まった路地を行ったところに静かに酒を飲みたい大人が集まるバーがあった。綺麗な給仕の女性もいない、ダンディな白ひげマスターが美味い酒と肴《さかな》を用意するだけの質素なバーだ。それでも表の喧騒《けんそう》を逃れてやってくるコアなファンは多く、ただただ静かに美味い酒を飲みたい連中が集まる。そんな《白ひげの隠れ家》に通う一人の騎士がいた。

カラン、と静かに鈴が鳴る扉を開けて入ってきたその騎士は、普段身に纏っている仕事着である騎士隊服を脱ぎ、私服を着用していたが彼から溢れ出る常人ではないオーラは、誰が見ても明らかだ。バーの常連客もマスターも彼が『誰なのか』は、知っている。けれどここでそれを言うのは野暮というものだ。ここに来るものは皆、ただ美味い酒を飲みに来ているだけなのだから。

「――おやじ、いつもの」

常連が言う台詞を騎士が言うと、マスターは頷き、いつもの酒を出した。地方の地酒で度数も高めだが、彼が酔った姿を誰も見たことがない。生真面目で固い性格もあって、彼が酔う姿など誰も想像できなかった。

カランン。しばらく騎士が酒を楽しんでいると、もう一人の男が現れた。彼も私服だが、やはり纏うオーラは常人のそれではない。彼は騎士の隣に当たり前のように座った。

「マスター、いつものを頼むよ」

彼もまた常連の台詞を言った。マスターは、すっと用意されていた酒を出す。騎士に出した酒よりもさらにアルコールが強いものだが、彼もまた酔った姿を見たことがない。彼らは特殊な訓練でも積んでいるんだろうかと誰もが考えた。

「お互いここにはよく顔を出すけれど、一緒に飲むのは久しぶりかな？　イース」

「そうだな……。なにか食うか？　リジー」

「今日は俺のおごりだ」と騎士イースが言うとリジーは微笑んだ。

「いえいえ、貴方におごられるなんて後が怖いからね。今日は楽しく飲むだけにするよ」

「そうか……」

お互いそれほどお喋りというわけでもない。最初に言葉を交わすとほとんどの時間が無言だ。それでも彼らは時々示し合せて酒の席を共にする。

「そうだ、君にお礼を言わなくてはいけないと思っていたんだ」

「礼？」

「そう……突然だったのに、快く引き受けてくれてありがとう」

そこまで聞くと、イースはリジーがなんのことを言っているのか理解した。

「こちらにも責任はある。なによりシアには面倒ばかりかけているからな」

「本当、昔からちょっと間の悪い子でもあるからね。優秀ではあるんだけどなぁ」

苦笑を浮かべながら二人とも酒を飲んだ。

「それにルークはかなり見込みがあるようだ。根性もありそうだし、鍛えがいがある。老師のシゴキにもついていけるだろう。俺もできれば稽古をつけようと思っているしな」

「え……ちょっと、うちのお得意様の子を殺さないでよ？」

「──失敬だな」

リジーはしかめっ面になったイースを見て笑った。その笑顔を眩しそうにイースは眺めて、それから呟くように言った。

「騎士団に……戻るつもりはないのか？」

重い沈黙が降りた。しばらく静寂が続いて、コップの中の氷が音をたてるまで互いに口を開かなかった。先に静寂に耐えられなくなったのはイースだった。

「すまない、忘れろ」

「……いえ。すみません……ふふ、もうこの歳ですし今更戻っても実務はできませんよ」

二人の年齢はすでに四十を超えていた。騎士団で実務をこなせるのは四十五までと言われている。後は指導員に回って後継を育成していく立場になるのが普通だった。

「貴方の後継は、見つかりそうですか？──副団長さん」

「ふん……ベルナール以外、考えられないというのに奴ときたら──」

ぶつくさ文句が長引きそうな気配を感じて、リジーは「あーっ」と口を挟んだ。

「もういい時間ですよ、イース。美人な奥様が屋敷でお待ちなのでは？」

言われてちらりと壁にかけられた時計を見て、イースは立ち上がった。

「おやじ、代金だ」

カウンターに代金を置くと、マスターが静かに受けとった。リジーに背を向けて入口に足を向ける。

「久しぶりに飲めて良かった。――健勝《けんしょう》でな」

カラン、と扉を開けて出ていくイースの背中を見つめて見送ってから、リジーも席を立った。代金を払い、ゆっくりとした足取りでバーを後にする。

そんな二人を静かに見守っていた常連客が口を開いた。

「なあ、マスター。あの二人、王宮騎士副団長の黒鷹イヴァースと『空駆ける天馬』のギルドマスター、ジオだよな？」

「……さぁてな」

多くの者が知っている有名な人達だ。ただ二人がイースとリジーというあだ名を使っていることを知っている者は少ない。そして二人の関係性を知る者はもっと少ない。

マスターは二人の使ったコップを洗う為に奥まった流し台に引っ込んだ。そして客から隠すように飾られた写真を眺める。それは今から二十数年前に撮られたものだ。年若いイヴァースとジオ、初々しい見習い騎士だったジュリアス、ジュリアスに絡まれて鬱陶しい顔をしている美しい黒髪の青年――は、まだ海賊になる前の探偵業をしていた頃の司教、レヴィオスだ。そしてレヴィオスの隣で静かに佇む、真っ白な髪に血のような赤い目の美しい人形のような娘。その娘がまさか、イヴァースと結婚するとは当時は思いもよらなかった。今では出来のいい息子がいて、幸せな家庭を築いている。

その娘の隣にもう一人、少年が立っていた。シリウスと名乗っていたその少年は、優しそうな顔をして中身はかなり攻撃的で喧嘩っ早い男だった。彼はレヴィオスの相棒として常に彼の傍らにいた存在だったが……残念ながら現在、存命していない。

「時の流れは早いものだ」

当時は一介の地方騎士でしかなかったイヴァースは今や王宮騎士副団長、ジオは退役したがギルドマスターになり、ジュリアスは順調に昇進して王宮騎士となった。まあ、レヴィオスの遍歴には驚かざるを得ないが、彼はそういう運命を持った星の下に生まれているのだろう。

マスターは思い出に浸りそうになる頭を振って、新しい酒を客に提供する為にカウンターに戻った。

☆13　子猫もふりたい

レオルドを仲間に迎えて一カ月程が経過した。

その間、ルークは回復してはゲンさんの元へ行って修業し、ボロボロになっては回復してまた修業を繰り返す日々を送っていた。リーナは子猫達と一緒に看板受付嬢としてポツポツとやってくるようになった依頼人の対応を任されて奮闘し、レオルドは筋トレしつつ魔導書を読み漁《あさ》り、実戦練習の為に魔導訓練場を借りて魔法習得に励んだ。

そんな中、私はというと――。

「栄養学を勉強しようと思うのよね」

分厚い本をテーブルに置いて、私は皆に言った。この間、ルークが初めてゲンさんに習った日に購入したものだ。あの時から、私はまだ自分にもできることがあるんじゃないかと思っていた。

聖女としての力はいつ女神の気まぐれで別の女性に移るか分からないから、聖魔法や補助魔法の訓練は欠かさないのはもちろんとしても、普段の生活面でも役に立つことがあるはずだ。

そこで考えたのが、栄養学の勉強だった。

私が毎日皆の食事を作っているのだから、栄養面をきちんと管理してバランスよく作れるようになれば、皆の血と肉となって健康で強い体作りを支援できる。

「へぇ、栄養学か。シアの飯は美味いから今のままでもかまわねぇけど……栄養面で支援が受けられるのは嬉しいな」

「そうだな。俺の嫁さん――あー、元嫁さんも栄養学勉強して家族の健康に気を使ってくれてたしなぁ」

「りーな、おねーさんをおうえんします！」

と、全面的に喜ばれたので気合を入れて勉強することにしました。

そんなこんなの一カ月。

ルークは修業の甲斐《かい》あって剣の技量がEからCまで飛躍的《ひやくてき》に上がった。

レオルドも魔法の才がFからDに上がり、火魔法のファイア、土魔法のアースクラッシュを習得できたらしい。

ただし――。

「おっさん、武器類にとんと才能がねぇーからな。魔法の媒介《ばいかい》どうしよう……？」

魔法は普通、発動に魔力を伝い威力を上げる媒介の道具を使用する。主な媒介は杖なのだが、レオルドに杖を扱う才はない。使ったら暴発するだろう。魔導書とか、魔道具イヤリングとか指輪とかも試してみたらしいがダメだったようだ。

でもまぁ、私はそうだろうな……と思った。

レオルドは、なにかを持つことに向いていない。一カ月の共同生活で判明したのだが、皿洗いを任せたら割る、食事を運ばせると転ぶ、液体を持つと他人にぶっかける……といった具合だ。最終的に、レオルドは食事の味見係となった。彼は「なんか、すまん……」としょんぼりしていた。

彼が信じていいのは道具ではない。今までたゆまぬ努力で作ってきた己の鋼の肉体である。

ということで。

「レオルドは、筋肉を媒介にしたらいいんじゃない？」

「え……筋肉の媒介とか聞いたことねぇが……」

知識豊富なレオルドでも、魔導士が己の肉体を媒介にして魔法を発動させるなど聞いたことないだろう。うん、私もない。レオルドは、どこまでも規格外なのだ。

「騙されたと思って、ちょっと考えてみてよ。いきなり筋肉を媒介になんて難しいだろうけど、レオルドの武器ってその肉体でもあると思うのよね」

タフで固い魔導士なんてそうそういないのだから。

レオルドは、もしかするととんでもない魔導士になるのかもしれなかった。

彼は真剣に私の話を聞いてくれて、試してみる、と訓練場で頑張って筋肉媒介を必死に習得しようと励んだようだ。結果的には……。

「聞いてくれ、マスター。マスターのおかげで、おっさん――筋肉との会話に成功した」

「え……あ、そう……良かったわね」

これは筋肉媒介に成功したのか否なのか、私には意味不明でございました。

レオルドが満足そうなので良しとしよう。


ルークもゲンさんとの修業の成果がメキメキと感じられるのか、嬉しそうに毎回報告してくれる。確かに体つきもしっかりしてきたし、顔つきもどこかキリッと引き締まった感じになった。魔物退治の依頼もはぐれスライムなんて私の支援魔法なしでいとも簡単に倒せてしまえるようになっている。

騎士の訓練場に放り込まれたりもしたらしいが、彼ら相手にいい勝負まで持ち込めるようになったそうだ。

これで、一カ月だ。かなり濃い一カ月となった。ルークもレオルドもまた時間をかければかけるだけ強くなるだろう。私も負けていられない。

そう、焦りすら感じ始めた頃、私の元に一通の手紙が舞い込んできた。

『親愛なるシアへ――』

綺麗な文字で綴《つづ》られたその手紙を読んだ私は、いよいよだと皆を居間に呼んだ。

ルークは丁度、回復期間中で動けるようになっており、きちんと椅子に座った。リーナも子猫達と一緒に椅子につく。レオルドはやや遅れてきて、慌てて椅子に座る。どうやら新しい魔導書に夢中だったようだ。

彼らを見回して、私はこほんと一つ咳払いをしてから口を開いた。

「レオルド、ちょっと待たせちゃったけど例の件、なんとかなりそうよ」

「例の件？」

レオルドが、覚えがなさそうな顔で首を傾げた。

あれ、一カ月たって忘れちゃったのか？　あの連中もあれから静かなので忘れるのも無理はないかもしれないけど重要なことだよ……。

「百万Gをギルド銀行で借りるって件よ……」

「ハッ！　そうだった！」

「借金は消えたわけじゃないんだからね。……で、借りるにあたって必要になる連帯保証人になってくれそうな人と交渉してたんだけど、それが交換条件付きでなんとかなりそうなの。ということで！」

パンッと手を打って、にっこりと笑った。

「皆、おでかけするわよ！　自分が持ってる一番良い服着て、身だしなみを整えてね！」

え？　なんで？

という不思議そうな顔をする彼らの背を押して、私はきっちりと身支度を整えさせた。

なんたって、これからおでかけする場所は――貴族のお屋敷なのだから。

綺麗に身だしなみを整えた私達は、馬車を手配し一路、王都の北側にある貴族の屋敷が立ち並ぶ貴族街に向かった。ルーク達は途中で貴族街に入ったのを知って、青い顔をした。

「シア……まさかとは思うが、連帯保証人の相手って貴族……？」

「そうよ。百万Gをぽんと払える相手なんて貴族か大商人くらいでしょう」

「貴族怖い、貴族怖い、貴族怖い」

体の大きなレオルドが、膝を抱えながら震えている。どうやらかなりトラウマになっているようだ。リーナがよしよしと慰めている。ちなみに子猫達はお留守番だ。最後までついていく気満々だったが、貴族の屋敷に連れていくわけにはいかない。涙を呑んで置いてきた。

貴族という単語にわけもなく不安を感じて緊張している面々を尻目に馬車はどんどん目的地へと進んでいった。そしてとある白薔薇《ばら》の生垣の門の前で止まった。

「あ、ここね」

真っ先に降りて住所を確認した。私もこの屋敷に来たのは初めてだ。屋敷違いなどしたら大変面倒なことになるのでしっかりと確かめる。

目印の白いドラゴンのレリーフもあるし、きっとここだ。

「シア……本当に行くのか？」

「そんな怖気つかなくたっていいのよ？　ルークも知ってる人なんだから」

「え？　俺、貴族に知り合いなんていたかな？」

言ってなかった？　あ、言ってなかったかも。

そこまであの人にとって重要でもないので、こちらから言うこともなかった。

リーナはレオルドの手を引いて降りてきて、ガクブル状態の男共の背中を叩いた。

「りーなもこわいですけど、きあいをいれます！」

ぽんぽんっと気合が注入されて、みるみる男共の表情が和らいだ。

これが、天使の御業《みわざ》か。

「もしや、シア様でございますかな？」

門前でそんなことをやっていると屋敷の方からロマンスグレーの髪の、渋いおじいさんがやってきた。黒い使用人の執事服を着ているので屋敷で働いている人だろう。

私は丁寧にお辞儀して挨拶をした。

「ご招待に預かりました、シア・リフィーノです。今日はよろしくお願いいたします」

「私は執事長のロランスと申します。このたびはお会いできて誠に喜ばしく思いますよ」

なんだかすごくニコニコされた。

彼、いや彼らは私を使用人達にどのように伝えているのだろうか、聞くのが怖い。

やたらご機嫌なロランスさんに、案内され私達は屋敷の中へと案内された。

広い玄関ホールに、煌《きら》びやかなシャンデリアがぶらさがり、まさしく貴族様のお屋敷といった雰囲気だが、調度品は高そうだが品があるものばかりで、屋敷の持ち主のセンスの良さが窺える。

広間に通された私達は、「しばらくお待ちください」と言われ、目的の人物が来るまでしばし普段は飲むことができないような高級なお茶とお菓子をいただきながらのんびり待った。

落ち着いて待てたのは私だけで、ルーク達はまるで置物みたいになっていた。

副団長のところに行った時もこんな感じだったな。私が慣れているのがおかしいんだろうか？

置物どころか石化状態になりそうな彼らを心配しつつ、十分ほど待つと広間の奥の扉がバーンと音を立てて開かれた。

「――シア!!」

文字通り飛び込んできたのは腰まで伸びる銀色の長い髪を靡《なび》かせた翡翠《ひすい》の瞳の美しい青年だった。

肌は陽の光を知らないかのように白く滑《すべ》らかで、四肢は細く華奢《きゃしゃ》な印象を受ける。面立ちが中性的すぎる為、一瞬美女とも間違えそうだが、声音は確かに男性のものだ。

急だったので私は慌てて立ち上がって、彼に向かって頭を下げた。

「お久しぶりでございます。クレメンテ子爵《ししゃく》――」

「そんなかしこまらなくてもいいよ、シア。公の場でもあるまいし、昔みたいに兄様って呼んでくれれば！」

「無茶言わないでください、スィード・ラン・クレメンテ子爵様」

きっちりフルネームで呼ぶと、彼はがっくりと肩を落としてしまった。

彼とは聖女修業時代に出会ったのだが、あの頃はまだ子爵は継いでいなくて王宮士官として働くお兄さんだった。身なりも気品もいいとは思っていたが気さくな方だったので、ついつい気楽に彼が希望した『兄様』呼びをしてしまっていたのだが、真実を知った時、私は口から魂が抜けるかと思った。

まさか『彼』のお兄さんだなんて思わなかったんだよ！

「クレメンテ？　って、あのクレメンテか？」

レオルドがなにかに気が付いたのか、そう呟いた。

「おっさん、知ってるのか？」

「……なんだったかな、なにかの広報で見たような……！　あ、そうだ。王国三大イケメンの一人が確かクレメンテ子爵家の次男――」

レオルドの台詞の途中で、今度は玄関ホール側の扉が開かれた。

背後から冷たい空気が伝わってきて、振り返るのが怖い。先に振り返ったルークがなぜかなんとも言えない顔をして、リーナがキラキラとした笑顔を浮かべ、レオルドがびっくりした顔をしている。

「兄上、シアを呼んだのは俺ですよ？　相手は俺がしますのでどうぞ執務室にお戻りを」

鋭い声音にクレメンテ子爵はちょっと悲しそうな顔をして、イケメンな弟の顔を見た。

「そんな邪険にしなくたっていいじゃないか、ベル君……」

その名に引っ張られるかのように私が振り返ると、扉の先に、麗しの王国騎士にして王国三大イケメンに数えられている……らしい、誰もが振り返る男、ベルナール・リィ・クレメンテが、笑顔で立っていた。


「シア、甘いもの大好きだよね？　はい、イチゴのケーキだよ」

「シア、兄上の甘言に惑わされないように。はい、アップルパイ」

左右からフォークに突き刺さった甘いものが差し出される。

右手にクレメンテ子爵、左手にベルナール様。私は真ん中にがっちり挟まれ身動きがとれないでいた。視線で対面に座っている三人のファミリーに『た　す　け　て!!』とサインを送ったが、レオルドはそっと視線を反らし、リーナはにっこりと笑い、ルークは仏頂面だ。

誰も助けてくれる気配はない。

三人の前にもデザートが並べられており、ルークが面倒見の良さを発揮してかリーナにケーキを食べさせてあげていた。

ずるいぞルーク、そこを代われ！　私と席を交換しようじゃないかっ、今なら両側にイケメンがついてるぞ!!

はたから見たら、超絶イケメンに囲まれて至れり尽くせり……なんだろうけど、私の心境は吹雪に見舞われているかのように寒い。

クレメンテ子爵もベルナール様も普段は兄弟仲が悪いわけじゃないはずだ。昔、ベルナール様は兄のことを尊敬しているとも言っていたし、クレメンテ子爵もベルナール様は良くできた可愛い弟だと言っていたのだ。

だがしかし、私が間に挟まると微妙な空気になる。

クレメンテ子爵が私をやけにかまって猫みたいに可愛がっているのを見て、なぜかベルナール様が対抗心を燃やすのだ。意味が分からない。あれか、大好きなお兄ちゃんをとられて不機嫌なのかベルナール様。

思えばベルナール様の感情表現の仕方は、いくぶんかねじまがっているように感じている。説教デートに脅しの求婚。気があるのかと思いきや、どんでん返しの空手チョップをくらった気分に陥るとはこれいかに。

このまま大人しくしていたら、甘い物の食べ過ぎで虫歯になるか、ぽっちゃりになるかのどちらかの悲しい未来しかないので、私は勇気を持って反抗する。

「クレメンテ子爵――」

「兄様って呼んで」

「スィード・ラン・クレメンテ子爵」

「…………はぁ、分かったよ。私の休憩時間もどうやら終わりのようだ。今日はベル君と大事な話があるようだしね、兄は大人しく退散しよう」

至極残念そうな顔で立ち上がると、ぽんとベルナール様の肩を叩いてからにこやかに手を振って「ごゆっくり」と部屋を出ていった。

――なんだったのだ、もう……。

隣をちらりと見れば、ベルナール様がどこかほっとした表情をしていた。兄に対して緊張でもしていたのだろうか？

「面倒をかけたな、シア。兄上には執務室から出られないように仕事をたんまり仕込んで、シアの来訪も教えていなかったのにどこから嗅ぎつけたんだ……？」

ちらりとベルナール様は扉の傍で控えていた老執事ロランスを見た。ロランスさん、そっと視線を外した。

……バレバレである。

見た感じ、ロランスさんは私が来るのをとても待ちわびていた様子だったし、私のことはクレメンテ子爵やベルナール様から色々聞いていたはずだ。ベルナール様に口止めされていたとしても、なにかに勘付いたクレメンテ子爵が問い詰めればポロッと言ってしまうだろう。責めるのは可哀想だ。

ベルナール様もそう思ったのか、ちょっと溜息をついただけでなにも言わなかった。

「面倒……というかちょっとアレというか……。まあ、久しぶりに会えたのは嬉しかったですよ。昔から良くしてくれた人ですから」

「それはそうなんだが……。ああ——やっぱり騎士団の個室とかにすれば……だが、やはり金の話は屋敷でするのが一番安全で書類を作るにも手間がかからなくて……はあ……」

悩めるベルナール様、ため息も艶《あで》やかで乙女達が見たら卒倒ものだ。私は無心でお茶を啜《すす》る。一応これでも乙女なので、うっかりとイケメンにときめくかもしれぬ。いや、現実を見ろ、シア。ベルナール様は無差別級タラシだ。引っかかるな。

自戒していると視界に入ったリーナがキラキラした瞳でベルナール様を見ていたので、目に毒だと目隠ししてあげたい気持ちだったが、こちらからだと手が届かない。可愛い天使が悪気のない女の敵の毒牙にあてられないかと冷や冷やしたが、以心伝心したのかルークがそっと手でリーナの視界を塞いだ。

よくやった、ルーク。

視線で合図を送ったが、無視された。

あれー、なんだかさっきからルークの様子がおかしいな。ベルナール様登場あたりから、どこか機嫌が悪いような気がする。

男心の機微なんてあいにく私には分からない。

だが、その隣のおっさんの気持ちはなんとなく分かった。

『おっさん、若人のなんとも言えない空気に耐えられない。早く帰りたい。子猫をもふりたい』だな。

「兄上のせいで話がそれたが、本題に入ろうか」

ベルナール様も微妙な空気を察したのか、ちゃっちゃと話を進めに入った。

こちらとしてもありがたいので、頷いておく。

「ギルドに新規加入したレオルド殿の借金について――だったな」

ベルナール様は確認するようにレオルドの顔を見た。レオルドはそれに応え頷く。

「貴殿とは初対面ですな、改めまして俺の名はレオルド・バーンズと申します。お恥ずかしながら仕事中のミスでこのようなことになり、なんとか借金返済の手立てをと貴殿のお手をお借り申したく」

「ああ、シアから聞いている。なんでも相手の貴族はラミリス伯爵《はくしゃく》のようだな。貴族の間でも悪い噂しか聞かない御仁《ごじん》だ……」

怪しい点が多々ある人ではあるらしい。だが、相手は伯爵という身分を持つ貴族な為、迂闊に騎士団も手が出せないようだ。ベルナール様も頭が痛いと額を押さえた。

「ああ、そうだレオルド殿もいることだし、皆には改めてフルネームの自己紹介をしておこう。俺はベルナール・リィ・クレメンテ。クレメンテ子爵の弟で、王国騎士団第一部隊隊長を務めている。よろしくな」

さらっと自己紹介を済ませるとベルナール様は一枚の書類をテーブルの上に置いた。

「ギルド銀行への貸付申請書だ。シアのサインと俺のサインがあれば、後は提出して借りるだけになる」

「……でも、ベルナール様はタダでサインはしてくれないんですよね？」

手紙にも書いてあった。連帯保証人になるには、条件がいると。

私の言葉にベルナール様は、そうだと頷いた。

「一つ、君達のギルドに依頼という形でお願いしたい案件がある」

どんな依頼なのだろうか、と全員で首を傾げているとベルナール様はロランスさんを呼んで地図を持ってこさせた。

テーブルに大陸地図が広がる。

その一部分をベルナール様は指さした。

「ここが、ラディス王国の王都——で、君達にはここから北西にあるポラ村に向かって欲しい」

すすっとベルナール様の指が北西の位置に動き、止まった。

その部分を見て、私は嫌な予感がした。

ポラ村は王都から馬車で三日ほどの位置にある小さな村だ。細々と農業と、近くにある森の恵みで生活を営んでいる。ごくごくありふれた普通の村。なぜ私がそのことを知っているかというと、以前立ち寄ったことがあるからだ……勇者一行時代に。

「……ポラ村が目的——じゃあ、ないですよね？」

苦々しい顔でそう言えば、ベルナール様はにっこりと「ご名答」と言った。

「目的地はポラ村ではなく、その近くにある森だ。通称——『聖獣の森』」

「聖獣の森……？　ああ、そんなとこにあったんだな」

聖獣の森という単語を知っていたのか、レオルドが呟いた。リーナとルークはよく分からないといった顔をしている。

聖獣の森、そこには聖なる獣が住むとされている。大昔の文献やファンタジー小説なんかにはよく登場する乙女を守護する幻想生物だ。なんでも清廉《せいれん》な乙女が祈ればその姿を現すとされ、聖なる力を与えて加護するらしい。

と、私が二人に説明すると、レオルドが補足として一言付け足した。

「聖女に力を与える女神の遣い、とも言われてるな」

「聖女……」

皆の視線が突き刺さる。

胸が痛くなる思いだが、私は正直にあのことを打ち明けることにした。

「期待してるところ悪いんだけど、ダメだったわよ」

「ダメって言うと？」

知識欲と好奇心が高いのかレオルドが興味津々で聞いてくる。

「いなかったの、出てこなかったのよ。挑戦はしてみたんだけどね」

勇者一行時代、私は聖獣の森を訪れた。もちろん聖獣と会う為だ。もしかしたら契約して加護してもらえるかもしれないという目論《もくろ》みを持って。だが、結果は惨敗。聖獣の姿は見えず、声すら聞こえなかった。あの一件もあって、勇者は私を本当に聖女なのか疑ったのかもしれない。私も結構ショックを受けて、落ち込んだりもした。

「聖獣なんてのは伝説上のお伽噺《とぎばなし》でしかないからな。あまり気にすることじゃない。歴代でも聖獣がいた話はわずかしか聞かないし、その話も眉唾物だからな。俺が頼みたいのはそういうのじゃなく、森に現れるようになったという『黒い靄《もや》』の話だ」

「黒い……靄？」

私の呟きにベルナール様は頷いた。

「なんでも突如森に黒い靄が現れ、それに触れた動物達が狂暴化したり、植物が枯れたりという現象が起こっているという噂が流れている」

「ふむ……なるほど。話を聞く限りだと、その現象に近いことを引き起こすものが一つあるわね」

魔王が復活して二年、それと同時に起こり始めた現象がある。それは一様に黒っぽい色をしたもので触れると狂暴化したり、生命力を吸われ枯れたり、原因不明の病に陥ったりするらしい。

その名も――――。

「瘴気《しょうき》だ。その黒い靄の正体は瘴気である可能性が高い」

そう、瘴気。聖獣の森で瘴気が現れたのだとしたら、ベルナール様がわざわざ私のギルドに依頼してきた意味が分かる。このギルドには、『聖女』がいるんだから。

知識人のレオルドが、いち早くそのことに気が付いた。

「なるほど、瘴気なら『聖女』の『浄化』の力が有効ってわけか」

その通り、聖女には悪しきものを浄化する特別な力がある。私も何回か使ったことがあるので浄化の力が使えることは実証済みだ。瘴気もきちんと浄化できる。

「理解が早くて助かる。君達には『聖獣の森の調査』を依頼したい。噂の真偽を確かめ、黒い靄の正体が瘴気ならこれを浄化、森を正常な状態にすること。これを条件としたい。本来なら地方騎士なんかが調べる案件なんだが……色々こちらにも事情があってな、動けないいんだ。できるだけ速やかにポラ村の住人を安心させてやりたい」

話を聞いていた私達は、視線を合わせ、そして互いに頷き合った。

「分かりました、その依頼――お受けいたします」

「ありがとう。では交渉成立だな」

用意された書類にペンでサインを書いていく。

私とベルナール様のサインが終わると、ロランスさんが確認してそれを丁寧に封し、使用人に頼んでギルド銀行まで届けてくれるようだ。あとは連絡を待つだけだが、その前にきちんとこちらも依頼をこなさなくてはいけない。

「君達なら大事にはならないだろうが、気を付けてな」

「ええ、ありがとうございますベルナール様」

深々とお礼をして、ようやく退室……というところで、ルークが意を決したようにベルナール様に向き合った。

「どうした、ルーク？」

「あ、えっと……俺と勝負できませんか？」

突然のルークの申し出に言われたベルナール様の他、私達も目が点になった。

「俺、色々と稽古もつけてもらってて……なんで実力を試したいっていうか」

言葉を丁寧に選んで言っている風だが、ルークの言動はどこか不遜《ふそん》さも滲ませる。黄金の瞳がギラリと強い光を灯してベルナール様を見つめていた。それを彼は真正面から受け止めて、しばらく見つめ返していたがややあって頭を振った。

「すまない、俺も忙しくてな。相手をしてやりたいが、この後も仕事だ」

「そう……ですか」

気合をいれていたのだろう、肩透かしをくらってルークは気の抜けたような顔になった。

「ほらルーク、ぼうっとしてないで行くわよ。それでは、ベルナール様お邪魔いたしました」

今度こそ、私達が部屋を出ると最後についてきたルークの背に向かってベルナール様が低い声で一言。

「――見極めを誤らないようにな、ルーク」

「え……？」

ルークが振り返ると、ベルナール様はいつものように笑顔で手を振って、さっさと奥へ行ってしまった。ルークは意味が分からなかったのか、しきりに首を傾げていた。

……見極めを誤るな、か。

それは自分にも言われているような気がして、胸の奥に留めておこうと決めた。


そして三日後、私達は遠出の準備を整えてポラ村へと旅立った。

子猫達はギルドの下、一階で雑貨店を営む夫婦に一時預かってもらうことになって、別れ際にリーナとおっさんに泣きついたので、一悶着起こったがなんとか場を収めて出発となったのだった。

☆14　おっさんを信じろ！

王都を出発し、ポラ村へ向かう馬車に揺られること三日。

休憩は何度も挟んでいるが、あまり上等とは言えない馬車なので背中とお尻がかなり痛んだ。その痛みが限界に来そうな頃、ようやく私達はポラ村に到着した。

疲れているはずだが、リーナは真っ先に馬車を降りて辺りの景色を堪能していた。

そのはしゃぐ姿に、連れてきて正解だったかなと、ほっとする。

本当ならリーナは王都でお留守番の予定だった。子猫達と共に一階の雑貨屋夫婦に預けようと思ったのだ。リーナは戦うことができないのだし、危ないかもしれない場所に連れていくのは良くない。そう、リーナに話をすれば、「りーなは、いっしょにいけないのです?」としょぼーんとされてしまった。思い返せば、リーナはいつも母親に部屋に置いていかれる日々だったのだ。それでも毎日待ち続け、夜には母親が戻ることが多かったので安心していたが、突然あの日に母親が消えた。帰ってこなかった。そして私達に会ったのだ。

今はもう、母親はどこにもいない。待っていても帰ってこない。あの子は母親を失ってしまった事実に今もきっと胸を痛めているだろう。あの子の中で『待つ』という行為がとても辛いものになってしまった。

本人たっての希望もあったし、なにより王都から出たことがない閉じ籠った生活をしていたリーナに外の世界を見せる良い機会でもあると思った。かなり迷ったが、ルーク達とも相談して連れていく、という結論に至ったのだ。

ルークとレオルドに荷物を降ろしてもらって、私達は村の入り口に集まった。

「とりあえず宿をとって、荷物を置いてから情報収集といきましょうか」

私の言葉に三人は頷いて、村に一件しかないという小さな宿屋に部屋を男女別に二つ借り、さっそく村で情報を集めることにした。

ポラ村は前に来た時と同じく、のどかな雰囲気でベルナール様が言っていた黒い靄の噂のことなどないかのような平穏さだ。だが、影というものはいつどこで現れるか分からない。噂は真実なのか否か、しっかりと確かめなくては。

私、リーナのペア。ルーク、レオルドのペアに別れて情報を集めた。

リーナと情報収集の為、村を回っていて気が付いたが、リーナが一緒だと村人の口が軽い。私の見た目が地味で人畜無害《じんちくむがい》そうなのもあってだろうが、リーナの笑顔が村人達の警戒心をあっという間に解いてしまうようだ。さすが天使。

「黒い靄？　ああ、そういえば木こりのじいさんが言ってたな、聖獣の森に黒い靄が現れたって。神聖な森なのに不気味だ、凶兆なのかもしれないと怯えていたよ」

畑仕事をしていたおじさんを皮切りに、聖獣の森での黒い靄の目撃情報は色々と得ることができた。概ねベルナール様が話していた噂と一致する。触れた獣が狂暴化したり、草花が枯れたり——と。やはりまるで瘴気のような現象だ。

実際見たという人にも話を聞けて、彼らはすぐに危険なものと判断し近づかず逃げたらしい。それから森にはしばらく立ち入らないように通達し、地方騎士団の駐在所へ連絡もいれたようだ。それが巡り巡ってベルナール様のところに来たんだろう。

ラディス王国の騎士団は主に三つに分かれていて、王室警護を務める超エリートな王宮騎士団、王都を中心に守護するエリートな王国騎士団、他地方を巡回して守る平騎士である地方騎士団がいる。

地方騎士団は王国騎士団が統括しており、なにかあればすぐに王国騎士団の方に情報が上がってくる。現場で対処できればそう指示が来るし、難しそうであれば王国騎士団が自ら動くことになるのだ。

一通り話も聞き終り、集合場所へ戻ろうと広場へ足を向けるとリーナがそっと私の袖を引いてきた。

「リーナ？」

「……あの、むらのおねーさんが……ないてます」

リーナと視線を合わせると、その先には確かに家の壁に背中を預けて蹲っている女性がいた。その傍には若い男性と、年配の女性もいて二人は蹲る女性を励ますように囲んでいる。

なにか困りごとだろうか？　気になって近づいてみると、男性と年配の女性がこちらに気が付いた。

「あの、どうかしましたか？」

「あ……その」

男性が言いよどむ。村の人間ではないよそ者に言うべきか迷っているんだろう。リーナはちらりと男性を見てから、テトテトと蹲る女性に近づいてしゃがみ込んだ。

「おねーさん、おなか、いたいですか？」

リーナの心配そうな声が響くと、ぴくりと蹲っていた女性が顔を上げた。彼女はリーナを見て、ハッとした表情を浮かべたと思えば、じわりと両目に涙を溢れさせ泣き始めてしまった。

「ルネス、私の子……どこかへ行ってしまった」

『ルネス』と名前を何度も呼びながらむせび泣く女性に、私は男性を見た。

「もしかして、子供がいなくなったんですか？」

彼は酷く沈鬱《ちんうつ》な表情を浮かべて頷いた。

「昨日から姿が見えないのです。夕刻までは近所の子供達と遊んでいたようなのですが……」

それからぱったりと目撃情報がない。家にも帰らず、家族は総出で村中を捜したがどこにも見当たらないのだという。誘拐を疑ったが、村の人達も怪しい人物は見ていない。小さな村だからよそ者が来ればすぐ分かるのだ。子供がなにかに誘われるかのように消えてしまったとしか言いようのない状態に、家族はお手上げ状態となってしまったようだ。

我が子を思い、泣く母親らしい女性をリーナはじっと見つめていた。

もしかしたら、自分の母親を思い出しているのかもしれない。どうにかしてあげたいのは山々だが、現状私達にできることはなにもない。村におらず、どこか外へ行ってしまったのなら手広く捜索してくれる地方騎士団に相談するのが一番だろう。

彼らも地方騎士団に一報を入れている最中なのだと言う。

「早く、子供が見つかるといいですね……」

「はい、すみません旅の方にこのような……」

私は首を振って、励ましの言葉しか言えない自分を歯がゆく思いながらもリーナの手を引いた。

少しリーナは後ろ髪を引かれているのか、足取りが重かったがついてきてくれる。思うところは多々あるが、私達は集合場所へと歩いていった。

集合場所まで来るとルーク達は先に来ていた。その表情はなぜか浮かない。

「ご苦労様……って、なんか暗いわね？」

リーナと共に首を傾げながら聞けば、ルークは深く溜息を吐いた。

「村人に警戒された……。あんまり話聞けなかったんだ」

「マスター、おっさんってそんな怖いか？　こんなキュートなおっさんあんまりいないと思うんだが……」

がっくりとうなだれた二人を交互に見た。

片やのっぽのちょい無愛想な剣を装備した青年、片や魔導士ローブを着ているにもかかわらず筋骨隆々の我儘ボディが隠せていないムキムキマッチョな高身長で立ち塞がる壁のおっさん。

どうあがいても、怖いコンビだ。

これは、私の人選ミスである。どっちかに天使か、人畜無害（外見）な女を添える必要があったな……。

あと、おっさん。どういう風に鏡を見たらその姿がキュートだと思えるんだ。どうしてそんな自信ありげなんだ？

とりあえず宿の部屋に戻って、私達が得た情報を二人に伝えた。

レオルドは、少し考えてから言葉を口にした。

「やっぱ、聖獣の森は直接調べに行く必要がありそうだな？」

「そうね。村の人の話だと森に黒い靄が現れるのは確かだそうだから」

ということで、聖獣の森へ行くことは決定したのだが。私、ルーク、レオルドはリーナの方を見た。リーナはついてくる気満々なのか鞄の中身を確かめている。

「たおる、おかし、ほうたい、おくすり……」

しっかり者なのは認めるところではあるのだが、やはり瘴気が発生しているかもしれない森に連れていくのは危険だ。私達は頷き合い、しゃがんでリーナと目線を合わせた。

「ごめんね、リーナ。あなたは森に連れていけないの」

「……だめですか？」

「うん、やっぱり危険だと思うのよね。だからね、リーナは村に残ってもっと情報を集めて欲しいなって」

「じょーほーですか？」

「そうそう。まだ隠れた情報があるかもしれないから……重要な任務よ、お願いできる？」

『重要な任務』を強調して言えば、リーナの表情はぱあっと明るく輝いた。

「りーな、がんばります！」

よし！

リーナの笑顔には村人達もメロメロだったし、問題はないだろう。だが村にリーナ一人というのも心配だ。

「ルーク、居残りしてくれる？」

「俺？」

「ええ、森には私とレオルドで行くわ。レオルドは聖獣の森についての知識もあるみたいだし、調べるにはちょうどいいのよね」

「そうか、分かった。リーナと引き続き情報収集しとけばいいんだな？」

「うん、頼んだ」

次の行動も決まり、今日はもう夕刻が迫っているので一泊してから朝に発つことにした。


村の宿は小さいながらも、なかなか快適で食事も美味しかった。柔らかな自家製パンに村で採れたばかりの野菜を使ったスープ、香ばしく焼き上げたホロ鳥の香草焼きなど、匂いを嗅いだだけで涎《よだれ》がだくだくと出てくるような逸品だった。全員でぺろりとそれらを平らげ、お風呂に浸かって少し硬めのベッドで眠り、朝早く私とレオルドは起き出して相方を起こさないよう準備をした。

レオルドは私よりもさらに早く起きたようで、まだ少し肌寒い朝靄の中、宿の外で乾布摩擦《かんぷまさつ》などをしていた。朝から健康的で元気だな。

朝日が昇り、周囲が明るく温かくなってきた頃に私達は聖獣の森へと発った。

聖獣の森へは徒歩で行くしかない。片道二時間というのでなかなかに歩くことになる。昔一度通った道、あの頃のことを思い出さずにはいられないが憂鬱《ゆううつ》さはあまりない、隣を歩くのは大事な仲間だからそんな気分になる必要もないのだ。

二時間かけて適当な雑談をしながら到着した聖獣の森は、前と特に変わった様子はない。静かで、深い木々が広がり、小鳥がさえずる――神聖さを漂わせるような張りつめた緊張感のある空気がある。ただ、少し背筋がぞくりとするような妙な感覚はあった。聖女の力がそうさせるのか、わずかな違和感を確かに覚えるのだ。

レオルドと共に慎重に森へと分け入っていく。

聖獣が座するという泉までは小さな道ができている。ひとまず森の中を探索する前に、泉まで行ってみようということになった。小道の通りに進んでいく。周囲への警戒は怠らなかったが、泉に着くまでの間は特に何事もなく終わり目的地へと到着した。

小道の終わりは開けた場所になっており、辺り一面透き通った水面が穏やかに風に揺れる美しい泉が広がっている。泉の中央には祠《ほこら》があり、小さな子供が一人入れるくらいの穴が開いていて、その中に聖獣様が住んでいるというお話だった。だがそこまで行く道はなく、泉も中央へ行けば行くほど深くなっているようなので、祠の前までは行っていない。とりあえず今回も祈りを捧げて、聖獣様を呼んでみることにした。

「聖獣様、聖獣様、聖女の祈りをどうか聞き届けてください」

膝をつき、頭を垂れて両手を組み粛々としばらく祈った。

レオルドも後ろで静かに、緊張した面持ちで待っていたが、やはりシンと静まり返った泉がなにかに反応することはなかった。

「……はあ、やっぱりダメみたいね」

「うーん……」

諦めて立ち上がった私に、レオルドは唸りながら思い出すように言った。

「なんかの文献で読んだ覚えがあるんだが、聖獣の座する泉は清廉な乙女なら渡ることができるんじゃなかったか？」

「えぇ……本当？」

そんな話があるの？

初耳だったので、問い返した。

「試してみる価値はあるんじゃないか？　聖獣、寝てるだけかもしれないぞ？」

確かに呼んでも来ないなら、直接寝床である祠まで行けば会える確率が高くなるだろう。だけどその条件に一抹《いちまつ》の不安と、嫌な予感がした。『清廉な乙女』なんて誰が決めるのか？　清廉さの基準はなんなのか？　ものさしがないので行ける行けないの判断がつかないのだ。

「もし落ちても濡れるだけだ。やってみればいい」

「落ちて濡れるのは嫌よ……」

あと、清廉じゃないと証明されるのもなんか腹が立つ。

だがレオルドは空気を読まなかった。

「大丈夫！　おっさん、火属性魔法得意だから濡れてもファイアで乾かしてやるよ！」

ドンッ！　と気合を入れるつもりだったのか、レオルドが思い切り私の背を大きな手のひらで叩いた。その強すぎる衝撃に耐えきれず、私はたたらを踏みそのまま泉に落ちた。

なんの引っかかりもなく、泉の上に乗るような感覚なども一切なく、私は見事に水しぶきを上げて落ち、ずぶ濡れとなったのだった。

なんとも言えない空気が流れる中、私は泉から顔を出し硬直しているレオルドを見上げた。

目が合うと、彼は静かに目を閉じた。

「……清廉さが足りなかったか」

「――うっさいわ!!」

なんか悔しい！　自分が清廉な乙女だなんて思ってはいなかったが、実際に泉に落ちるとやるせない気持ちになる。

レオルドに救助されて泉から上がると、彼は言った通り火の魔法でずぶ濡れの体を乾かしてくれた。かなり大雑把で豪快なファイアの乾燥だったが。どうやらレオルドは出発前に言っていたように、筋肉との会話に成功した？　為か、筋肉を媒介として魔法を使っているようだ。

焦げそうになったが、服と髪が乾き聖獣は諦めて森の調査を始めようとした時だった。

「……レオルド」

「ああ、おいでなすったな」

私達の視線の先、深い緑の森の中から、不穏な気配が広がってくる。魔力のある人間にしか感じられないだろう肌が粟立《あわ》つような気持ち悪さだ。

いつの間にか、辺りは鳥の声も聞こえない重苦しい空気で満ちていく。

私は杖を構え、レオルドはファイティングポーズをとった。

ズズ、ズズ――。

なにかが這うような音が聞こえる。

それはゆっくりと近づいてきて、そして瑞々《みずみず》しい木々を食い散らかすかのように黒い靄がまるで獣の口のように開いて呑み込んだ。あっという間に黒い靄に触れた植物が枯れ果てる。

――おかしい。

その黒い靄の様子を見て、私は違和感を覚えた。

瘴気は普通、形をとらない。霧や靄と同じく、辺りを漂うだけのものだ。だが、これは意思を持ち自在に形を変えて向かってくる。まるで生きているかのようだ。

たちまち現れた黒い靄は私達の目前まで迫ると、ぽっかりと口を開けたような形になり、その中からなにかが這い出てきた。

ぐちゃり。

それはまるでヘドロのようだった。だが先に鋭い爪のようなものがあり、四足歩行をする為の前足と後ろ足があるのが分かる。

……ドロドロに溶けた狼。見た目はそんな感じだ。

「レオルド、あれ……見たことある？」

「……ないな。魔物図鑑全十巻暗記してるが記憶にない」

レオルドの記憶にないなら、あれは普通の魔物じゃないんだろう。正体不明の黒い靄から出てきた化物。最大限の警戒をするに越したことはない。

「あれには直接触らない方がいいわ。援護はするけど、いけそう？」

触らず倒せとは普通の魔導士には簡単な注文だろうが、レオルドにはまだ難しいかもしれない。相手の強さも分からないし、どうしようかと迷っているとレオルドは自信ありげに『にぃ』っと笑った。

「マスター、おっさんを信じろ！　おっさんも、『行けるぜ！』って言ってる筋肉を信じる！」

えぇ……。

おっさんを信じるのはいいが、おっさんの筋肉の信用度はいかほどなのか。

それと、援護は筋肉にするべきか、魔力にするべきか悩む。魔導士に筋力アップしてどうするんだ、と思うがレオルドの場合、どちらが現在割合的に上なのか判断に困るのだ。

ええい、どっちもやる！

相手の化け物は、動きが遅くノロノロとしていたので、攻撃力アップのテンションをかけ、魔力アップのマナレインの重ねがけをしても余裕の時間があった。

「うおおお⁉　さすがマスター、すげぇ力を感じる！　よし、行くぞ」

レオルドは力強く地面を蹴り、ドロドロの化け物に向かっていった。

――向かっていった⁉

「ちょ、レオルド⁉　近づくのは危険――」

止めようとしたが遅かった。

レオルドは化け物に突進し、そのままものすごい勢いで突っ込んでいく。迷いや恐怖など一切感じられなかった。

「ファイア‼」

レオルドの拳から腕全体に炎が広がり強烈なパンチが繰り出され、えぐるように化物の顔面を殴った。凄まじい衝撃だったのか、化物は耐えられず吹き飛ばされ太い木の幹を何本か折って土煙を上げながら地面に転がった。

す、すご……。

聖女の特別な強化魔法がかけられているにしても、恐ろしい威力だ。

レオルドのパンチ力と、ファイアの魔力が合わさり強烈な一撃となったのだろう。普通の魔導士にはできない所業だ。直接触っちゃいけないという私の忠告もきちんと聞いていて、拳に魔法をかけたのでレオルドは一切化物には触れていないはずだ。

あともう一つ、すごいことがある。

「……レオルド、詠唱は？」

魔法を使うには、ほとんどの場合呪文の詠唱が必要である。私は聖女の力でスキップしたりすることが可能だが、レオルドはまだ魔法を身につけてひと月である。詠唱なしで魔法を安定して扱えるなんて本来なら不可能だ。

「筋肉を媒介にしてるからか、魔法安定の為の詠唱はいらないみたいなんだ。ファイアくらい簡単な魔法ならほぼ詠唱なしで発動可能になってる」

なんかさらっと言っているが、恐らくそれはレオルドの知力と筋肉の成せる業である。改めてこのおっさんの潜在能力の高さには驚かされるわ。

感心しつつも化物の様子を窺うと、レオルドの一撃に倒れ伏した化物は、びくびくと痙攣《けいれん》していた。死んではいないようだ。化物の傷口からは薄く黒い煙のようなものが昇り始める。

「瘴気か？」

「分からない……それを確かめる為に、浄化の力を使うね」

もし、女神から与えられた浄化の力が効けば瘴気の可能性が高いけど。普通の瘴気とは違う動きをすることに不安を抱えつつも浄化の魔法を発動させる。

「ラメラスの女神に祈る――聖なる力をこの手に、優しき光の雨にその穢《けが》れを祓《はら》え」

私の全身を淡い光が包み込み、そして化物の頭上から光の雨が降り注ぐ。化け物は光に悶え苦しむ様子を見せ、しばらく呻き声を上げていたが黒い靄が浄化され、ドロドロの体が光に呑まれていく。

浄化の力が効いている……の？

どんどんと光に包みこまれた化物の体が小さくなっていく。しばらくすると光は自然と霧散した。

そこに残ったのは――。

「………子供？」

化物の消えた跡には、リーナより小さい子供が倒れていたのだった。

☆15　だから、強くなる

Ｓｉｄｅ：ルーク＊

朝、目覚めると同室のおっさんがいなかった。

ルークは寝ぼけた眼を擦りながら、ふと外を見ればレオルドが乾布摩擦している姿が映る。

（……朝から健康的だな……）

大きな欠伸《あくび》をひとつして、のんびりと支度を済ませてからもう一度、外を見るとおっさんの隣でシアが準備体操していた。

（……あいつも元気だな）

シアの朝が早いことは知っている。いつも自分が起き出す前に台所に立っていて、美味しそうな匂いでルークは目覚めるのだ。それがとても幸せなことだと知ったのはシアのギルドに来てからだった。

親がいた記憶はある。だが、あまり良くはない記憶だった。毎日のように殴られて、怒鳴られて──愛された記憶など一切ない。いつの間にか、ルークは一人ぼっちになっていて浮浪児としてストリートをうろつくことになったのだ。

毎日が地獄だった。生きるのに必死だった。

優しい顔をした人が、優しい人だとは限らなくて。危うく甘い言葉に踊らされてどこかへ売り飛ばされてしまうところだった時もあった。そんな危機を乗り越えるたびに、色々なスキルが身についていってなんとかここまで無事に生き延びた。

自分の価値とはなんなのか。

自分が生きている意味とはなんなのか。

時折、ルークはそんなことを考える。

泥水を啜るような日々に、いったい何の意味があるのかと。

シアと出会って、それがなんなのか少し分かったような気がした。

一人、たった一人でもいい。自分を必要としてくれる人がいるのならそこに意味はあるのだと、思えるようになった。

シアは恩人だ。

居場所をくれた。家族をくれた。暖かい意味をくれた。

自分に剣を扱う高い才があるのなら、誰かを守れる力が手に入るのなら。努力を惜しまない、絶対に強くなって力になってみせる。

そう、思った。

鏡を見て、もう一度自分の姿を確認した。

浮浪者時代は身だしなみなんか気にしている暇はなかったが、今はギルドのメンバーとして恥ずかしくない見た目は必要だと思っている。

ボサボサな赤髪はようやく短く切ってさっぱりして、よく食べて栄養をつけ、鍛えて筋肉も作った。おっさんみたいになるにはまだまだ時間はかかるだろうが、あの立派な筋肉は憧れだ。老師のシゴキで両手は固く剣ダコまみれだが、これはこれで頑張っている勲章みたいなもんだろう。シアが気にして薬と保湿クリームを塗ってくれるおかげでそこまで酷くはなっていなかった。

昔の自分より、だいぶマシ。

ルークにとって、一番怖いのは今の家族を……ギルドを失うことだ。

一度、最高の幸せを知ってしまったら、それを失うのがとても恐ろしい。なかった時になんてもう戻れない。失って一人外に放りだされたのなら、もう孤独に生きていける気がしなかった。

だから、強くなる。

誰よりも、なによりも強くなって――守る。

それが、ルークが密かに胸に抱いた『誓い』だった。

実際、ルークはとても努力した。

老師の厳しいシゴキに耐えて、老師自身から『ここまで音を上げず、這ってでもついてきたのはお前さんが初めてじゃよ』と驚かれたくらいだ。イヴァース副団長や、ジュリアスなども師事していたはずだから、ルークの根性はそれ以上にずば抜けていたのだろう。

その根性に比例するようにルークは、メキメキと実力をつけた。エリートと呼ばれる王国騎士団の訓練に放りだされて模擬試合をし、良い試合をするまでになっていた。一本もぎ取れた時もあった。

だから、自信を持てた。

もっともっと強くなれると、どこまでも行けるんだと思った。

そんな時、ベルナールと会えたのは幸いだったのかもしれない。

彼が貴族であったことは、少々驚きはしたものの納得もした。初めて会った時から、どこか平民とは違う格というか気品があったし、所作も綺麗だったから。カッコよくて、強そうで、高い身分も持っている。完璧な男。なにもかも自分とは違う存在が、とても眩しく思った。

それとは裏腹に、羨ましくて――妬《ねた》ましいとも思った。

老師との修業の中で、老師に『頭の中に仮想の敵を作るといい。気合が入る』と言われて真っ先に出てきたのはベルナールだった。

無謀なことに彼に勝ちたいと思った自分がいたことにルークは驚いた。

でも、同時に腑に落ちた。

越えられない存在と思いたくない。彼は越えるべき壁なんだと思った。

だから力がついてきた今、どこまで彼に通用するのかを確かめたかった。あわよくば一本とれるかもしれないとも思った。だが残念なことに彼は忙しくて断られてしまった。

(今の俺なら、一本とれるかも。いや、とってみせるんだ!)

気合が空回りした感が否めないモヤモヤが残る中、ベルナールの放った言葉はルークを少し悩ませた。

『――見極めを誤らないようにな、ルーク』

なにを言われているのか、ルークはよく分からなかった。

学校にも行けておらず、頭が悪いことは認めるところで難しいことを言われても理解ができない。

だが、忘れてはいけない言葉のような気がして胸の奥にずっと引っかかって宙ぶらりんしていた。

「じゃあ、行ってくるわね。リーナをよろしく」

「ああ、任せろ」

朝日が昇って、辺りが暖かくなってくる頃、シアとレオルドは聖獣の森へと出発した。

ルークは、若干寂しそうなリーナと一緒に二人を見送ってのんびりと宿の朝食を食べた。今日の朝食メニューは牛のミルクと柔らかなパン、それに木苺のジャムを載せたものと新鮮な葉のサラダ、クルコ鳥の朝採り卵を焼いたものとベーコンだった。ものすごく田舎の小さな村だからと宿にはあまり期待していなかったのに、意外にも美味しくておかわりしてしまった。宿のおばさんは気が良くて、おかわりに笑顔で対応してくれる。シアが多めにお金を置いていっているのもあるんだろうが、村の人達は良い人達ばかりだ。昨日はおっさんと組んだ為、怖がられて警戒されてしまったが追い払われるようなことはなかったのだ。それだけで概ね良い村と言えるだろう。

リーナは食べるのが遅いので、ルークが三回目のおかわりを終えると同時に食べ終わった。

村の人達が外に出て賑わいを見せてくる時間帯にさしかかって、ルークとリーナはシアに言われた通り二人で再び情報収集へと出た。

小さな家を通りかかった時、リーナはなにかを見つけてルークの手を引っ張った。

「あの、おにーさん……」

「どうした？」

彼女の視線の先には、一人の騎士と真剣な表情で会話をしている夫婦と婦人がいた。

そういえば、とルークは思い出す。シアとリーナは昨日、子供が行方不明になったという家族に会ったのだった。あの騎士は恐らく連絡を受けた地方騎士だろう。

ルークは心配そうに見つめるリーナの頭を軽く撫でた。

「大丈夫だ、地方騎士が来たなら子供もすぐ見つかるさ」

「……はい」

しかし、子供の捜索に来た割に騎士一人とは……人手が足りていないのだろうか？

「時の流れ（そういえば、事情があって騎士を動かせないとか、ベルナール様が言ってたような……）は早いものだ」

ルークは若干気になりつつも、リーナの手を引いて情報を集めに歩き出した。

今日はリーナが一緒だからか、昨日のようなことにはならず比較的順調に村人から話を聞けたが、シア達が集めてきた情報以上のものはでてこない。

お昼も過ぎた頃だったので、リーナを誘い宿に戻ろうと――そうした時だった。

「きゃあああぁ！！！」

のどかな村に相応しくない女性の甲高い悲鳴が響き渡った。

それはすぐに伝染するようにあちこちから上がり始める。ルークは咄嗟にリーナを抱き上げて走り出した。状況を確かめようと、悲鳴のする方へ向かうと、

「――なん、だ？」

それは黒い靄だった。

一塊《ひとかたまり》になって、レオルドほどの高さの楕円形に伸びている。それが歪に形を変え、村人を襲っていた。大人は呑み込まれると、ぺっと吐き出され力なく地面に倒れた。そして子供は――。

「おがあさぁぁん」

呑み込まれ、吐き出されて動かなくなった母親にしがみ付く幼い子供に黒い靄は襲いかかった。

子供はなすすべもなく呑み込まれ、そのまま出てこない。

(大人は吐き出されるのに、子供は呑み込んだままなのか?)

ルークは異常事態を目にし、リーナを家の物陰に隠した。

「いいか、リーナここに隠れて動くなよ」

「は、はいです……」

恐怖に震えるリーナを置いていくのは不安だが、このままでは大事になってしまう。ルークは剣を抜き、再び村人を襲い始めた黒い靄に向かっていった。

黒い靄は、聖獣の森に現れるはずだったがどうして村にまで現れたのか、そんなことは分からない。これが瘴気とやらならシアが戻ってくるまで対処は難しいはずだ。

ひとまずは、なんとか村人を逃がすところまでできれば。ルークはそう思い、黒い靄を牽制しようと動く。

「ここは俺がなんとかする!　早く逃げろ!」

大きな声を出し、村人達を走らせた。

対峙した黒い靄は近くで見ると結構大きい。触れるとヤバいということは聞かされていたので、ルークは生身に当たらないように気を付けながら間合いをとった。

黒い靄は、ルークが簡単に呑み込まれない存在と悟ったのか、村人達に対するものとは明らかに違う行動をとった。

――ぺっ!!

吐き出すかのような形をとると、べしょっとなにか黒いドロドロの固まりがそこから現れた。

ズズ……ズズ……。

這うような不気味な音が聞こえる。

しばらくするとそれは二足歩行で立ち上がり、鋭い牙《きば》と爪をむき出しにして吠えた。

……見た目は、ずるずるに溶けたドロドロの態。

酷い悪臭もした。

まるで昔話で見た、不死人――ゾンビのようだ。

ルークは見たこともない化物に剣先を向ける。

得体のしれないものだが、不思議と恐怖はあまり湧いてこない。

厳しい修業もやってきた、強くなってきたと褒められた、エリートの王国騎士からも一本とれている。今は一人しかいないが、一人でも勝てる。

(勝たなくちゃいけない)

その気概で、立ち向かった。

王都の近くの森の魔物にも、リーナの母親を護衛していたあの男も、そして色々な依頼で対峙した敵も倒してきた。

（大丈夫だ、俺は強くなった！　リーナも村人も皆守れる！）

強く地面を蹴り、化物に向かって剣を振った。

一閃《いっせん》は化け物の胴を切り裂いた。

（やったか⁉）

ルークの素早い動きについていけない様子の化け物は、まともに一撃を受けた。胴に深い傷も負った。だが……。

低い雄叫びを上げると、太い腕と鋭い爪がルークを襲った。

動きは、遅い。

余裕で避けられはしたが、化物がえぐった地面は悪臭を放ちながらドロドロに溶けた。

鼻につく臭いに、頭がクラクラする。

もしかしたら毒が含まれているのかもしれない。袖で口元を押さえ、化物から距離をとる。剣が溶けないのはなぜだろうかと、考えたがそういえば装備を整えた時にシアが言っていた。

『ルークの剣、普通の鉄の剣なんだけど丈夫にしといたから』

『丈夫に？』

『そう、ちょっと特別な呪文でね。知り合いに頼んで強化してもらったの。長持ちさせないと、ルークみたいにめちゃくちゃ使ってると劣化も早いしねー』

なんて話していた。

その知り合いとやらには土下座で感謝したいところだ。

「……傷、浅いのか？」

ルークとしてみればかなりの深手に見えるのだが。

しかし、動きはかなり遅いので自分の実力なら負けることはないはずだった。時間を稼いで、もしかしたらシア達が戻ってくるかもしれないし、でなくても村人を逃がせればこちらの勝ちだ。

そう慢心していた。

そのルークの背から、子供の泣き声が響き渡る。慌てて振り返れば、黒い靄が子供を今にも呑み込もうとしているところだった。

（そうだ、悲鳴はあちこちから上がっていたんだ。黒い靄は一つじゃない――俺は馬鹿か⁉　ああ、馬鹿だーー‼）

しかしドロドロ熊は動きが遅いとはいえ、こちらに敵意を向け襲ってきている。化け物を放っておけば村人に被害が出る。こちらの黒い靄も動き出すだろう。

ルークの身は一つ。

（ひとつしか、守れないのかっ⁉）

ルークの足に迷いが生じた。

その間に、家の物陰から小さな影が走り出していた。

「リーナ⁉」

耐えられなくなったのだろうか、リーナはルークの言いつけを破り子供の元へと走った。そして手を掴み、引っ張ると二人で一目散に逃げ出した。黒い靄は呑み込み損ねた獲物を追って動き出す。

(くそ！　リーナと村人どちらかを選べって言われたら――!!)

ルークは、リーナをとるより他なかった。

だが黒い靄の動きは驚くほど速かった。ふわりとリーナ達の足元へすり抜けたかと思えば、二人はなにもないところで転んだ。すり抜け様に黒い靄に足をひっかけられたのだろうか、転倒した二人は立ち上がる暇もなく黒い靄に囲まれる。泣き叫ぶリーナより小さい子供をリーナは守ろうとその腕にぎゅっと抱きしめていた。

(こっからじゃ間に合わない！　一か八かだ)

ルークは、渾身の力を込めて剣をやり投げの様に投擲した。シアの知り合いによる特性強化版の鉄の剣は風を切り、ぶれることなく黒い靄に突進した。

しかしそれはするりと通り抜ける。的を失くした剣は無様にも地面に突き刺さっただけに終わった。

「りぃなあぁぁぁ!!」

ルークの悲痛の叫びも虚しく、大きく口のようにぽっかりと空いた黒い穴にリーナと、幼い子供は呑み込まれた。大人の様に子供は吐き出されない。そのまま黒い靄はまん丸い形になった。

ルークは駆け抜け、剣を手に取ると黒い靄に向かった。

剣と同じように通り抜けるだけかもしれない。けれど、なにもしないわけにはいかなかった。あの中に、リーナがいるのだから。

しかし、ルークは黒い靄に辿り着くことさえも許されなかった。

「があぁぁぁ!!」

鼻につく異臭と獣の雄叫びと共に太い腕が振り下ろされる。

「ぐっ――!!」

咄嗟に避け、ルークは地面を転がった。

ドロドロの熊の化け物が、丸くなった黒い靄を守るように立ち塞がる。

「くそ！　どけよっ」

怒りの叫びを喉から響かせ、ルークは剣を化け物に向かって振るった――が。

化け物はルークの剣を掴み、ドロドロの血を流しながらも剣ごとルークを投げ飛ばした。

凄まじい威力で投げ飛ばされたルークは、積まれていた木材に音を立てて突っ込みぐったりと倒れた。なんとか立ち上がろうと手を伸ばしたが、背中に激痛が走り叶わない。

（なん……で……？）

化け物の動きは、明らかに先ほどより速くなっていた。

どうして動きが変わったのか、分からない。

分からないが……。

（剣、俺の剣は――）

ルークは剣を捜した。少し遠くに剣が転がっているのが見えた。

必死にそれに手を伸ばす。

けれど、その手が剣に届くことはなく。

『おにーさん』

リーナの声が聞こえたような気がして、そしてルークは暗闇へと意識を手放したのだった。


——勝てると、思っていた。

一人でも、シアの力がなくたって強くなった気がしていた。

そんなのは、ただのうぬぼれだったというのに。

頑張って、褒められて、どこかいい気になってたんだ。

自分の力なんて、まだちっぽけなものだったのに。

『——見極めを誤らないようにな、ルーク』

（誤った。俺は、自分の力を見極め損ねた。リーナ一人、守れずになにが——皆、守る……だ）


ガンガンと痛みが走る頭に、ルークの重い瞼《まぶた》がゆっくりと開いた。

視点が定まってくると、ルークは自分が柔らかなベッドに寝かされているのだと気が付く。

「——ここは？」

「ルーク!?　気が付いたのね！」

「痛むとこはないか⁉　なんか飲むか⁉」

声を上げれば、視界に飛び込むようにシアとレオルドの顔が映る。二人は酷く心配そうな表情をしていた。

「俺……どうして？」

「まだ喋らなくていいわ。ゆっくり体を休めて。ヒールはかけたけど酷い怪我だったんだから……」

「――っ！」

シアの言葉にルークの頭は覚醒し、はっきりと思い出した。

自分が、化物達に敗れたことを。そして――。

「シア……リーナ……は？」

その言葉に二人の表情は悲痛に歪む。

それだけで、あの出来事は夢なんかじゃなかったんだとルークに現実を突きつけた。

申し訳なくて。

情けなくて。

家族に合わせる顔がなくて。

ルークは、声を押し殺して泣いた。

☆16　後悔と懺悔の時間

ポラ村襲撃時、私とレオルドは聖獣の森にいた。黒い靄から吐き出されたドロドロの狼の魔物みたいな化け物と戦い、強化魔法をのせたレオルドの魔法攻撃（物理含む）の一撃で倒すことができたのだ。そして聖女の力である浄化魔法で瘴気を浄化すると……なぜか化物は子供の姿となったのだった。

なにがなんだか分からなかったが、私はレオルドに子供を背負わせると一旦、村に戻ることにした。

子供にはヒールをかけたが、衰弱しているようでどこかゆっくり休める場所が必要だったのだ。

黒い靄や化物との関係性が気になるが、それを論じている時間はない。

早く、子供を休ませようと村へと急いだ。

そして、私達は目にすることになる。

「――なんだ？」

最初に気が付いたのは背の高いレオルドだった。

促されて私も視線を向ければ、村の方角から黒煙が上がっているのが見える。煙突から出る煙とは少し違う、火事でもあったかのような黒い煤《すす》けた煙だ。

嫌な胸騒ぎがして、私達は村へと駆けた。

村に辿り着くと、まず目に飛び込んできたのはめちゃくちゃに壊された家屋だ。それも一つや二つじゃない。多くの家が半壊以上に追い込まれている。壊れた家の前にはなすすべなく項垂れ、肩を抱いて蹲る村の人々。泣きながら、誰かを呼ぶ女性。寝転がって痛みに呻く男性。あちこちに動かない村人がいて、動ける者達が担架を持ってどこかへ運んでいくのも見える。

……なにが、あったの？

これじゃあまるでなにかに襲撃された跡だ。

――いいえ、されたんだわ……。

ざわりと、背筋が震えた。ここには、ルークとリーナが残っていた。リーナは戦えないけど、ルークならあの子を守れるくらい力はついているはず。並大抵の相手なら問題ないはずだった。

なのに胸騒ぎが消えない。

「レオルド、宿に急ぎましょう」

「……ああ」

村の惨状に言葉を失っていたレオルドの太い腕を軽く叩いて、宿へ向かう。

宿の方面も、あちこちが崩れて壊れていた。恐怖と痛み、絶望に喘《あえ》ぐ人々の前を早歩きで進み宿に辿り着いた。

宿は無事だった。損壊のない大きな建物が少ないからか、負傷者などが宿の一階に運び込まれている。一人の年老いた医者が忙しそうに診察しているのが目に入った。だが負傷者の数に対して老医者一人なのでまるで手が回っていないのが分かる。癒しの術が使える身としてはなにか力になりたかったが、子供を休ませることと三人の安否を確かめるのが先だった。

「ああ、あんた達！　帰ってきたんだね！」

宿の奥に行くと、大きな声が私達を呼びとめた。振り返ればそこには宿の女将さんが立っていた。

「女将さん！　無事だったんですね」

「あたしは宿の中にいたからね……。急に外が騒がしくなって、気が付いたらこの有様さ。詳しいことは分からないけど、なにか黒い化け物が現れたとか」

黒い化け物、という言葉に引っ掛かりを覚えつつも、私はルークとリーナのことを女将さんに聞いた。すると女将さんは顔を真っ青にして、「そうだ！　そうだよっ！」と大きな声を震わせた。

「小さい女の子の方は分からないけど、赤髪の兄さんならさっきうちに運び込まれてきたんだ！　意識はないし、頭から血も出てたしで、どうも軽い怪我じゃなさそうなんだ。村には医者のじい様しかいなくて、兄さんの治療までは手が――」

その言葉に、私はカッと頭に血が上った。思わず恰幅のいい女将さんの肩を掴んで揺さぶってしまう。

「女将さん！　ルークは今どこに⁉」

「あ、ああ――こっち、怪我が重そうなのはベッドに寝かせてるから！」

慌てて足がもつれる女将さんにレオルドがさっと手を貸しながら私達はルークが寝かされているという部屋へ走った。勢いよく扉を開けて中に入れば、一番奥のベッドにルークがいた。

「ルークっ！」

近づけば、彼の頭には包帯が巻かれていて胴体の方にも白い包帯が巻いてあるのに気が付いた。

顔色は真っ青で、うわごとでなにかを言っているように聞こえるが、なにを言っているかまでは聞き取れない。

私はルークの額にそっと手を当てた。

――かなり、ダメージを負ってる。頭と背中を強く打ったのね……。

人体に流れる気の流れでなんとなく負傷箇所と生命力を感知した。すぐさま負傷箇所を修復するべくヒールをかける。怪我はこれでほとんど治るはずだ。

ルークの意識は戻らないが、呼吸が安定したので彼はもう大丈夫だろう。

「大丈夫……そうか？」

「ええ、重傷と言える怪我だけどヒールをかけたから命の心配はないわ」

レオルドがほっと息を吐く。

女将さんも、私の魔法に驚いた顔をしていたがレオルドと同じように安堵《あんど》の息を吐いていた。

だが私はまだなにも安心できない。リーナがいないのだから……。

事件のことをよく知らない女将さんではなにも分からないので、私は負傷者の中でも比較的動ける人物に話を聞こうと下に降りた。レオルドには子供を別室で寝かせて面倒を見てもらうようにお願いした。

宿の一階では今でも医者のお爺さんが診察を続けている。

よくよく見ても、倒れている村人達にあまり外傷はないように見えた。これならルークが見た目的に一番酷い怪我をしている。

私は話ができそうな人を探して、壁に背中を預けて座っている男性に声をかけた。

「すみません、お話をいいでしょうか？」

「ん？　ああ、王都から来たっていう人か……あんたも災難だったな」

小さい村だ。私達のことはすでに周知のことなのだろう。邪険にされなかったので、話を続けた。

「いえ……あの、なにが起こったのか詳しくお聞きしたいのですが」

「……そうだな、俺も急なことでよく分からないんだが」

男性は彼が知りうることをすべて話してくれた。

いつものように仕事に出て、昼休憩をしている時だったらしい。突如、悲鳴が聞こえてきて駆けつければ黒い靄のようなものがいて、村人を襲って呑み込んでいた。大人はすぐに吐き出されるが、外傷もないのに意識がなく、ぐったりとしていて動かない。そして子供は呑み込まれたら出てこなかった。そのまま攫《さら》われるように黒い靄とともに消えてしまったらしい。

「──化け物もいたぜ」

すぐ近くにいた男性も話に加わってきた。

「あの赤髪の兄ちゃん、姉ちゃんの仲間だろ？　俺、兄ちゃんに助けられたんだ。黒い靄から気色悪い化け物が現れてよ……。昨日姉ちゃんが連れてた可愛い女の子も黒い靄に呑まれちまって、兄ちゃんが助けようとしたみたいだが、やられちまったんだ」

ぐっと、腹に力を込めた。

語られた現実に、眩暈がする。気を抜いたら意識を飛ばして楽になってしまいそうになるから、そんなことしてる暇はないと喝《かつ》を自身にいれた。

男性達の話によれば、ルークが倒れたあと、化け物は動きを止めたルークに止《とど》めを刺そうとはせずただただ村の中を暴れ回り、ひとしきり家などを破壊すると黒い靄の中に戻って、黒い靄達は消えてしまったそうだ。

——子供達を呑み込んだまま。

どうやら村の子供のほとんどが黒い靄に攫われた状態になっているようだ。

リーナ……。今更、あの子をここに連れてきたことを後悔し始めた。こんなことになるなら、寂しい思いをさせても王都に置いてくるべきだったのかもしれない。

だが、それはもう過ぎたことだ。ここで延々、後悔に項垂れても意味はない。

情報を提供してくれた男性達にお礼を言って私は膝を叩き、立ち上がった。

できることを全部する。その為に、次は医者のお爺さんに声をかけた。

「お爺さん、私は治癒術士《ヒーラー》なんです。なにか手伝えることはありますか？」

「おお、お嬢さん治癒術士《ヒーラー》か……ありがたいが、動けんような患者はどうやら著しく生命力を失っているようでの、ヒールでは効果が薄い。栄養剤を注射して安静にさせるしか回復方法はなさそうなんじゃ」

どうやら動けない患者のすべては一度黒い靄に呑まれた者らしい。吐き出されると彼らは一様に生命力を奪われた状態になっていたようだ。意識は朦朧としているが命に別条はないという。私の聖女の力を宿したヒールなら生命力の回復も可能だろうと、お爺さん先生にお願いしてヒール治療をさせてもらった。あらかた見終わった後、一度レオルドのところへ戻り情報を共有する。リーナの件には酷く辛そうな顔をした。

それから丸一日、子供とルークの看病をしているとようやくルークが目を覚ました。

起きた彼は、最初意識が朦朧としていたがリーナの話になるとはっきりと覚醒し、己の不甲斐なさに涙を流した。

悔しかっただろう。

大事なものを守れないことは辛いことだ。

私ですら、なんでここにいなかったのかと意味もない問答を繰り返して握った拳に爪の跡がついた。

「――ごめん、シア……ごめん――俺、なにも守れなかったっ」

悲痛な声が、嗚咽交じりに響く。

ルークのせいじゃない。

ルークは精一杯がんばった。

――そんな慰めは、きっと彼にとって無意味だろう。どこまでもどこまでも自分自身で苛《さいな》んで苦しむんだ。同じ悪夢を見続ける。

今必要なのは慰めじゃない。

「ルーク、後悔と懺悔の時間は一時間よ」

「え？」

「司教様が言っていたの。『後悔と懺悔は一時間もやりゃあ十分。延々と女神に祈る暇があるなら行動しろ』って」

めちゃくちゃな司教様の言動の中で、数少ないまともな言葉だ。確かに、後悔と懺悔が必要な時はある。だけどそれだけにずっと時間をとられていても仕方がないのだ。動かなければ、なにも始まらない。

「リーナを助けに行こう、ルーク。一人一人がまだ弱くても、力及ばなくても……束になればいい。私達はギルドで家族なんだから」

隣でレオルドが笑顔で頷いた。私も笑ってみせる。そんな私達を見上げて、ルークは瞳を潤ませ布団を頭からかぶった。

「……一時間くれ、立ち直るから」

布団の中で鼻水を啜るルークに、ぽんっと軽く布団を叩いてから「待ってる」と伝えた。


その後、宣言通りルークは一時間で立ち上がった。

目は赤く腫れぼったくなっていたが、気合十分な彼の姿に安堵する。体はまだ本調子ではないだろうがひとまず安心だ。

そうしていると慌てた様子の女将さんが部屋に入ってきた。

「ちょいとあんた達、こっちに来とくれよ！　子供が目を覚ましたんだ」

女将さんの知らせに、私達は急いで隣の部屋に移った。

ベッドの中で、子供……小さな少年は目を覚ましていた。焦げ茶の柔らかな髪に茶色い瞳の可愛い少年だ。

「君、喋れる？」

私はしゃがんで姿勢を低くすると、少年に向かってなるべく優しく声をかけた。

少年はきょとんとした顔で周囲を見て、それから私を見た。

「ここどこ？　おかーさんは？」

「ここはポラ村よ。君のお母さんは知らないけど……名前は言える？」

「ぼく？　ルネス」

ルネス？　あれ、この名前は確か……。

私が思いだしかけていると、

「ああ！　やっぱり、アルネさんのところの坊やかい！」

「女将さん、知ってるんですか？」

「小さい村だからね。見覚えはあったんだ、もしやと思ってもうアルネさん達には知らせてある。もうすぐ確認に来るんじゃないかね」

女将さんが台詞を言い終わったのと同時に、下の階が騒がしくなった。きっとアルネさん達だと女将さんが迎えに行く。感動の再会は喜ばしいが、そうなると聞けるものも聞けなくなりそうだったので女将さん達が来る前に、少しでも少年から情報を聞き出そうと声をかけた。

「私は、シアって言うんだけどね。お姉さんの大事な家族が今とても大変な目にあってるの、だから教えて欲しい。君の身になにが起こったのか」

少年は目をぱちぱちさせていたが、やがて私の真剣さが伝わったのか思い出すように口を開いた。

「ぼく、むらのはずれであそんでて……そしたら、くろいもやもやしたのがきて、たべられちゃったんだ。きがついたら、くらいばしょにとじこめられてて。そこで──まっしろなかみにあかいめの、きれいなおにいさんにあったんだ」

☆17　冷たい牢の中で

Ｓｉｄｅ：リーナ＊

冷たい雫と湿った空気に刺激されるように、リーナは瞳を開いた。

少し、体がだるく重い気がしたが気合をいれて上半身を起こし周囲を確認する。

周りは暗い灰色の壁で囲まれ、一角は鉄格子《てつごうし》がはまっている。リーナは瞬時に、ここは悪い人が閉じ込められる牢獄なんだと気が付いた。

（りーなは、たしかちいさなこと、いっしょにくろいもやに……）

ハッとしてもう一度周りを確かめた。近くの床にリーナが守ろうとした幼い少女が倒れていた。慌てて息を確かめれば、規則正しい寝息が聞こえてくる。

リーナはほっと息を吐いた。

耳を澄ませば、子供のすすり泣く声が聞こえる。牢屋はここだけではなく隣にも広がっているようだ。いったいどれだけの子供が捕まっているのだろうか。

(――おにーさん)

リーナは黒い靄に呑まれる寸前を思い出す。

ルークが必死に、自分を助けようと走ってくるのが見えた。ルークに、隠れていろと言われたのにリーナはそれを破ってしまった。罪悪感が胸にこみ上げる。

助けたかった。

自分より小さな命を。

自分もシアのギルドのメンバーで、家族だ。なにかしたくて、なにかできないかとシア達に無理についていきた。

でも結局は、なにもできずにここにいる。

リーナは膝を抱えて蹲った。

シア達は、ここにいるだけでいいのだと言ってくれた。だけどリーナ自身は、それだけでは足りなく思っていた。役に立ちたいと頭が痛くなるまで考えた。

(――りーなに、できることは……)

そう考え始めようとして、思考は途切れる。誰かがこちらにやってくる足音が聞こえたからだ。

リーナは警戒しながら足音を聞いていた。

足音は左奥から聞こえてきて、徐々にこちらにやってくる。

しばらくすると足音の主が、リーナの前に現れた。鉄格子の前で止まると、その人はリーナに向けて微笑んだ。

その人は――。

真っ白な髪に赤い目の、綺麗なお兄さんだった。

リーナは、現れた男をじっと見た。

年齢は、まだ若いように見えた。二十代前半くらいで、背はルークより少し低く真っ白な髪は肩までの長さで色白。若干、顔色が悪いようにも見えるが本人は笑顔で立っているので体調不良ではなく元々赤みの少ない顔なのだろう。

騎士王子様、と呼ぶベルナールと比べても遜色ないほど顔立ちは整っていた。

しかし、リーナはベルナールと会った時のように興奮したりはしなかった。

こちらを楽しげに見つめる目が、血のように鮮明に赤くて、どこか底のしれない不気味さと恐怖を与える。それに……と、リーナは彼の背後あたりをちらりと見た。

普通の人なら無意識にそのあたりに湧き出る、その人の内面的なもの。シア達からは『オーラ』と呼ばれるそれが、彼からはまったく感じられない。透明で見えないのか、もしくは意図的に隠しているのか。この力を詳しく試してみたり、研究したりといったことはしたことがなかったので、そのあたりの判断はリーナにはできない。

綺麗な黄金のキラキラなのか。

はたまた、真っ黒いドロドロなのか。

(いいひと？　わるいひと？)

鉄格子を挟んで向こう側にいる人が、良い人である可能性は限りなく低い。

だが、いつも『オーラ』を見てそれとなく判断するリーナにとって、彼は限りなく未知だった。

彼はとても『人の良い笑顔』を浮かべて、座り込むリーナに視線を合わせるように腰を落とした。

「こんにちは、お嬢さん」

優しい声音だった。

でもリーナは警戒を一切解かなかった。

ルークからここ一カ月で教わっていたことがある。『優しい顔をした人が、優しい言葉をかけてくる人が本当に優しい人とは限らない』と。つまり、お菓子をくれるからといって知らない人についていっちゃいけない。ということなのだが、リーナはそれをしっかりと実践した。

身を固くするリーナに、男はちょっと困ったように眉を下げた。

「怖い？　それもそうだね、私が君だったらきっと怖い。『怖くない』『危険はない』そんなことは一切保証しないから、私はこの言葉達で君を安心させたりしない。でも喚《わめ》いて泣いて暴れないで。間違って『なんの利益も得ていない』のに殺してしまったら私が怒られてしまうから」

穏やかで、優しくて、怖い。

幼い子供を嘘であやさない。落ち着かせない。果てに最後は脅してきた。

リーナはふとした瞬間に恐怖で泣き叫びそうになる自分を歯を食いしばって口を閉ざすことで耐えた。その様子に、男は満足そうに頷いた。

「良い子だね。……それとも良い子でいることを強要されてきたのかな？　模範的で、徹底された良い子だ。それはもう君に根付いていて、君という存在を形作る一つの土台となっている。必要に迫られて作られたものでも、そうなればもう真実に良い子だ。——健気だね」

どうしてか、うっとりとした表情で見つめられた。

背中からぞくりと悪寒が伝わる。こんな経験をするのは初めてだ。

（これは、なに？）

「君が幼子で本当に良かった。でなければ私は君に酷いことができない。それは本来の私の目的と反してしまうから」

幼子には酷いことができて、大人ならできない。

リーナは首を傾げた。

今までの七年間の少ない知識でも、人は子供に甘いところがある人が多い。逆に大人だと平気で酷いこともできる。

（ぎゃく、なのでは？）

疑問に思ったが、リーナがその答えを聞くことはできないまま彼は立ち上がった。

「君には優しい仲間がいるよね。どこで漏れたのか、騎士に勘付かれたみたいだ。こんなに早くギルドが動くとは思わなくて、私も少々焦ってる。ここは秘密の実験場だったけど、放棄することに決めたよ。でもこのまま去るのも勿体ないから『材料』は確保していく。君も、他の子も全員大事に連れていくよ。——ああ、でも」

鉄格子に触れて、彼はリーナの大きな青い瞳を覗き込むように見つめた。

「お嬢さんからは美味しそうな匂いがするね。そういう子は良い化け物になってくれる。君を化け物にして彼らを襲わせるのも一興かな」

楽しそうな顔で、恐ろしいことを言った。

「じゃあまたね、お嬢さん」

ひらひらと軽く手を振って、彼は立ち去っていった。靴音が聞こえなくなって、ようやくリーナはけほんと咳込んだ。呼吸が上手くできていなかったのだ。それほどまでに緊張していた。

するとガタガタと体が寒さに耐える時みたいに小刻みに震え始めた。

両手で自分を抱きしめて押さえ付けても、震えは治らない。

母親にぶたれた時、とても痛くて怖かった覚えがある。

その時だって、こんなになったことはない。いい知れない強い恐怖感が全身を支配した。

(わるい、ひとだ)

リーナはようやく、オーラのない彼をそう思った。

ここにいたら、彼が保証しなかったように『怖くて』『危険な』ことになるに違いない。

逃げなければ。そう思ったが、どこを見てもリーナ一人で脱出できるようなところはない。固く、冷たく閉ざされた牢屋が静かに佇むだけ。

それでも、諦めたら死ぬだけだ。

窓からなんとか出られないか、震える膝を叩いて立ち上がり窓の鉄格子に触れようとしたが高さがまるで足りなかった。これでは窓から脱出も不可能だ。

でも諦めきれなくて、窓に向かってぴょんぴょん跳んでいると、

「うぅ……」

同じ牢に閉じ込められていた自分より幼い少女が目を覚ました。むくりと上半身を起こすと、ぼうっと周囲を見回して、こてんと首を傾げる。

「おかーさん？　おかーさん、どこ？」

その言葉に、リーナは泣きたくなった。

ここを捜しても、この子のお母さんはいない。牢から脱出できなければ、もう一生会えない。この子が自分と同じになるかもしれない事実に、胸がズキンと痛んだ。

しばらくして、現状を徐々に理解できてきたのか少女は目に涙を溜めて泣き始めた。リーナは慌てて、窓から離れると少女の肩を抱きしめた。

「だいじょうぶ、だいじょうぶ……です」

自分自身に言い聞かせるように、根拠もない大丈夫を繰り返した。

嘘をつくのは忍びない。だけど少しでも安心させるのが先決だ。

「おかーさん……」

「だいじょうぶです、すぐにあえます」

それが功を奏したのか、少女は落ち着きを取り戻しリーナの腕にぎゅっと抱きついていた。リーナは、鞄を漁ってチョコレートを取り出し、割って少女にあげた。少女はチョコレートを見ると、不思議そうな顔をする。

「これ、なに？」

「ちょこれーと、ですよ。あまくて、おいしい……おかしです」

田舎の小さな村の子供だ。王都ではよく食べられているものでも、こういうところでは高価な贅沢品となり見たことがないこともあるのだろう。リーナが勧めると、少女は少し躊躇ったが思い切って口の中に放り込んだ。お腹も空いていたんだろう。もぐもぐと噛む様子をリーナが見守っていると、少女の表情はすぐに笑顔になった。

「あまーい！」

「ふふ、あまーい、ですよね」

「それにとっても、おいしい。ねえ、おねーちゃん、もっとちょうだい」

リーナはもう一欠片、少女にあげた。

それを嬉しそうに少女は頬張る。

『おねーちゃん』。リーナは笑顔でチョコレートを頬張る少女を見つめながらその単語を頭の中で繰り返した。そうだ、この子にとってリーナは『おねーちゃん』なのだ。いつもはリーナが一番年下で、甘えていい立場で、家族の役に立ちたいと思いながらも、ついついシアやルーク、レオルドに甘えてしまっている。

でも、今はリーナと子供達だけ。しかもほとんどはリーナと同じかそれより下の年齢の子ばかりである。

近くの牢から子供のすすり泣く声が聞こえてきた。親を呼ぶか細い声も。

チョコレートを食べて、満足した少女は疲れているのか再び眠りについた。鞄を枕として提供し、少女が眠ったのを見守ると、リーナは窓を見上げた。

冷たい月が、夜空に昇っている。

リーナは両膝をついて、祈りを捧げた。

（りーなに、みんなをまもる『ちから』は、ありません。でも、みんなをまもる『たて』には、きっとなれます。だから、めがみさま、どうかりーなに『ゆうき』を）

死ぬ為の勇気じゃない。

皆で生き延びて、大切な人達と再会する為の勇気だ。

リーナは祈りを終えると、壁に背を預けて座り目を閉じた。

チャンスはきっと、ある。

そう信じて、それを逃さないように時を待った。

☆18　後悔させてやるんだから！

ルネスから聞いた話は、こうだ。

黒い靄に呑み込まれたルネスは、気が付いたら暗い場所に閉じ込められており、そこで見知らぬ男に会った。その人は、真っ白な髪に赤い目をした若い男だったらしい。

一日程度、少し話をしたり、ご飯をくれたりしてくれた。

だがその後、閉じ込められた場所から出されて男についていくと赤い不思議な魔法陣が描かれた広い部屋に連れていかれた。魔法陣の中に入るように言われて、その通りにして——そこからルネスの記憶は途絶え、気が付けばポラ村に戻っていた。

私とレオルドは顔を見合わせる。

ルネスは、恐らくそこで化け物に変えられた。仕組みは分からないが、魔術的なにかが作用しているのだろう。人体を変質させる魔法は、変化魔法以外は禁忌《きんき》とされている。その方法も古《いにしえ》の時代に破棄され、現在では大昔、そういう魔法があった。ということしか分からないはずだった。

不可思議な動きをする瘴気に、化け物に変えられた子供。

今回、ここで起きている騒動はもしかしたらF級ギルドが請《う》け負うには荷が重すぎるものなのかもしれない。だが、リーナと村の子供達が攫われている以上、なにもしないなんてことはありえない。

ルネスの状態と証言を考えると、子供達は瘴気に呑まれても吐き出された大人とは違い、生命力を奪われるわけではないようだ。その後は、無事ではいられないが。

「ほかのこも、いたよ。あかいめの、おにーさんがいってたけど、いちにちは、あんてーきかんだから、やさしくするって」

一日は、猶予《ゆうよ》があると考えていいのだろうか？

だが、リーナが攫われてからもうすでに一日経過している。もたもたしている時間はなさそうだ。

ルネスから色々話を聞き終えると同時に、彼の両親が部屋に飛び込んできた。

泣きながら、無事で良かったと抱きしめあう家族に胸が熱くなる。

でも今も、ポラ村では攫われた子供の安否を思い泣いている親がいる。私達だって、平静とはいられない。何度もお礼を言うルネスの家族達に頭を下げ、私達は出発の為に下に降りた。

ルークは置いていこうと思ったのだが、起き上がってきて一緒に行くと言い張った。

ヒールが効いているとはいえ、本調子とは言い難い。だが、置いていっても大人しくはできないだろうし、後からついてくるかもしれない。リーナと子供達を攫われた責任も重く感じているだろう。

「行きましょう、ルーク」

「ありがとう、シア。足手まといにはならないようにする」

「それにしてもマスター。行き先の手がかりはあるのか？」

レオルドがもっともなことを聞いてきた。

黒い靄達が去った方角は分からない。だが一つの可能性は導き出せた。

「宿の一階に地方騎士の人がいたんだけど、その人の話だと黒い靄はこの村から一番近い村には現れていないそうなの。周辺地域も駐在している他の地方騎士と連携をとって確認したけれど、やはりそれらしいものはなし。完全に消去法になるけど、そうなると一番怪しいのはやっぱり聖獣の森なのよね」

駐在している地方騎士が少なすぎて、情報伝達に時間がかかったみたいだけど、なんとかなった。騎士から聞きかじった話だと、どうやらほとんどの騎士が任務で駆り出されている最中らしい。

「そうか、確かに黒い靄の目撃情報が多いのは聖獣の森だからな。実際、俺達も化け物に変えられたルネスに会った」

私の答えに納得した二人は、早々に準備を終えて村を発った。

聖獣の森までは徒歩では時間がかかる。魔力は大きく消費してしまうが、ルークの状態などを考えると、転移魔法を使うのが最良だろう。

魔法陣を展開し、呪文を唱える。

白い輝きと共に、私達は聖獣の森まで転移した。


光が収まると、転移先の聖獣の森の様子が以前と違うことがはっきりと感じられる。静寂に包まれ、どこか清廉とした空気があったはずの森は禍々《まがまが》しい気配に覆われ、木々に瑞々しさがなくなっていた。動物達の姿はなく、鳥のさえずりひとつ聞こえない。

リーナ達を攫った目的を持ったなにかが、ここにいる。そう教えてくれている。

緊張感と、警戒心を全開にしつつ、森の中に足を踏み入れる。

道なりにしばらく進んでいくと、立ち塞がるかのように殺気立った魔物達が現れた。青いスライムと、牙をむき出しにした狼ウルフ。どちらも普通に見かける魔物だ。ただ、異常なほど殺気立っている。

瘴気の影響か。そう考えていると、その後ろから黒い靄がふわっと現れ、黒い塊を吐きだした。

それは形容しがたい異形だった。

ルネスが変えられていたのは、ドロドロとしていたとはいえ、ちゃんと狼に見えるような形をしていたのだが、それはなんと言っていいかも分からないほど原型をとどめないものだった。

酷い異臭もする。

「あれも……子供が姿を変えられているの？」

「分からんが、とりあえず倒して動きを止めねぇとどうにもならないだろ」

「そうね」

私は詠唱をスキップして、攻撃力、防御力、速さの強化魔法を二人に重ねがけした。レオルドにはプラスで魔力増強。今できる、ありったけの強化魔法だ。これは得意な支援魔法だからできる技で、本来は重ねがけはとても難しい技術である。時間と、魔力を多く消費する。短時間で多くの支援魔法を行使できるのが、私の強みである。

ルーク、レオルドがそれぞれ構えた。

私は、真っ直ぐに黒い靄を睨みつける。その向こうにいるであろうなにかの存在に向かって、声を張り上げた。

「反撃を開始する！　――リーナと子供達を攫ったこと絶対に後悔させてやるんだから！」

「「おお!!」」

私達は強く、地面を蹴った。

☆19　きっとまた会える

Side：リーナ＊

ドンッという強い衝撃を感じてリーナは目を覚ました。

壁が揺れている。

なんだろうかと、戸惑っていると小走りに誰かがこちらに走ってきた。

「やあ、お嬢さん昨日振り」

真っ白な髪と赤い目のお兄さんだった。

他の人間はいるのか、いないのか。リーナが一日で会えたのはこの人だけだった。彼は困った様子で鉄格子に手をかける。

「急いでいるけど選ぶ権利を君にあげる」

そんなことを言って、彼はリーナに選択を迫った。

「君が、死ぬか。その子が、死ぬか。選ぶといい」

酷いことをする時間がやってきたんだと、リーナは悟った。彼は『悪い人』だが、嘘はつかない。リーナは一度、この揺れでもなかなか起きない少女を見て、そして迷いない眼差しを真っ直ぐに男に向けた。

「りーなは、えらびません」

「……へえ?」

リーナの答えに、男は興味深げに笑った。

「りーなは、しにたくないので、えらびません」

「そう、君は良い子だからすぐに選ぶと思ったよ。自分の死を。でもそうか、そうだね、私の言い方が悪かった。言い直そう。――君が、来るか。その子を、渡すか」

結末は一緒だと分かっていた。

だが、言い直した彼にリーナは、今度は頷いた。

「りーなが、いきます」

「うん、そうしなよ。君は賢いから油断ならない。死にに行くか、生きる為に行くか。君の選んだ選択は、どう転ぶかのか、私はとても楽しみだ」

男は鉄格子の扉を開いた。

リーナは歩き出す。

「……おねーちゃん？」

ようやく起きた少女の声に、リーナは振り返った。

とても優しい笑顔だった。

本当は、約束なんかしちゃいけない。

それでもリーナは、声を振り絞った。

「まっていて。きっとあえます」

「おねーちゃ――」

リーナは駆けて牢を出ると、男は冷たい鉄格子を容赦《ようしゃ》なく閉じた。

リーナは男の背を追いかけながら歩いていた。

彼の歩調はリーナにとってはかなり早く、小走りになってしまう。『急いでいる』と言っていたところから、なにか急用があるのだろう。

時折、今までは見なかった彼以外の人間が、パタパタと走っていくのを見かける。その人達は、皆白衣姿でお医者様か研究者のように見えた。しかし前をリーナのことをまったく考えていない歩調で歩く男は、まるで貴族のような立派な白い衣装を纏っていた。

気品は、どことなくあるのかな、とリーナは感じていた。あいにく騎士王子様や彼のお兄さんしか比較対象がいないが、その雰囲気はどこか高貴さも垣間見える。

……ものすごく、怖くて不気味な人であることに変わりはないが。

リーナは、気を抜くと震えが走る体を抑える為に、彼を真っ白で赤い目の『うさぎさん』と思うことにした。

（うさぎさん、うさぎさん。このまっしろなおにーさんは、うさぎさん）

ごくんと、手にうさぎの形を描いて呑み込む仕草をした。

これはお呪《まじな》いだ。シアに教わった、緊張を解く為のものである。

そう恐怖と格闘しているリーナを、ふと男は振り返った。ちょっとだけ笑って再び歩き出す。歩調を落とす、なんてことはしてくれない。時折、地響きが聞こえてきて、建物に振動がくる。それを鬱陶しそうに彼は壁を見ていた。

建物はそれほど広いものではないようで、牢から出て三分ほど小走りで行った先に、彼の目的地に辿り着いた。大きくて重厚な他の部屋の扉とはまったく違う黒い異質な扉を男は開け放った。

中は薄暗い。ぼうっとした赤い光の線だけが光源で浮かび上がるかのようにして光っている。

それを見た瞬間、リーナの全身がぞわりと粟立った。

胃の中のものが逆流してきそうな、気分の悪さを感じる。

真っ青になっているリーナを見て、彼は興味深げに首を傾げた。

「分かるの？　この部屋にある魔法陣の異質な魔力を」

魔法陣。

言われて、よくよく見れば確かに部屋の中央で淡く光る赤い線は、一つの模様を描き出していた。

魔導士が魔法を使う際に描く『魔法陣だ』。レオルドが魔法の練習をしていた時に見たことがある。

だが、それよりもその魔法陣はとても大きかった。広い部屋の中央部分をすべて使って描かれている。

それもそれで異質ではあるが、リーナはしっかりと感じ取っていた。

（……レオおじさん、と……ちがいます）

レオルドの魔法陣は、もっと力強くて温かい気配があった。それはレオルド自身と似たものである。だから術者と魔力の気配は同じなのかとリーナは思っていた。

だがこれは、すべてを奪い、壊すような冒涜《ぼうとく》的な気配を感じる。術者は、この男なのかと思ったが魔法陣の気配と男の気配はまったく別である。同じく『恐ろしい』気配ではあるが。

「感じてしまうのは不幸だね。恐ろしさを胸に震えたまま、自分を失わなければいけない。それはどれほど苦しいんだろう？」

憐《あわ》れんでいる様子などまったくない顔で、男は言った。

リーナはどこか腹の近くが熱い気がした。こんな時にお腹が痛くなったのかと思ったが、ただただ熱さを感じるだけで痛みはない。これはなんだろうか。

「じゃあ、お嬢さん。さっさと始めようか。魔法陣の真ん中に大人しく歩いていって」

そう言いながら男は黒い扉を閉め、辺りは闇と赤い光のみになる。

足元がおぼつかないが、床になにか置いてあるようには見えなかったので、自分の足を踏まないようにだけ気を付け、魔法陣の真ん中に行った。色々考えたが、逃げ出したり、彼の言うことを聞かなかったら即座に殺されるだけだと思った。現に、ここに来る道中、脇道に行こうかとも思ったが、体を捻った瞬間に背に目でもついているのかと疑うほどの速さで彼は振り返ったのだ。

無理だと悟った。

さらに考えた。

どうしたら、シア達にまた会えるのかと。

『うさぎさん』は、言った。リーナを化け物にすると。化け物にしてシア達を襲わせるのも一興だと。ということは、自分は化け物に作り替えられ、意識を奪われるということなのだろう。

だから。

(りーなは、さいごまで、あらがいます。じぶんを、うしなわない。ぜったいに、おねーさんたちにあって……)

魔法陣の真ん中に立つと、魔法陣の赤が一際明るく輝き出した。

感じる不気味さと恐怖が増す。

しばらくそのまま待っていると、男が奥から一つの小さな檻《おり》を手にしてやってきた。それをリー

ナの前に置く。なんだろうかと、檻の中を覗くと、

「……すらいむ、ちゃん？」

青いぷよぷよした魔物、スライムが入れられていた。だが前にクエストで見た森のスライム達とは違い、このスライムはとても小さい。そしてぐったりと力なく横たわっていた。

「ぷちスライム。スライムの子供だよ……君にはこれと融合してもらう。きっと可愛い化け物になるよ」

楽しい舞台が始まる前のように、男は上機嫌で魔法陣から外に出た。

リーナはしゃがみ込んで、ぷちスライムを覗き込む。スライムはとても見た目が可愛い。つぶらな瞳に猫みたいな口をしている。大人しい子は、ペットとしても人気があるのだという。ただとても弱いので、初心者冒険者の狩りの対象になりやすい魔物でもあった。

「ぷちすらいむちゃん、げんき……ないです？」

リーナの問いかけに、少しだけぷちスライムが反応した。丸い瞳を半分開き、ちらりと見てそして閉じてしまう。元気があるようには見えない。

「お嬢さん、気を楽に。反発すると、すればするだけ苦しいだけだからね」

男の声が響き、魔法陣は眩しいくらいに輝き始めた。いよいよ、始まった。リーナは祈るように手を組み、目を閉じた。赤い光が自身を呑み込み、少しずつ溶かしていくような感覚を覚える。細胞の一つ一つが分解され、バラバラになり……別のなにかと溶け合って、また構築されていく。

意識が、どんどんと遠くなる。

消えていく。

混ざっていく。

リーナは必死に抗《あらが》った。抗えば抗うほど苦しい。けど、ここであきらめたらあの子との約束も守れない。シア達に会えない。

消えそうになる大事な記憶を追いかけるように、リーナの意識は走った。次々と巡っていく、走馬灯のような記憶の景色。その奥の奥、リーナ自身も忘れていた映像に辿り着いた。

優しそうな、銀灰色の髪の男性と少し性格がきつそうな金髪の女性が自分を覗き込んでいる。

『この子の金髪と、大きな青い目は君と同じだね。シーア』

『ええ……。ふふ、この子の目元と、笑った顔はあなた似よ。アレン』

『わあ、良かった。全然似てないかもしれないと思ったから』

『そうかしら？　色は私でもたぶんこの子、性格とかまるっとあなたに似ている気がするわ』

『そう？』

『そう。なんとなくだけど、ものすごーく優しくて、ものすごーく愛らしくて、ものすごーく可愛がられると思う』

『……シーア、君は僕をそんな風に見ていたの？』

『なぜ拗《す》ねるの？　褒めているわ』

仲睦《なかむつ》まじそうな男女の優しい会話が降ってくる。愛情が降ってくる。

思い出せるはずもない最初の記憶。母は、こんなにも優しい表情をしていたんだと泣きそうになった。この記憶が奥底にあったから。確かに愛された時代があったからか。どこからともなく泉のように湧く母への思いに納得がいった。

リーナは、どこかで取り戻したかった。

失ったものを。

『大丈夫、君とリーナは僕が守るから』

場面は次へと展開し、二人がリーナを抱えて闇夜を走り始めた。

『リーナは人間だ。可愛い普通の女の子だ。ちょっと不思議な力があったって、僕達の可愛い大切な天使だから』

父は、母とリーナを先に逃がし、橋の上で追っ手の前に立ち塞がった。激しい激闘、魔術の光と剣戟《けんげき》の音を背に母はリーナを抱きしめ走った。

そして一度だけ振り返って――。

『――ああっ!!』

父の体を魔術が貫き、その衝撃で彼は荒れ狂う川の中へと落ちていく。

母は震えながら、泣きながら、それでもリーナを抱えて走った。むちゃくちゃに走り通して、奇跡的にギルドの人間に助けられるまで逃げ続けた。

大切な人を失い、困窮した生活を強いられ、またリーナの力を狙った者に狙われる恐怖に母の精神は確実に擦り切れ、蝕《むしば》まれた。

『お前さえいなければ、お前さえ産まなければ……』

母はいつしか、怨嗟《えんさ》に囚われるようになった。

それ以降は、リーナの記憶に残る母の姿となった。

――なにが悪かったのだろう。誰が悪かったのだろう。

もう、なにをしたって大切な両親は戻らない。母は罪を重ね、死んでしまった。父は酷い怪我を負い、行方不明。あの状態で父が生きているかなんて分からない。

でも、父を見つけることが母の最後の願いだった。

（とりもどせない。それでも、さがしにいく。りーなには、あたらしい『かぞく』がいるから。こんどこそ、うしなわないように。りーなは、『まけない』!!）

強く、そう心に決めた――その時、記憶の先で眩い光が見えた。

『――ママ、ママ――』

か細い、誰かの泣き声が聞こえる。

リーナのものではない。子供達のものでもない。

リーナはその光を抱きしめた。すると一つの記憶がリーナの中に流れ込んできた。

陽の光が温かい森の中。

沢山のスライム達がいて、楽しく暮らしていた。人が踏み入ってこない森の奥で、ひっそりと。

でも幸せな日々。

一匹の小さなスライムが、大きなスライムに甘える姿は親子のようだ。

（ぷちすらいむちゃん？）

どことなく、さきほど見た元気のないぷちスライムに見えた。

幸せな日々を送るぷちスライム達。しかしその幸せは一瞬にして崩れ去る。

武装をした人間達に、襲われ、狩り尽くされるスライム達。ぷちスライムと母スライムは共に逃げ惑い、そして母スライムは、ぷちスライムを守る為に壁となった。

スライムは、とても弱い魔物である。

あっという間に母スライムは斬り倒され、動かなくなった。

それを物陰からぷちスライムは見ていた。震えながら、泣きながら、母を呼んだ。

……奇跡的に、ぷちスライムは襲撃者に見つかることなく難を逃れた。

スライムの村は全滅。ぷちスライムはひとりぼっちとなった。寂しさに打ちひしがれ、彷徨《さまよ》い歩き、食べ物もろくにありつけず、衰弱していく。

ぷちスライムが最後に見たのは、白衣を纏った人間達で、冷たい眼差しを向けられ檻に入れられた。

『みんながいないなら。ママがいないなら。アタチがいきている、いみはないノ……』

すべてを諦め、投げ出してしまったぷちスライムにリーナは胸を痛めた。

冒険者にとって、スライムは最初の戦闘経験値を上げるのにいい相手だと、リーナも知っている。

数が多いから、討伐対象にもなりやすい。だけど、とシアが言っていた。

『スライムに限らず魔物には個体差ってのがあってね。良い子と悪い子がいるの。人間と同じでね。人を襲う個体は危ないから倒さないといけない。だけど大人しく森の奥深くとかにいて人を襲わない個体は殺さない。っていうのが暗黙の了解なの。だけど密猟者とか悪い人は見境なくってね……』

こういうことも時々起こる。と、シアは憤《いきどお》っていた。

（……わるいひとに、うばわれてしまったのですね）

リーナは、ぷちスライムの記憶をぎゅっと抱きしめた。

寂しい、悲しい、辛い。

痛々しいまでの気持ちが伝わってくる。

リーナも同じだった。失って、寂しくて、悲しくて、辛かった。

それを抱きしめてくれたのは、シアだ。肩車をして笑顔にしてくれたのは、ルークだ。膝に乗せて子猫と一緒に遊んでくれたのは、レオルドだ。

寂しさは、悲しさは、どうしても全部は消えない。

だけど、辛い気持ちはなくなった。ぬくもりの中で、ゆっくりと眠れるようになった。

（りーなには、そばに『かぞく』がいる）

でも、ぷちスライムにはいない。こんな狭いところに閉じ込められて、弱って、蹲っている。

（ひとりぼっちは、ダメ）

ひとりぼっちでいると、失った思い出ばかりを思い出す。前に進めない。止まった時間に先はない。

だから、

「ぷちすらいむちゃん。りーなと、いっしょにいきませんか？　りーなと、おともだちになって、くれませんか？　おともだちになって、かぞくになったら、もれなく――やさしいおねーさんと、かっこいいおにーさんと、ちからもちなおじさんと、かわいいこねこ、ついてきますよ？　みんなとってもあったかいですよ？」

リーナは、初めて勧誘というものをしてみた。

商店街のおじさんのようには、上手にできなかったけれど一生懸命、誘ってみた。

すると、ぽとりと思い出の光から零れるように小さな青い塊が転がり落ちた。

つぶらな瞳がこちらを見つめる。

ぷちスライムが、リーナを見ている。憧れのような、眩しいものを見る様な瞳でじっと見ている。

リーナはどうするべきか迷った。頭の中で、少し模索してこれしかないと行動した。

リーナはぷちスライムに近づくと、しゃがんでそのぷるぷるな体を抱きしめた。

「いーこ、いーこ」

シアやルーク、レオルドがやってくれるように、優しく。

自分が泣きたくなった時、寂しくなった時、みんながそうしてくれるように。

ぷちスライムは少し驚いたような顔をしたが、すぐにその身をリーナに預けた。瞳を閉じて、互いに温かさを分け合う。

意識が広がっていく感覚がした。

ぷちスライムと溶け合って、だけど分解はされずにそのままの形を保った意識がある。

覚醒していく感覚の中、最後にリーナは幼い子供のような声を聞いた。

「りーなちゃん、おまもりしますのーー!!」

――ハッと瞳を開くと、リーナはそこに立っていた。

薄暗く、不気味な赤の光に包まれていたその部屋は、今は鮮明な青に彩られ眩い光を放っている。

魔力の本流が渦巻き、リーナの長い髪が逆巻く。

なにが起こっているのか、リーナは理解できなかった。

ただ、意識は保っているのだと知り、慌てて自分の体を確かめた。その身が崩れさった様子はない。

ほっとすると、ふと自分の右腕に黄金の腕輪がはまっていることに気が付いた。

六枚の花弁がついた花が一つ彫られた腕輪だ。

こんなものをしていた記憶はない。不思議に思ったが、腕輪からはあったかい感覚がして嫌な気分にはならなかった。

「りーなちゃん！　りーなちゃん！」

足元から可愛らしい声がする。

下を見れば、ぷちスライムがぴょんぴょんと軽快に飛び跳ねていた。檻は破られ、ぷちスライムからは溢れんばかりの生命力を感じる。

「ぷち、すらいむちゃん？」

「はいですのー！」

元気になったのは喜ばしいが、それ以上に驚くべきことがある。

……魔物が喋っている。

上級の知恵の高い魔物が言葉を操ることがあるそうだが、スライムが喋るとは聞いたことがない。

「りーなちゃんの、まりょくのおかげで、げんきもりもりですの！　なんかあたまもすっきり、ひとのことばもりかいできますの！」

突然の出来事に、理解が追いつかず目を白黒していると、

「へぇ……まさか、融合合成の儀式魔術でこんなことが起こるなんてね」

驚いたような様子で、真っ白な髪に赤い目のお兄さんがこちらを見ていた。青い光を遮るように周囲に防御膜を張っている。彼にとってこの青い光は防がなくてはいけないものらしい。

「君に『魔物使い《モンスターテイマー》』の才があったように見えなかったけど……どうやら儀式の影響による後天的覚醒のようだ。面白い」

（もんすたーていまー？）

その職業についてリーナはよく知らなかったので、首を傾げると彼は機嫌良さそうに答えてくれた。「魔物と契約し、自在に操ることができる者だよ。契約の証に黄金の腕輪が現れ、六つの花弁の花が咲く。一人、何体の魔物と契約できるかは個人差があるけど」

リーナは現れた黄金の腕輪を見た。

どうやらこれは、ぷちスライムと契約した証だったようだ。

「でも、どうしてです……？」

「りーなちゃん、あったかい！　あったかいは、せいぎ！」

ぴょんぴょんと、ぷちスライムが答える。しっかりとした答えではないが、それがこの子にとっての精一杯の答えなんだろう。

「りーなちゃん、かえろう！　あったかい『おうち』にかえろう！」

「!!」

ぷちスライムもリーナの記憶を見ていたんだろうか。

胸にこみ上げるものを感じながら、リーナは頷いた。一人と一匹は、キッと成り行きをニコニコと見守っている白い男を睨みつけた。

「ふふ、さあ……お楽しみの時間かな？　強い子は個人的に嫌いじゃない。――お兄さんと少し、遊んで」

男の前方にいくつもの魔法陣が生み出される。

黒い靄が渦巻き、吐き出されるかのようにぼとぼとと物体が床に落ちた。

「――ひっ！」

思わず喉がひくつく。

床にはぬめぬめと鈍く光る鱗《うろこ》を持つ、無数の蛇《へび》がうごめいていたからだ。赤く長い舌をちょろちょろ出し、鋭い金の目が獲物を捕らえる。

「だいじょうぶですの！　りーなちゃんの、まりょくはすごいんですのーー!!」

ぷちスライムはぴょーんと跳ぶと、すぅーっと周囲の青い光を吸いこんであっという間に巨大化した。そしてそのままドシン！　と蛇の群れの上に落ちる。

蛇達は圧力に耐え切れず、ぺちゃんこになって消滅していった。

これには男もさすがに本気で驚いたらしい。

「この青い魔力、君が生みだしたものとはいえ……すごいなぁ――これはもうちょっと力を使っても楽しめるかな？」

男の背後から二つの大きな黒い靄が現れた。

村を襲ってきたものと同じだ。あれから子供が姿を変えられた化け物が出てくる。ルークが太刀《たち》打ちできなかった相手。

予想通り、黒い靄からは二つの化け物が現れる。ドロドロとした気持ちの悪い化け物だ。一つは、鹿のような魔物、もう一つは植物系の魔物だ。

「君の両手足をもいで、材料に加えてあげよう。魔力が豊富な子は、とっても強い子になってくれるから」

「――もう、こわくないですよ」

今なら分かる。彼は、リーナのことをわざと怖がらせて楽しんでいる。恐怖に歪む様を見て、笑っている。それを見るたびに、リーナの腹はどこか熱さを感じていた。

その熱さを、リーナは理解する。

――怒りだ。

リーナは、生まれて初めて怒っていた。

怒りはよくない感情だと知っている。だから感じないように、無意識にしていたのかもしれない。

誰かを『許せない』と思ったのも初めてだった。

そんなのは醜い感情だ。思っちゃいけない。だけど、それが必要な時もあるのだと分かった。

怒りも、許せないという感情も、なければ戦えない。

守りたいという真っ直ぐな気持ちと、醜い感情の両立をうまくすることこそが戦うということ。

恐怖が消え、一人の戦士のように立つリーナに、男は初めて表情を不快に歪めた。

「可愛くない子は、殺してしまう。貴重な魔力持ちの材料、きっと殺したら怒られる。でも、私は」

真っ赤な魔力の風が男の全身を覆う。

青と赤がせめぎ合うようにぶつかりあった。

「目覚めたばかりの子に負けるほど、私は弱くないよ。君は可愛くなくなったから、一番苦しい死に方で――」

リーナも、ぷちスライムも、そして男も――気が付いた。

リーナはその背に、眩いほどの光を感じて涙を溜めた青い目で男を真っ直ぐ見た。

「もう、りーなもぷちすらいむちゃんも――ひとりじゃないのです!!」

リーナの背後の壁が一気に崩れ落ちた。

そこから転がるように、三つの影が部屋に飛び込んでくる。

真っ白なローブを纏った黒髪の少女、背の高い赤い髪の青年、魔導士ローブがきつそうな筋肉質のおじさん。

シア、ルーク、レオルドはあちこち擦り傷だらけのその顔で、リーナを見つけると泣きそうな顔で笑った。

「「「お待たせ!!」」」

☆20　しょうがねぇーな

無我夢中で私達は森を駆けた。

なにかを守るように、隠すように多くの魔物達が配置されていると頭の良いレオルドが気付き、彼の勘と知恵に従って進んだ。魔物は強化したルークとレオルドが蹴散らし、化け物と瘴気の固まりは私の浄化の光で弱らせてから二人に倒してもらう。

「……村を襲った化け物より弱いな？」

ルークが呟いた。

弱い上に形状も悪い。

倒してみて分かったが、森のあちこちに配置された化け物は倒しても黒い靄となって霧散するだけで子供が出てくることはない。

「たぶん、子供を素体に使ってない出来損ないだろう」

数にものをいわせるだけのものだ。

未完成のものをばらまいてまで私達を足止めしたいらしい。

だが、そんなもので私達の足は止められない。

リーナ！　絶対に、助けるからね。

私達の思いは一つだ。

走り抜けて、聖獣の座する泉も越えさらに奥へ。魔力がある人間だけが感じられる瘴気の風が色濃く混じる場所に辿り着いた。そこに目的地がすぐそこであることを知らせるように大きな熊の化け物が現れた。

ルークが悔しそうに唇を噛む。

どうやら、あれがルークを阻《はば》んだ化け物のようだ。

「大丈夫、今は一人じゃ無理でも私達がいるんだから」

「ああ！——頼んだ！」

ルークは恐れることなく立ち向かった。レオルドが援護し、私もまた後方で支援魔法を発動する。

折り重なる盾の呪文、風を切る速さの呪文、深く穿《うが》つ力の呪文。

レオルドが、地面を叩き《地割魔法アースクラッシュ》を発動させ化け物の動きを止めた。それを見逃さず、ルークの剣が化け物を切り裂いた。

断末魔の声が響き、化け物は倒れ伏す。復活しないように私はすぐさま浄化の呪文を唱えた。光が化け物を包み込み、やがて一人の幼い子供が現れた。

レオルドが子供を抱き抱え、木陰に横たえる。私は子供の周囲に結界魔法を張り、魔物達に襲われないよう施した。

「……ありがとう、シア、おっさん。一つ、胸のつかえがとれた」

「そう、良かった。子供も一人取り戻せたし、上々よ。あとはリーナ達を助けるだけ」

化け物が立ち塞がっていた後方を私達は見回したが、特になにかあるようには見えない。

だが、私とレオルドは気が付いた。

「なんか、おかしくないか？」

「ええ、空間が揺らいでるみたいね」

よく見れば、ぐねぐねと蜃気楼《しんきろう》のように歪んで見える部分がある。ルークが首を傾げているから、彼には見えないんだろう。ということは魔術的なものということになる。

「たぶん結界ね。範囲が広いようだから、結界を構成する媒体があるはずよ、探して壊して」

私達はそれぞれ散って、周囲を探索し草むらに隠された魔石を発見、破壊した。すると今まで見えなかった重厚な建物が現れる。一般的に使われるようなレンガや石造りではなさそうな、とても頑丈そうに見える建物だ。禁忌の魔術といい、この先にいる連中はどうやら文明的にもかなり高度な技術を持っている相手なのだろう。

私達はより一層、慎重に進もうと――――したのだが。

「扉どこー？」

入口が見つからない。窓はいくつかあったが強力な盾魔法が使われていて破るのに時間がかかりそうだ。

「しょうがねえ、ここはおっさんに任せろ」

「どうするの？」

「壁を分解して叩き壊す」

「ええ⁉」

建物の壁は素材不明の固そうなものだ。魔法でも剣でも傷一つつけられなかった。素材の構造さえ理解できれば分解魔法は使えるが……。

「色々試す。なぁに、高度文明にも興味があったからその辺の知識もばっちりだ」

それにしたって試す項目が多すぎるような気がする。あまり時間はかけられないけど、どうすることもできないので、レオルドを信じて待とう──。

「できた！」

ズドン！　と、レオルドが壁につけていた右手からヒビが入り壁が崩れ落ちた。

「嘘、はやっ⁉」

まだ一分も経ってない。

ヤマ勘でも当たったのだろうか？

「十秒で百パターン試したからな！」

「おっさんが、化け物だ……」

唖然《あぜん》とする私とルークに、レオルドは真剣な顔つきで言った。

「おっさんも、本気だすさ。これでも怒ってるからな」

そこからのレオルドの快進撃はすごかった。壁を破壊しつくし、時折現れる白衣の人間を気絶させた。途中で子供達が閉じ込められている牢を見つけて全員まとめて転送魔法でポラ村に送った。

その中の一人の少女が、不安な顔で私達に縋《すが》るように言った。

「あのね、ちょこのおねーちゃんがね、しろいおにーさんに、つれていかれちゃったの！」

どうやらこの少女はリーナと一緒にいたらしい。私は少女の頭を優しく撫でた。

「分かった、教えてくれてありがとう。チョコのおねーちゃんは、私達が絶対に助け出すから安心してね！」

「うん！　ぜったい、だよ！」

ルネスの話でも出ていた、真っ白な髪に赤い目のお兄さん。どう考えてもそいつが今回の事件の首謀者だろう。白い髪も、赤い目も珍しいものだ。どちらも持つのはもっと珍しい。重度の魔力症発症者である悪魔《アルベナ》と呼ばれる人々がそういう色を持つという。身に余る膨大な魔力を持ち、常に重い魔力の中毒症状に苦しむ。身から溢れ出る魔力が強すぎて周囲に悪影響を与える為、彼らは人里離れた場所に隔離されるのだ。

その男は悪魔《アルベナ》なのだろうか？

だとしたら、まともに動ける体ではないはずだけど。

子供達を救出し、勢いに乗った私達は強い魔力の力を感じ取り、もしかしたらと壁をぶち壊して部屋に転がり込んだ。

真っ先に目に映ったのは青い風。清らかなその魔力は美しく、うっかり見とれるほどだったが視界に映った捜し求めた少女の姿に、私達は目頭が熱くなった。

ここまでなりふり構わず来たので、体中が傷だらけだったがそんなことはどうでもいい。

「「お待たせ!!」」

私達の言葉に、リーナは泣きそうな笑顔で笑った。

その体を私はぎゅっと抱きしめる。あったかいぬくもりに安堵した。ようやく会えたんだ。

「かんどーのさいかい、ですの。でも、そんなばあいでもないですのー」

へ？

足元から可愛い声が聞こえて見てみれば、小さなスライムがいた。

そ、そんなまさか。

「スライムが喋った⁉」

私達が同時に驚きの声を上げると、リーナはぷちスライムを抱きかかえて微笑んだ。

「ぷちすらいむちゃんと、おともだちになったのです。ざるどに、つれてかえってもいいです……？」

不安そうに聞いてくるリーナに、私は真顔で言った。

「天使、ぷちスライム、子猫……我がギルドの癒しトライアングルが完成した――!!　か、かか帰ったら記録魔法士呼ばなくちゃ！　永遠に記録に残さなきゃ！」

「気持ちは分かるが、今は落ち着け」

ルークとレオルドを見れば、二人とも険しい顔つきで前を見ている。私も急いで心を落ち着かせ、視線を先へ目をやれば、

「楽しい時間が台無しだ……」

と、がっかりした様子でこちらを見る真っ白な髪に赤い目の男がいた。

見た目は綺麗だ。だが、一目見て分かる——こいつは気味が悪い。不気味、とか得体のしれない、という単語が良く似合う。

「あなたが、誘拐犯ね？」

「そうだね。別に誘拐だけが仕事じゃないけど」

余罪もたんまりありそうだ。

「王国騎士団より依頼された、聖獣の森の事件解決——あなたを捕らえて完遂とさせてもらうわ。覚悟しなさい！」

「威勢のいいお嬢さん、悪いけどまだ私は死ねないから今日は君が死んでね」

「「ってか、俺達もいるんだが!?」」

ルークとレオルドが同時に突っ込んだ。

白い男は、明らかに私とリーナしか見ていない。男に興味はなさそうだ。

「あー、はいはい……今日は特別」

赤い光が男の元へ集まっていく。

色濃く重い魔力の気配に、自然と私達の身に力が入った。

無数の赤い魔法陣が男の周囲に現れる。一つ一つは小さな魔術だが、これだけの数を同時に操るのは熟練の魔導士でも不可能だ。

「あなた……悪魔《アルベナ》なの？」

男は私の台詞に笑った。

「そうでもあるし、そうでもないかな」

どっちつかずの返答だ。だが、別に構わない、男の正体などに興味はない。ボコボコにして、お縄にして、ベルナール様に突き出すのが仕事だ。

赤い魔法陣から無数の魔術が発動し、私達を襲う。

私は大きなシールドを展開、そしてリーナは驚いたことにぷちスライムを使役しぷにぷにボディで防いだ。どうやらリーナは私でも知り得なかった力『魔物使い』になったようだ。なにがあったかは分からないけど、リーナの決意の強さが伝わってくるかのよう。今も守るべき存在であることに変わりはないが、それだけでは怒られてしまいそうだ。

男の魔法攻撃が止まったのを見計らい、ルークとレオルドが動く。

ルークの剣戟、レオルドの拳ファイア、そしてトドメにぷちスライムスタンプが炸裂。轟音が響き渡り、部屋は半分ほどが崩れてしまう。天井からの瓦礫《がれき》に埋もれないようシールドを展開しつつ、攻撃をまともに受けたはずの男がどうなったのか確かめようとしていると、土煙の中から、愉快そうな笑い声が聞こえた。

「ああ——血、血かぁ……久しぶりに自分の血を見たなぁ」

土煙が晴れると、瓦礫の上に寝転がり全身に傷を負って血を流している男がいた。切れた額から滴る血を指で撫でとって、笑って眺めている。

——かなり、痛いはずだけど。

手加減なんて誰もしていない。その男の様子に背筋がぞわりと震えた。今までに出会ったことのないタイプの気味の悪さだ。

さっさと気絶させて騎士団に引き渡そう。

「眠れ、眠れ、母の――」

スリープの呪文を唱えている時だった。

雪崩に襲われたように、赤い魔力の風が押し寄せて私は思わず後ろにひっくり返った。他の三人も耐え切れず床に転がる。

なにが起こったのか、慌てて上半身を起こす。

私の目に飛び込んできたのは――。

「あぁ――気分がいい。久しぶりに、この姿で遊べるなんて」

にんまりと目を細めて笑う男と視線が交差した。

その目は赤々と怪しく輝き、白髪は長く伸び腰まで達し、白い肌は更に青白く、耳は尖って、鋭い牙も生えていた。

「嘘……でしょ……？」

その姿はもはや人間ではない。

瘴気と禁忌の魔術による化け物ともおそらく違う。

私の脳裏に一つの単語が浮かぶ。最悪の単語が。

――魔人。

魔王と共に現れ、魔王と共に世界を滅ぼすモノ。

人とは違う、強靭《きょうじん》な肉体と、強大な魔力を持つとされる恐ろしい種族。

現在は、魔王領と隣接するクウェイス領くらいでしか目撃例はないが、彼らと一戦を交えた者は皆こう言う。魔人はそれ一人が一騎当千の力を持つ。決して単独で挑んではいけない、と。

私は勇者パーティー時代、何度か魔人と対峙したことがあった。

あの時は、魔人に対する特効能力のある聖剣と聖魔法で退けることができた。勇者の人格は置いておいて、聖剣の力は本物である。聖剣の力を聖女の力で増幅させることでなんとか対処できていたのだ。

聖剣なしで魔人と戦うには、大人数の力が必要になる。

だが、今はそれがない。

冗談じゃない。

Fランクギルドが相手できる敵では決してない。

運が悪すぎる。魔人はほとんどが魔王領から出ない。クウェイス領には魔人の侵入を防ぐ為の強力な結界があるからだ。稀に通り過ぎようとする者がいてもその結界の力で大怪我じゃすまない傷を負うことになる。だから人間の土地に侵入してきた魔人はすぐにギルドに狩られることになる。

だがそれすらも掻い潜り、人間の土地で暗躍する者がいるなんて。

聖剣なし、人海戦術も使えない今、私のとるべき行動は一つだ。

ちらりと背後の三人の様子を見る。皆、魔力圧に押されて身動きがとれないでいる。私が動けるのはただ単に魔人の力に慣れているからだ。

そっと、私は三人に転送魔法を施した。三人とも場所が離れているから三人それぞれ一つずつ。三つ同時の転送魔法。同時発動は時間がかかる。

私は自身に傀儡《くぐつ》を使った。魔力の糸で全身を絡め取り、動かせない体を無理矢理動かす術だ。これは支援魔法ではなく、黒魔法系統の術なのだが、司教様から無理やり叩き込まれた。『激闘では、必要になる確率が高い。死んでも守らなきゃいけない事態になった時に使え』と。

そんな事態になりたくなかったが、まさかこんなに早く来るとは人生分からない。黒魔法系は得意じゃないというかほぼ適性がないから習得する時も死ぬかと思った思い出。出来も悪いから傀儡が使える時間はたったの三分だ。

三分相手を足止めして、転送魔法を発動し、なんとか魔人を倒す。

考えただけで無茶だなぁ。

だがやるしかない。私の命は私のものだけど、私の元に集った家族の命を守る責任は私にある。

傀儡で立ち上がった私に、男は嬉しそうに声を上げた。

「今までは力を解放すると、皆地べたを這いずり回って泣きわめくだけだったんだ。その中で立ち上がる君の名前、聞いてもいい？」

「相手の名前を聞く前に、まずは名乗りなさいよ」

「ああ、それは失礼。私の名は『ジャック』、盗人のジャックだよ」

盗人、確かに盗人だ。子供達を盗んだようなものだ。

名乗るのは嫌だが、相手が答えたので返した。

「シアよ」

「シア、そうシアか。——今まで出会ってきた女性《ひと》の中で一際運命を感じるよ。心の底から沸き上がるようなこの衝動はなんだろう？　君の心臓を盗んで検証してみても？」

「いいわけあるか!!」

なんでも知りたがる子供のような言いぐさで、なんてことを言うのか。

私は手に剣を握った。

ルークの剣だ。彼は飛ばされた時、剣を離してしまったらしく地面に転がっていたのを失敬した。

私自身に攻撃能力はない。自分に強化魔法をどれだけかけたところで、いきがった不良を伸すくらいしかできない。だがそれでいい。注意を自分に向け、転送魔法が発動するまで時間が稼げれば、それで。

立ち上がったのが私だけだったからなのか、ジャックは私にしか興味を示さなくなった。好都合だ。

剣を持って立ち向かう私に、玩具で遊ぶかのように相手をしてくる。

……一分。

……二分。

傀儡を使っても、重い魔力圧は体を蝕《むしば》む。無理矢理動かせば動かすほど激痛が走る。それでも剣を持って舞い続けた。滑稽《こっけい》な、道化の舞いだ。それでもいい、彼らが助かるなら。

……三分。

傀儡が切れ、私の膝はがくんと落ちた。

ルークの剣が手から離れて転がる。地面に倒れた私に、ジャックは息を吐いた。

「楽しい時間は終わりか……もっと君といたいから君を盗っていこう」

攫われたりするのかと思ったが、ジャックが魔術で召喚したのは魔術の刃だった。どうやら盗むのは私の中身らしい。とんだ悪趣味だ。

まだか、まだか？

まどろっこしく進む転送魔法に焦りを感じた。

私が死ぬ前に、発動しないと意味がない。死んだら魔法がキャンセルになってしまう。

だが、私の必死の願いも虚しくジャックの魔術の刃が私の体を襲う。

万事休すか。

固く目を閉じると、いつまでたっても痛みがこない。不思議に思って目を開ければ、

「――ルーク？」

なぜかルークが私の上に覆いかぶさっていた。そして額に頭突きされる。

「いった⁉」

「――馬鹿……」

とだけ言うと、ルークはぐったりと倒れてしまった。

馬鹿、って。

ルークには言われたくないのだが。

驚きつつも周囲を確認すれば、ルークよりさらに上にかぶさるようにぷちスライムのぷにぷにボディが展開し、前方にレオルドが立ち塞がっていた。

考え難いことだが、ルークもレオルドもあの魔力圧の中、立ち上がってここまで来たらしい。

慣れない体で、私ですら傀儡を使って立っていたのに……。

根性としか言いようのない力で彼らはここまで来たのだ。ぷちスライムもそうだ。リーナはさすがに来れなかったのか遠くで倒れている。

じわりと目が潤む。

私はルークの言う通り、馬鹿なのかもしれない。

私が、私が、と。自分でやらなきゃいけないと思っていた。マスターだから、集めたのは私だから。責任とったって、皆が喜ぶわけがないのに。

私みたいなところに集まったのは、優しい素直な人ばかりだ。

全員で生き残って、『家に帰らなきゃ意味ない』。

ジャックは不機嫌そうにこちらを見下ろしていた。

今にも満身創痍《まんしんそうい》な私達に魔術の刃の雨を降り注がせようとしている。

私は祈った。

時に女神への祈りは意味を成す。ことこの聖獣の森では。

女神に近いとされるこの森は神秘に包まれている。もう神頼みしかないのは滑稽だけど、祈りの声が大きい場所なら届いて欲しい。

――皆で無事に家に帰りたい!!

「……しょうがねぇなー」

とんでもなく面倒くさそうな少年のような声が聞こえた。

「もう、聞き届けないわけにもいかなくなっちまったじゃんかよー」

ふわりと光が現れ、そこからぴょんと小さな体が飛び出した。

焦げ茶のふわふわの毛並み、つぶらな黒の瞳に丸いボディ。愛らしい小動物みたいな姿をしたなにかだった。見たことがない生き物だ。

「な、なに⁉」

「知らずに呼んだのかよ、アホな聖女だな。聞いて敬え！　オレ様は女神の遣い、森の聖獣カピバラ様だあ！」

ふんす！　と、小動物『カピバラ様』は偉そうに名乗った。

え……。これが、もしかしてこの小動物が私が何度も呼んでも出てこなかったあの聖獣様なの⁉

「あー、そこ疑ってんな！　確かにクソ野郎共に力を奪われて小さくなったが、オレ様はできる男だぜ！　心配すんな」

カピバラ様は鼻息荒くそう言うと、彼の登場は予想外だったのか唖然としていたジャックをカピバラ様は睨みつけた。

「おいそこの超クソ野郎！　オレ様が直々に相手してやるよ」

「へぇ？　今まで怯えて出てこなかったのに、どういう風の吹き回し？」

「うっせい!!」

ゴウッとカピバラ様の体に聖なる光の魔力が集う。

女神に近い場所とはよく言ったものだ。聖獣にとってもここはホーム、瘴気で穢《けが》れているとはいえ力は集めやすい。

カピバラ様は、槍のように高速でジャックにそのまま突っ込んだ。

ジャックはまさかそのまま来るとは思わなかったのか、若干慌ててシールドを張ったがカピバラ様はそれを簡単に破った。カピバラ様とジャックがぶつかり、激しい光が迸《ほとばし》る。

思わず目を閉じて、次に目を開いた時には、ジャックの姿はどこにもなかった。

ひらりと、カピバラ様は地面に着地する。

「相手してやるとは言ったが、倒すとは言ってねぇ！」

「……どういうこと？」

「すんげー遠くに飛ばした。転送魔法だな。いやー、いくらオレ様が強いってもこの森の状態じゃキツイからなぁー」

トテトテと短い四足でやってくると、「こりゃひでぇーありさまだ」と私達を見て言い、温かなヒールをかけてくれた。

「長居無用ー」

間延びした遠吠えのような声と共に私達は聖なる光に包まれた。

気が付いたらポラ村に戻ってきていた。

子供達との再会に涙して喜ぶ村の人達。それをぼうっと眺めながら私は空を仰ぐ。

どうしてあんなところに魔人がいたのか？

結局なにを企んでいたのか？

――色々消化不良ではあるが、私達は無事に依頼を終えられたのだった。

☆21 その心臓は鋼

聖獣の森での事件から一週間が経とうとしていた。

その間、村の人達の一報で地方騎士がリーナ達が捕えられていた建物を調べたようで、その報告を私達はベッドの中で聞いた。聖獣、カピバラ様に助けられヒールも受けたが体を無理矢理動かした弊害か、動けずにいたのだ。ルークやレオルドも無理をしていたし、リーナは力に目覚めたばかりだ。ぷちスライムが一生懸命、看病をしてくれた。といってもひんやりボディで額に乗ってぷるぷるしていただけだが。

彼女？ の名前も決定した。

「のー、となくので『のん』ちゃんにします！」

とのリーナの発表だ。ぷちスライム改めのんもお気に召したのか嬉しそうである。

さて、地方騎士達からの報告内容であるが、建物は超高度な文明技術でできているであろうと予測された。それはレオルドが肯定した。壁の素材をあっという間に解析した彼によると大昔の古代文明にあたる知識と技術が使われているようだ。その材料も特殊で、少なくとも人間の土地で手に入るようなものではないらしい。あの場の責任者だろうジャックが魔人だったことから魔族の土地のもので作られているのかもしれない。レオルドが解析に成功したのは、古文書を読み漁っていた時期があったからだったようだ。

超高度文明である『古代文明』は、遥か昔に崩壊し忘れ去られた文明である。その片鱗は少ない文献にのみ記され、現代人の浪漫とされてきた。どうして古代文明は滅んだのか？　色々仮説はあるが、有力なのは文明が進み過ぎたゆえの弊害、ということらしい。高度な文明は時に恐ろしい兵器や魔術を生み出し、古代人を大いに苦しめたとか。星の滅びを悟った者達が、文明ごと封印しようとしてそれを阻止しようとした者達と争いが勃発し、結果崩壊したのではと言われている。

古代技術の復活、禁忌の術。それらを再現できるだけの力と知識が向こうにあるということ。魔人が人間の土地で暗躍しているだけでも恐ろしい事態だというのに、古代文明まで持ち出されたらなにが起こるのか予想もできない。

なにか解決策へのヒントでも見つけられたらと思ったが、地方騎士達によると今回の件に関わっていたと思われる人物達が建物内でそろって自害。術式や古代文明機器と思われるものも多くが破壊された後だったという。自害していた者達は皆、人間で裏に通じる研究者だろうと予測された。

「なんの情報も得られず、申し訳ない」

深々と頭を下げられたが、私達は責められる立場にない。仕方ないとはいえ、一番情報を握っているであろうジャックを倒せなかったのだから。

そう言えば、地方騎士の男は首を振った。

「生きて帰っただけで素晴らしい成果です。魔人を相手取るならば、ギルドであればAランク以上が望ましい。騎士ならば副団長、以下実戦向きの王国騎士隊長クラスを揃えるか。一番確実なのは聖剣を持つ勇者ですが」

地方騎士の男は言いよどむ。

聖剣は一本しかないし、使っている者はあまり積極的に魔人と戦おうとしない。

ふらふらと遊びほうけている。という事実はすでに少しずつ騎士達の中に流れているのかもしれない。私がパーティーを抜けてから『勇者が何人の魔人を倒した！』とか『どこどこまで魔族の土地を踏破した！』というお触れは回っていないのだ。あまり気にしていなかったが、勇者今頃どこでなにをしているんだろう？

死んだという最悪の知らせはないので、便りがないのはいい便りなんだろうか？　私が聖女のままなので苦戦はしているんだろうけど……。

王都に戻ったら、一度王様に謁見《えっけん》を申し入れる必要があるかもしれないな。

勇者の件は王様が責任者だからあちらからなにかあると思ったのだが、音沙汰がないのでもしかしたら避けられているのかもしれない。だとしたら面倒だが、伝手《つて》を頼って特攻をかますしかない。

「聖剣、聖剣ねぇ」

地方騎士が報告を終えて退室すると、私は呟くように言った。

聖剣はこの世にたった一本。魔人と魔王に特効性を持つ最強の武器だ。それは勇者にのみ所持を認め、使用することができる。だが、聖剣はいつ勇者を選び直すか分からないし、期待通りの人に移るとも限らない。強敵と相対する為にも、装備の充実は急務であることを痛感した。


一週間もベッドの中でごろごろしていると、暇で仕方がなかったがようやく起き上がれるようになって、活動を始めた。ルークとレオルドはさすが回復が早く二日前には動き回っている。リーナも私と同じくらいに起き上がって動き回るようになった。

リーナと一緒に閉じ込められていたという少女、リンと仲良くなったのか私達が世話になっている宿の一階の食堂でホットチョコレートを飲みながら談笑している姿を見かける。のんも、怖がられるんじゃないかと心配したが、意思疎通ができることと、愛らしい容姿ですぐに村人や子供達と打ち解けて遊んでいた。

「ぎゃーー!!　オレ様はぬいぐるみでも玩具でもねぇーぞぉーー!!」

なぜかまだ森に帰らないカピバラ様は子供達に乗られたり、もふもふされたりしていた。扱いにとても不満そうだが放りだしたり、噛みついたりしないところをみると面倒見はいいんだろう。

私達が全員復活するのを待って、村の人達はささやかながらお礼の宴を開いてくれた。魔人は倒せなかったが退けることができたおかげで村の危機は去ったからだ。

美味しいご飯と飲み物、楽しい踊りなどに参加したりして夜は更けていく。

私はしばらく村の人達や仲間達と談笑していたが、少し一人で涼んでくると言って村の外れへ歩き出した。この辺りは飾り付けなどもなく、静かで田舎だからか見上げれば夜空の星が満天で綺麗に見える。

私は甘く調整されたあったかいココアを飲んだ。

のんびりと、丁度いいところに置いてあった木の長椅子に腰掛けて空を見上げた。

現在は秋の一月。王国では四季があり、春の一月が一年のはじまりとなり、二月、三月と続き夏となる。一つの季節につき月が三つずつある。今は秋の最初の月ということだ。天に瞬く星もすっかり秋の星座となっている。

秋の星座で一際目立つのが、聖女座だ。

なにそれ？　と思うだろう。私もそう思う。だが勇者座もあるので聖女座も存在するのだ。大昔から巡るように魔王が復活しては勇者と聖女が選ばれ旅立つ。伝説は長く語り継がれ、星座にもなったのだ。

聖女座を構成する星は十個。その中で一番強く赤く輝くのがメルネスという一等星だ。メルネスは鋼の心臓という意味で文字通り聖女座の心臓部に位置する場所にある。

メルネスゆえか、聖女座の言い伝えは確か……。

思い出そうとしていると、近くでパキリと木が折れるような音がして視線を下に戻した。明かりは少なく、月の冷たく淡い光しかないがそれでもその輝くような銀髪は目立っていた。

「べ、ベルナール様？」

銀髪に青い瞳のイケメン騎士は、私の知り合いには一人しか知らない。

なんでこんなところに？

予想外の人物の登場に、幻かと思っていると、

「……元気そうで良かった。シア」

心地の良い聞き慣れた声に、ようやく本人であると確信した。

ベルナール様は少し疲れたような顔だったが、普通に笑顔を浮かべて私の隣に腰掛けた。

「え、えーっと数週間ぶりですね……」

「そうだな」

「い、忙しいと聞いてましたが……なぜ、ここに？」

王国騎士は王都を守護するが、任務があれば地方まで足を延ばす。地方任務があってもおかしくはないけれど。

「もちろん、お前達に会いにだ。こちらの用件は終わったからな……。シア、お前達に今回の依頼をした時、騎士は動かせない理由があると言ったのを覚えているか？」

「え？　ええ、確かそうでしたね」

理由があって、騎士が動けないからギルドに依頼したいと言っていた。今回は瘴気が絡んでる可

能性があるから私達を選んだことも。

ベルナール様は悔しそうに顔を歪ませた。

「ここからさらに北に行ったところに打ち捨てられた砦《とりで》がある。そこで幽霊騒ぎがあった」

「幽霊？」

「亡霊の騎士が出ると言うんだ。前々からあそこは悪人の隠れ家とされてきた場所。例の件もふまえてそこが本命だと俺達は考え、そちらを優先した」

「え、ええっと話が見えません。幽霊はともかく、例の件とは？　それが本命って？」

色々はしょられているうえに、情報も与えられていない部分が多くて混乱した。

「ああ、すまない。俺もまだ考えがまとまっていないところがあってな。一つずつ順を追おう。最初に例の件についてだが……本来は君達もギルドとはいえ民間人だ、話すのは躊躇われるが今回、直接関わってしまった。だから話す」

一呼吸おいて、ベルナール様は話し始めた。

「例の件とは密売事件のことだ」

「リーナのお母さんが関わっていた？」

「そうだ。王都で広まっていた様々な密輸品の中に一際ヤバい物が混ざっていた。『魔合薬』という危険な薬物だ。調べたところこれを服用したものは体内の魔力バランスを崩し体が崩壊していく。ただ依存性が高いので服用し続けてしまう。体がドロドロになり原型も留めない……無残なものだ」

ドロドロ、と聞いて思い出してしまったのが子供達が作り変えられていた化け物だ。あれも半分がドロドロと崩れていた。

「その魔合薬は現在の技術で作ることは難しい類のものであることが判明した。古代知識で作られたものを作れるのは、一部の深層の人間か……『魔人』だ」

「そう……私達に密売の件に関わるなと言ったのは、『魔人』かそれに匹敵する存在があったからだったんですね」

「ああ、そして警戒していたにもかかわらず、密売で捕らえた者達は全員暗殺された。中でもリーナちゃんの母親は酷かった。彼女の遺体の背後には血文字でこう書かれていたんだ『罪深き者、悔いて地獄に堕ちよ』と」

その文字は彼女のところにしかなかった。ということはこれは密売に対する罪ではなく彼女だけが犯した罪……暗殺者はリーナのことを知っていたんだろうか？

「暗殺者の姿を一瞬だけ目にできた看守が言うには、そいつはまるで『古代の騎士』。全身真っ黒なプレートアーマーで、まさしく物語りに語り継がれる『黒騎士』のようだったそうだ」

黒騎士。

それは大昔から物語で語り継がれるお話に登場する騎士だ。

弱きを助け強きを挫く。そんな正義の騎士。だが物語が進むにつれて彼の正義は行き過ぎたものとなっていく。後半には裁きを逃れる悪人を正義の下に殺しまわり、晒し者にした。人々から恐怖の象徴のような存在となりそして最後は、自身が罪深き者になっていることに気付き、自ら命を絶つのだ。

『正しいことでもやりすぎれば悪にもなる』という教えの物語。

現在でも子供に読み聞かせては恐怖を与え、悪いことをすれば黒騎士がやってくると脅す親もいる。黒騎士とはそんな存在だ。

「そのような話もあって、砦の幽霊騎士の話にひっかかったんだ」

「ひっかかった、ということは……」

「あちらは本命ではなかった。確かに、『黒騎士』はいたがな」

「うえぇっ⁉　会ったんですか⁉」

王国騎士団が踏み入った砦の奥に、噂の黒騎士はいた。

黒騎士は圧倒的な力で、騎士団を阻んだという。最後まで立っていたのは結局、イヴァース副団長とベルナール様だけだった。

黒騎士はその名にふさわしい黒曜の剣も持ち、酷く寒気のする重い魔力を放っていたという。

「そこではっきりと分かった。黒騎士は『魔人』だと」

エリートである王国騎士団を壊滅状態まで追い込む力と黒曜の異質な魔力の剣。扱えるのは魔人のみ。ベルナール様と副団長は必死に戦った末に剣を折り、黒騎士の膝をつかせたという。

たった二人で魔人に膝をつかせるとは、さすがである。

「だが、トドメはさせなかった」

黒騎士は一言『モウスコシ　トキヲ　カセゲルト　オモッタガ。サスガト　イエヨウ……』そう呟き、影に飛び込んで消えてしまった。呪文や魔法陣なしで転送術が使えるわけがない。そういう先入観があった。だが、魔人ならそれが可能だったのだ。

二人は捕り逃したことを悔いながらも、時を稼げるという言葉にひっかかりを覚えた。

自分達は嵌められたのではないかと思い至った時——私達の知らせが入ったのだ。

「ポラ村あたりの地方騎士も最低限の数を残して招集していたから、騎士を動かせなくなっていた。ただの瘴気だと、安易に考えてしまっていた、軽率だった……すまない、シア」

深く頭を下げられてしまって、私は慌てて首を振った。

「ベルナール様のせいじゃないですよ。瘴気なら聖女である私が適任と考えるのは当たり前ですし、それを受けたのは私です。依頼での責任はギルドマスターである私にあります」

依頼の危険度の選定はマスターがしなければならない。この依頼は受けて大丈夫なのか？　達成できる項目なのか？　見極められないなら、マスター失格である。情報を制限されていた部分もあるが、今回は仕方がなかったのだ。誰もあそこに魔人が潜んでいるなんて思わなかった。

魔人は一人どころじゃなく、複数人いるなんて誰も考えつかない。

「私達は少し間違えたのかもしれません。けれど、ただ間違えただけでもなかったと思います」

「どういう意味だ？」

「かなり危なくてキツい目には遭いましたけど、得るものも大きかったと思います。ただただ、身の丈にあった依頼を受けていたら分からなかったことが多くあると思うのです」

私はぬるくなりはじめたココアを一口飲んで、星を見上げた。ベルナール様もつられて見上げる。

「司教様に魔王を倒すと宣言しました。あれは本気です。でもきっとどこかで覚悟が伴ってなかったんです。魔王を倒すということを、その難しさを、分かってなかった。でも今回で私も含め、みんなが悔しさを噛みしめました。となればもう――」

私はにっこりと笑って拳を空に突き上げた。

「韋駄天《いだてん》のごとき速さでめちゃくちゃ強くなって、あの野郎をボッコボコにするだけですよね!!」

悔しさは、なによりも強くなる為の栄養剤だと思う。

ただただ、強くなりたい、ならなくちゃと思ってもその成長速度は緩やかだ。

ちなみに韋駄天は昔に現れた異世界から来た勇者が残していった言葉だ。この大陸にはそうして異世界の言葉とか習慣があったりする。なんでも韋駄天とは足の速い神様なんだとか。

ベルナール様は私の言葉に、深く息を吐いて、そして苦笑を浮かべた。

「聖女、美しく清廉。そしてその心臓は鋼。決して折れることなく、立ち向かう者」

「はい?」

「聖女座の言い伝えだ。言い得て妙だと思ってな。それと聖女座の星言葉は『勇敢』『癒し』『あなたを守る』だったかな?」

そうでしたっけか？　そこまでは知らなかった。

ほーう、とベルナール様の知識に感心していると、なぜか彼が距離を詰めてきた。彼の澄んだ青の瞳が私の地味な焦げ茶の瞳いっぱいに映る。

近い。こんなとこで内緒話でもないだろうに、距離の取り方を間違えたのかと思って気を利かせて身を引いたのに、追いかけるように詰められる。

なんでー!?

両肩に手を置かれ、真剣な表情で彼は言った。

「今回は本当に心配した。ここに辿り着いてシアに会うまで生きた心地がしなかったくらいだ」

「そ、それは誠に申し訳ございま――」

「シアの性格は分かっている。復讐の仕方がえげつないことも、意外とねちっこくしつこいのも知っている」

あれ？　私、今貶《けな》されてるのかな？

「だがそれは自分のことじゃなく、他人が傷付けられた時にすることだとも知っている」

「……」

「だからこそもう、なにも知らないふりして平穏にギルドを経営していてくれとは言えない」

もう、私の気持ちは決まっている。みんなの意見は聞くつもりだが、なんとなく雰囲気でもう分かっている。全員、やる気満々なことは。

「危険なところだと分かっているならば、それ相応の準備をしていくこと。確実な情報は得たか？　装備は整っているか？　仲間の状態は？　アイテムは？　ハンカチはきちんとアイロンをかけ、ちり紙はくしゃくしゃになっていないか？　よく、確認するように」

……お母さんかな？

「返事はどうした、シア」

「はい、はい」

「返事は一回」

「はーい」

私の態度にベルナール様は溜息をついてから、懐に手を入れ青い小さな宝石のついたペンダントを渡してきた。

「これは？」

「守護石だ。持っていろ、きっと役に立つ」

どうやら守護の魔術が施された魔道具らしい。青い宝石ということはベルナール様の魔力に合わせてあるのだろうか？

「私がもらってもいいんですか？」

「ああ、俺が夜なべして作ったんだ。受け取ってもらえないと逆に困る」

……やっぱりお母さんかな？

そうまで言うのならと、私は青いペンダントを受け取った。

『ベルナールのお手製夜なべペンダント』を手に入れた！

「つけよう」

なんて言いながら、許可もしていないのに手を伸ばしてペンダントを私から奪いとると首にかけてくれた。

「うん、悪くない」

かなり満足げなご様子だ。私は鏡がないのでなんとも言えない。だが、こんな綺麗で高そうな石がついたペンダントなんてかけたことがないので変な緊張感がある。着け続けるのもなんだし、ベルナール様が帰ったら外そう。

ベルナール様が慈愛を込めたような眼差しで微笑むので、私もつられて微笑むと、

「お、おいこら、馬鹿っ――押すな！」

「んな無茶言うな、ここ狭い――」

「にゅー、つぶれるですー」

「のーー」

「てめぇら、静かに見てられねぇーのかぁ⁉」

……カピバラ様が一番声大きいですよっと。

聞き慣れた愉快な声にベルナール様と一緒に横を見れば、家の物陰に隠れるようにして仲間達がこちらを覗き見ていたようだが、

「うわあああっ‼」

どんがらがっしゃーん。

仲間達がなだれ込むようにひっくり返って私達の視界に丸見えとなった。

私は無言で立ち上がった。ベルナール様は笑いを堪えている。

「あなたたち、なーにーしーてーるーのー？」

「「「「ひぃっ‼」」」」

私は笑顔だったはずだが、仲間達の顔が青ざめて引き攣《つ》った。

「シ、シアちょっと遅いなって捜してて……」

ルークが果敢に口を開く。

「お、俺もマスターどこかなって」

レオルドが震えて言う。

「りーな、おねーさんと、おどろうと……」

「ですのーー!!」

リーナが悪いことをした後のように俯き、のんをぎゅっと抱きしめているので、のんの形状が歪んでいる。

「いいじゃねぇか減るもんでもない」

カピバラ様が悪びれた様子もなく言った。

まあ、いなくなって少し遅いとなれば捜しに来るもの当然か。そして男女二人でいたら、覗き見するのも当然か。――当然か？　まあ、声をかけ辛いのは分かる。

「でも覗き見はダメです！　全員、覚悟ーー！」

「「「逃げろー!!」」」

どったんばったんと追いかけっこが始まって、村の人達が集まって、最終的に子供達を巻き込んだ壮大な鬼ごっこになった。

宴は鬼ごっこでほぼお開きとなり、まだ飲み足りない大人達以外は、鬼ごっこに疲れ果て雑魚寝で思い思いの場所で就寝した。

一番疲れたのは何を隠そう鬼の私である。

ベルナール様は、村の人達と談笑していて鬼ごっこには加わっていない。女性陣に黄色い声を浴びせられるのもいつもの光景だ。

私は井戸で顔を洗って、寝ようとしているとトコトコとカピバラ様がやってきた。

「よう、ちょっといいか?」

「なに?」

「聖女のお前にひとつ頼みがあるんだ。森を、オレ様の大事な森を浄化して欲しい。でかい森だから大変だとは思うが頼む」

ぺこりと頭を下げるカピバラ様に目を瞬かせた。

「え?　黒い靄は晴れたんじゃ?」

「森がもう穢れてんのさ。あれはもう聖女の力じゃなきゃ元には戻らねぇ」

そうだったのか。

ジャックが退いて、問題は解決したと思っていた。カピバラ様が残っていたのはそういうことだったのか。素直に頷こうと思ったら、カピバラ様はこんな提案を持ちかけた。

「もちろんタダとは言わねぇぜ。森を浄化してくれたらオレ様が聖女の守護獣になろう!　どうだ、いい条件だろ」

ふんす、と自信ありげに言う。

えーと、確かに聖獣であるカピバラ様を仲間にするのは当初の目的でもあったんだけど。気になることがある。

「ひとついい？　なんで泉で祈った時出てこなかったの？」

「あー、あれな。前の時は、勇者がうざったかったし、お前はオレ様の好みじゃねぇーからな」

「好み？」

あれか、清廉じゃないとかぬかすのか。

カピバラ様はちらっと私の胴体、主に上部分を見てから溜息をついた。

「ぺちゃぱいはなー。もうちょっと大きい方が――」

カピバラ様に私の右ストレートが炸裂したのは言うまでもない。


井戸で顔を洗ってすっきりさせてから、就寝した私は次の朝、いつものように早く起きた。

身支度を整え、ゆっくりモーニングコーヒーをいただいて、皆を待つ。彼らの準備が終わり、私達はもう一度、聖獣の森を訪れた。見た目的にはあまり変わっていない気がするが、カピバラ様の言う通り中は穢れているんだろう。

私は浄化の呪文を唱え、大きな森をまるまる一つ浄化し倒れた。

そこから記憶がないが、丸三日寝込んだ模様。皆の看病のかいあって四日目には復活して、正式にカピバラ様と契約ができた。

ベルナール様は私が回復する前に王都に戻っていった。報告とかもろもろ忙しいんだろう。

ようやく落ち着いて、次の日に王都に戻る準備ができた。

「りーなおねーちゃん、りんのこと、わすれちゃだめだよ！」

「はい、いっぱいおてがみ、かきますね」

リーナはリンちゃんと別れを惜しんでから馬車に乗った。

「みなさーん、お世話になりましたー！」

私はそう言って村の入り口まで大勢見送ってくれている村人に手を振った。

彼らの笑顔を見ていると、やっぱりここに来て良かったと思える。助けられたものは確かにあったのだと。

村の人達が小さくなって見えなくなった頃、私達はようやく馬車の中でくつろぎ始めた。ここからまた長いのだからのんびりしよう。そう、うとうとしているとリーナがちらちらこっちを見ているのに気が付いた。

「どうしたの？　リーナ」

「あ、えっと。きしおーじさまから、です？」

リーナの視線の先には青いペンダントがある。

「ええ、守護石だって。見る？」

興味がありそうだったので近くで見せてあげようと、ペンダントを外そうとした。

う、うん？　あれ？

金具が首の後ろだからとりにくいんだろうか？　これをつけてからすぐに寝たり、倒れたりした為、まだ外すという行動をしていなかった。慣れていないからとれないんだと思ったのだが。

「どうした？」

ルークが戸惑う私に気付いて寝ていた身を起こした。

「ペンダントが外れなくて」

「ああ、ちょっと後ろ向けよ。外してやる」

ルークに任せようと後ろを向いた。ルークがペンダントの金具に手を伸ばすと、

――バチンッ！

「いてっ！」

静電気のような音が響き、ルークが痛みに仰け反った。

その音に私は嫌な予感がした。

レオルドが、訝しげにペンダントを見る。

「なんか……変な魔術を感じるが？」

筋肉魔導士が感じた変な魔術とは。

「ふんぬーー!!」

壊れるかもしれないが、思いっきり引っ張ってみた。

ダメだ、びくともしない。

脳裏にベルナール様の綺麗な笑顔が蘇る。

「べ、ベルナール様あぁぁーーー!!」

過保護が行き過ぎた、おかん(間違えた)——元護衛騎士の行動に、私のなんとも言えない絶叫が轟いたのだった。

☆22 閑話＊お前が落ち着け

ポラ村から戻って数日。

色々なことがあって疲れていた面々はしばらく休養をとってから、ギルドの仕事を再開させた。

あー、あのベルナール様のくれた夜なべペンダントの話だが、とれなくなったと慌てたけど結局あれはベルナール様のちょっとした悪戯《いたずら》で、三日も経てば自然と外せるようになる代物だった。だが、彼からは仕事の時は身につけていて欲しいと言われているので、守護石だしそれは守ろうと思っている。

人騒がせだ。

それとベルナール様からもう一点、話があった。

今回の依頼、レオルドの借金の一部である百万Gの連帯保証人をしてくれる条件で受けたものだが、実際あまりにも難易度が高いものとなってしまったので、報酬の上乗せをしたいとの申し入れだった。まだまだ財力もないギルドなのでありがたくその話は受けることにした。

お金はとても重要だ。レオルドの借金の件もあるが、新しいギルドを手に入れるのにも必要だし、後やはり装備の充実は必要不可欠だと感じた。安い武器にいくら良い加護をつけても結局は元の武器に能力は依存するものである。

できれば皆には良い装備をあげたい。

その為にはなによりもお金が必要なのだ。


ベルナール様が申請したギルド銀行の貸付百万Gを受け取り、私とレオルドでちょっと怪しい金貸しの事務所を訪れた。例の二人もいて、笑顔を向けたが悲鳴を上げられてしまった。私はなにもやっていないぞ。

恐れ戦《おのの》く彼らに百万Gを渡して、そこのボスにも話をつけた。

「これで今後一切、ギルドやレオルドに近づかないと女神に誓ってくださいね？　でないと女神の使徒、司教様が再び微笑まれますよ？」

「「ひぃぎゃあぁぁ!!」」

よほど怖い目にあったのだろう、見事な坊主になった二人は抱き合いながら泣いていた。ボスも戸惑い気味だ。

「……海を荒らしまわった大海賊の話は裏でも有名だからな」

触らぬ司教様に祟りなし、といった具合にボスもお前らには関わり合いになりたくない、と女神に誓ってくれた。これはこれでよし。後は悪徳で有名だというラミリス伯爵の身元を探ってレオルドの割った壺の妥当な値段を導き出し、正当な弁償をするだけ。

だがそれには調べてくれる専門的な人を雇わないといけない。

相場はだいたい、一万Gくらいのようだ。

うーん、高い。

しかも悪名高いとはいえ伯爵が相手だ。騎士団も手こずっている相手に、正攻法は通じないかもしれない。考えることは多そうだ。

「そうだレオルド、強引な取り立てはなくなったんだし家族を呼び戻したら？」

「え？　ああ、うーん……だが、借金を完済できたわけじゃないからな」

「でも、元奥さんも子供も待ってるんでしょ？　一緒に返してくって言ってくれてたんなら、いいんじゃないかな？　うちも部屋はまだあるし、なにより元奥さんも、お子さんもお父さんに会いたいんじゃないかな？」

レオルドはまだ借金がすっきりしていないから、生真面目な顔で悩んでいた。

だが頭の中には家族の顔が、いっぱいだったのか時間をかけて考えると、

「そう……だな。近況報告のついでにそのあたりもサラと相談するか。手紙が分厚くなりそうだ」

「元奥さん、サラさんっていうの？」

「ああ、その名にぴったりの俺にはもったいねぇべっぴんでな。娘のシャーリーも母親似で可愛く

てなー。リーナと同じくらいだから良い友達になれそうなんだが」

ほうほう、と楽しげに語るレオルドの話を私も楽しく聞いていたが、急にレオルドの顔が険しくなった。

「どうしたの？」

「いや、そういやリーナっていくつだ？」

「ん？　えーっと確か七歳」

前にギルドカードを作った時に見た。

秋の三月、二十一日が誕生日になっていたからもうそろそろ八歳だ。

そう言うと、レオルドの目がカッと見開かれる。

「もうすぐ、八歳！　おいマスター、リーナは七五三の儀式は受けたのか⁉」

七五三の儀式。

それは異世界の勇者がもたらした異世界の習わしがこの国に根付いたものの一つだ。

子供の年齢が、三歳、五歳、七歳になった年に行われる儀式で、子供の成長を祝うものである。

教会で祝いの言葉を受けて、女神の加護があるという聖水をもらい飲み干す儀式だ。後はそれぞれ祝い飴を買ったり、記録魔術で写真をとってアルバムに収めたりと色々である。

私は孤児なので受けたことはない。

だからすっかりと頭から抜け落ちていた。

リーナの母親が七五三の儀式をしていたとも思えないし。

「やるべきだ。リーナにとって最後の機会だぞ」

一人の娘を持つレオルドは、儀式の重要性について熱く語った。

儀式なんてものは、本当はやらなくても子供は勝手に成長するものだ。私だってそうなんだから。

でもこれは一つの親としてのけじめであり、区切り。子供にとっても良い思い出となるものだ。

リーナにはもう母親はいない。父親も行方がしれない。

ならば私達がそれをしなくてどうするというのか。

私は拳を握りしめた。

「やりましょう、レオルド！」

こうして私達の『リーナに、七五三の儀式を！』作戦が始まった。


まずは仲間を募る。

ルークを引っ張ってきて、私とレオルドの輪の中に入れた。

「な、なんなんだよ……？」

ギルドの隅っこでしゃがみ込み、怪しい雰囲気で密談をする私達にルークはびびっていた。リーナは別室で名前をラムとリリと名付けた子猫達とのんと一緒に遊んでいる。

私は、ことの詳細をルークに告げた。

「あー、七五三な。あったなそんなの」

遠いもののように語るのでルークも体験したことはなさそうだ。私とルークの事情を知ったレオルドは、

「お前らも今から気分だけでも味わっとくか？」

と、お父さん目線で言われたが断った。この歳で七五三は恥ずかし過ぎる。

「七五三って確か、お着物が必要よね？」

お着物、これも異世界の勇者がもたらしたものの一つである。異世界の衣装であるお着物は、大陸の一般的に着られているものとは形状がまったく違っていて、布地も鮮やかなものが多く、体にぴったりとしている型をしている。靴は草履と呼ばれる、平べったい靴を履く。とても動きづらいのが難点だが、なんとも慎ましやかな印象を受ける姿となる。お着物一式は、七五三の儀式と特殊な形式の結婚式くらいでしか着られることはないが、貴族の中には気に入って身につけている人もいる。

七五三のお着物は大抵、母親が裁縫で作るものなのだが。

「マスター、裁縫《さいほう》の腕は？」

「うーん、ないわけじゃないけどお着物はさすがに作ったことないのよね」

ハンカチとか、普通の衣服くらいならできないこともない。だがお着物は縫うのが難しいのだ。子供を持つ母親の一番の大仕事とも言われるくらいに。購入も可能だが、それだとべらぼうに高い金額を要求される。

悩んだ末、私は結論を出した。

「私がやります」

「え？　マジで？」

「やるっきゃないでしょ。でも私一人じゃとても間に合いそうにないし、手が死にそうだから二人とも手伝って」

レオルドは私の頼みに頷いた。

「確か、シャーリーの時の型がどっか荷物の中にあったはず。倉庫の方だったかな？　後でとってくる。サラが作ってた時に手伝った経験もあるから任せろ」

胸を張って自信満々なレオルド。彼に針を持たせるのは怖いが、ドジッ子を発動しないよう注意するしかなさそうだ。ルークは逆に自信がまったくなさそうで。

「布、切るくらいならなんとか……」

「それでいいわ。さあ、決まったら布地を買いに行くわよ！」

布地の良し悪しなんて分からんというルークと内緒にしているリーナをお留守番させて、私とレオルドは仕立て屋に向かった。


庶民的な仕立て屋さんには、そこそこ良い布が置いてある。私達のギルドの稼ぎでもなんとか買える額だ。だがやっぱり懐は痛い。

う、ううん！　リーナの七五三の為、けちけちしたこと考えない。

「レオルド、こんなのどう⁉　可愛くない⁉」

「……いや、こっちのがリーナに合うだろ。金髪に映える」

私が選んだ黄金のてかてか輝く布を押しのけて、レオルドが鮮やかな真紅の布を出してきた。

色彩が美しい。確かにリーナに似合うかも。

「あとこれな。それとこれと、これ」

次々とレオルドが布を選別していく。時々私が提案した布は高速で却下された。

ぶぅ。

紐と帯、髪飾り、草履も選んだ。

「ねえ！　レオルド、これは⁉　これも可愛いよ⁉」

「おっさんは、こっちがいいと思うが」

最後に巾着で揉めたので、店員さんに聞いてみた。

「お嬢様、お父様のご意見を聞かれては？」

笑顔の店員さんによって玉砕した。

なんでー⁉　お化けツリーがサンバ踊ってる絵柄のどこがいけないのー⁉

勝ったレオルドは、金魚の絵柄の巾着を購入した。


帰った私達を出迎えたルークが、その話を聞くと、

「……おっさんが一緒に行ってくれて助かったぜ」

と心底ほっとされてしまった。

解せぬ。


その日からリーナに隠れてこっそりとお着物製作が始まった。お着物作りを習う為講習へ出向き、本を見ながらギルドの部屋で黙々と足踏み式ミシンで縫っていく。お着物の布地は固いのだ。

レオルドが街にある共同倉庫から娘さんが使っていたお着物の型を持ってきてくれたのでそれを参考に作っていく。リーナの体型を測る為、『健康診断』と嘘をついてしまったがこれも驚かせる為だ。許せ、リーナ。

ギルドの仕事もこなしつつ、お着物を作るのは大変だったがお着物作りのおばあちゃん先生の最強の助っ人のおかげで一カ月後の秋の二月三日、ようやくお着物が完成した！

ルーク、レオルドにも確認してもらい、大丈夫だろうという返答をもらえたので、皆でうきうきとリーナがいる居間に行く。リーナはまめにギルドの掃除をしていた。

「リーナ、ちょっといい？」

「はいです」

「のー」

リーナが振り向き、のんと一緒にトコトコ歩いてくる。

トコトコといえばカピバラ様の姿をあまり見ないのは、こちら側の空間にいたり精霊がいる別空間にいたりと気分によって場所を変えているかららしい。呼べば来てやらなくもない、とは言われているので自由にさせている。

「リーナにプレゼントがあるんだ。じゃーん！」

出来上がったばかりのお手製お着物がリーナの前に披露される。リーナはお着物に目を輝かせて、頬を赤くした。

「わあ！　とってもすてきなおきものです！」

「きれいですのー」

「これ、どうしたんです？」

「ふっふっふー、まずは着てみて？」

リーナは不思議そうに首を傾げてお着物を受け取った。

だが。

「おねーさん、りーな、おきものきたことがないのです……」

「あ、そうか。私で大丈夫かな？　リーナ、こっち来て」

若干不安はあったが、リーナを連れて部屋に入り着付けを行った。

案の定、あれー？　どうなってるのー？　状態になったが、なんとか形にして部屋を出る。

「んー、これはこうじゃないか？」

最後にレオルドに手直ししてもらって、完了である。

「うあーー!!」

感動のあまり涙が出てきた。

あまりの可愛らしさに、震えが走る。

ふわふわの長い黄金の髪は頭の上でまとめられ、翡翠の蝶の髪飾りが輝く。鮮やかな赤の布地は金と青に映え、デザインも落ち着いていていてリーナによく似合う。金魚柄の巾着もまた可愛らしさに加算されていた。

うおーー、うちの子が一番可愛いですーー!!

「ルーク！　落ち着け、落ち着くのよ！　とりあえず今すぐに記録屋を呼んできて！　記録魔術で一枚撮って!!」

隣にいたルークの背を鼻息荒くバンバン叩くと、

「お前が落ち着け」

と突っ込まれてしまった。

落ち着いてる。私はとても落ち着いている。記録屋にいくら貢いでもいいくらい落ち着いているわ。

それは落ち着いているとは言わない。と再び突っ込まれた。

「レオルド！　レオルドはどうなの!?」

なんだか静かだったので、我がギルドのお父さんに問いかけてみた。

レオルドは、深く頷いた。

「シャーリーと同じくらい可愛い娘を初めて見た。記録館に行こう。色んな小道具と背景を駆使して記録しよう」

「おっさんもかよーー⁉」

ルークが頭を抱えた。

どうしたんだ。ルークはこの天使の天を突きぬける可愛さが分からんのか⁉

「可愛いよ！　はしゃぎたいくらい可愛い！　だがお前らがすごすぎて逆に冷静になるわ！」

「そう？」

「そうか？」

可愛い姿に興奮しまくる大人組を余所に、リーナとのんと子猫達はまた別にはしゃいでいた。

「すてきです。かがみをみたいのですが……おねーさんたちは、おとりこみちゅうです？」

「のんがもってくるのー。りーなちゃん、とってもかわいいですのー」

ぴょんぴょんとのんが走って手鏡を持ってきた。

その手鏡をリーナは覗きこんで、別人みたいだと喜んだ。

「さあ、リーナ、大聖堂に繰り出すわよ！」

「だいせーどーです？　しきょうさまに、あいにいくのですか？」

「まっさか！　まっとうな神官様に祝いの言葉をいただきましょう」

いまいち状況を理解していない様子のリーナに、私はにっこりと笑って言った。

「七五三をするのよ！」

歩き難そうなリーナを真ん中にして私とルークで挟み手をとって歩く。ちょっと照れたようなリーナは恥ずかしそうに俯き加減だ。なぜなら街中の人達が可愛いリーナを見て、振り返るからである。

「あらあら、七五三かしら？　おめでたいわね」

なんて、声をかけてくる人もいる。

このメンバーで歩いていると、レオルドがお父さん、ルークがお兄さん、私がお姉さんに見えるんだろう。なんだか私も楽しくなってくる。

途中で馬車に切り替えて、大聖堂に行った。

大聖堂では予約通り、神官様が待っていてくれていた。

で、なぜか。

「よう、来たな」

司教様まで、くつろぎながら待っていた。

「なぜ、司教様まで……？」

「ああ？　いいだろ、前に預かってたガキだぜ。ちょっと様子が気になるもんだろ」

どうだろう。司教様に限って、そういうこともなさそうだけど。リーナは特殊だったので、もしかしたらそういう気にもなるんだろうか？

「おーおー、可愛い可愛い。ずいぶんと気合入れておめかししてもらったじゃねぇーか。よしこの俺が、最恐の加護と共に祝いを述べてやる」

「なんだか『サイキョウ』の部分が、怖く感じるんですが」

「気のせいだ」

リーナは頭を垂れて、祈りのポーズをとった。

司教様は、驚いたことにまともな形できちんと儀式をしてくれる。子供にとって大切な行事だ。そのあたりのことは自由奔放な司教様も理解してくれているらしい。

最後に聖水をいただいて、リーナはごくごくと飲んだ。

これで体に、無病息災の加護がついたはず。

「聖堂内で記録してもいいが、他の連中に迷惑かけねぇーようにな」

「あの、しきょーさま」

儀式を終えて戻ろうとした司教様の黒い衣装をリーナが摘んだ。

「なんだ？」

「あ、あのあの、しきょーさまも、きろくにうつりませんか？」

「はあ？」

リーナの言葉に私達一同ぽかんとなった。

よもやあの怖い司教様に、一緒に記録に映ってなんて。司教様にその辺のものを持ってくるよう言うくらい恐ろしいお誘いだ。

「りーな、みんなでうつりたい、です！」

リーナの必死のお願いに、司教様は渋い顔をしていたが最後には頭をかいて、

「仕方ねぇーな。一枚だけだぞ」

「おぉ……」

あの司教様を折れさせるとは、リーナの将来が楽しみだ。

しばらくして、神官様が呼んでくれた記録屋の魔導士が到着し、大聖堂にいる全員に祝福される形で、女神様の元、大勢巻き込んで記録を撮ることになった。

偶然通りがかった騎士王子様こと、ベルナール様。

たまたまお祈りに来ていたイヴァース副団長。

非番で副団長に付き合っていたジュリアス様。

ふらりと立ち寄ったゲンさん。

もはや、女神の導きとしか思えない面子が集い。

「はーい、それではこの私の親指と人差し指で作った枠の真ん中を見ていてくださーい。いきますよー、ハイ、チーズ！」

一瞬、光が瞬き。

そして一枚のとんでもない写真が出来上がったのだった。

後にも先にもない、リーナの晴れ姿の豪勢な写真。

ちゃっかりカピバラ様も映ってて……。

それはいつまでもいつまでも、リーナの思い出の中に輝き続け、私達もまた、忘れられない日と

なったのだった。

☆23　閑話＊静かに闇は動き出し

真っ白な髪、赤い目。それは大陸では『悪魔《アルベナ》』と呼ばれ、忌み嫌われている色だ。体内にある魔力の異常増殖とそれにともなう枯渇と暴走を繰り返し、体中の細胞を破壊していく恐ろしい病である。知識が乏しい田舎や、信仰する神の教えが違えば悪魔として処刑されることもある。少なくとも一つ、そういう国を彼は知っていた。

まあ、その国は因果応報というか、その神の教えを敬虔に守って滅んだのだが。

ジャックは、透明な瓶を両手でもてあそびながら部屋のソファに腰かけてくつろいでいた。アジトと言っていいのか、彼にとっては秘密基地みたいでなんだか楽しい、そんな場所でのんびりといつ来るかもしれない人を待っていた。

特に約束もしていないが、定期的な報告会を彼が怠ったことはなかった。もう一人は来るかどうか分からない。彼女の方はいつも簡単に約束事をすっぽかす。それはジャック本人にも言えることなので彼が彼女に対して小言を言ったことはない。

もう一人は、確実に来ないだろう。あの人はいつも忙しいから。

しばらく瓶をコロコロさせていると、壁から漆黒の影が伸び、その中から沸き上がるようにして黒いプレートアーマーを纏った、まるで昔の王国の騎士のような恰好をした彼が現れた。

「やあ、エース。さすが、生真面目だねぇ」

「オマエ　ヤ　クイーン　トハ　チガウ」

無機質な音声が響く。兜《かぶと》の中から聞こえるが、声は意図的に変えているんだろう。ジャックもエースがどこの誰で、どういった経緯で『こちら側』になったかは知らない。名前も、顔も、なにもかも知らない。だが、そんなことはどうでもいい。ジャック自身も自分のことをエース達に語ったことはないし、聞かれたこともない。ある一つの共通する理由を除き、自分の目的で動く、彼らはそういう『集団』だ。

「ジャック　セッカク　ジカン　ヲ　カセイダト　イウノニ　ジッケン　ハ　チュウトハンパ　ラシイナ？」

「怒らないでよ、邪魔が入ったんだ」

「……ソレニシテハ　エラク　ジョウキゲンダナ」

瓶を転がすジャックはどこか楽しそうで、目的を達成できなかったことについては、あまり反省の色は見られない。

「そうなんだよ、とっても素敵なものを見つけたんだ。きっとあの子なら、簡単に死んだりしない。彼女ならきっと私が追いかけても追いかけても、最後まで抗ってくれる。この気持ちはなんだろう、これが愛かな？」

「オマエ　ノ　アイ　ハ　イシツダ」

エースはここで初めて感情の揺らぎを見せた。

ジャックはころんと、瓶をエースの元へ転がす。

「愛したら死んでしまう。いつもそうだった。悲しくて、愛しい人をずっと手元に置いていても腐ってしまう。でも瓶詰はすごいよね。長期保存できる」

ジャックの背後には扉がある。この部屋にはいくつか部屋があるが彼の後ろの部屋は、ジャック専用の部屋だった。そこになにがあるのかはエースは知りたくも見たくもない。

「カノジョ　モ　コノ　ビン　ノ　ジュウニンニ　スルノカ?」

「……違うよ」

それは、望んでいない。ジャックはそう呟いた。

「この瓶に『いないからこそ』価値がある」

「イミ　ガ　ワカラナイナ」

理解しようとは思わないが、エースはその話はなんの利益にもならないと悟り、報告書をテーブルに置いた。

「オレ　ノ　ブン　ダ　ミテオクトイイ」

「さすが、仕事が早いね」

「オマエ　ノ　ブン　ハ?」

「まだない」

「……キタイ　スルダケ　ムダ　ダッタナ　クイーン　ハ　イナイ　ノカ?」

「しばらく見てないよ。いたらいたで、あの男嫌いは私達を邪険に扱うだけだと思うけど」

「アレモ　タイガイ　コマッタ　ヤツ　ダ」

エースはここにはもう用がないとジャックに背を向けた。

「もう行くの？　お茶くらい飲んでいけば？」

「ヤミ　ニ　ホウムリサレナイ　モノ　ガ　イルカギリ　オレ　ガ　ヒマニ　ナルコトハナイ」

再び闇に溶けて消えたエースの背中をジャックは眺める。

「ほんと、私達の中ではまともな方とはいえ、彼もたいがい気が狂ってるよねぇ」

『黒騎士』とはまさに彼にぴったりの呼び名である。ジャックは、エースが置いていった報告書に目を通した。字は印刷されたものだから筆跡などは不明だが、律義に並べたてられた文列から察するに事務処理に慣れているような気がする。正体を探ろうとは思わないが、こういう端々で当人の気質が見え隠れするのはちょっと面白い。

「ん？」

そう思いながら字を目で追っていたジャックは、一項に興味がそそられるものを見つけた。どんどんとその表情は企みを帯びた残酷な悪戯好きの子供のようになっていく。

「ギルド大会……ねぇ、ふぅん……楽しそうだなぁ」

ジャックは報告書をテーブルを置いて、自分の名前をサインした。約束も時間指定もあまりしないので誰がなにを確認したのかの痕跡を残していくことは暗黙のルールになっている。

「会えるかな、また会いたいな」

ジャックは嗤《わら》いながら瓶を床に叩きつけて割った。

☆書き下ろし番外編
それぞれの前日譚

Side　シア＊

私は、暗い部屋の隅に座って月を眺めていた。

お月見を洒落こんでいるわけじゃない。夜遅くまで起きていることがバレると何かと突っかかってくる連中がいるからだ。私としてもさっさと床につきたいが、眠れない夜もある。

私が聖女になって四年。勇者と共に旅に出てそろそろ一年になる。

私の後悔はいったい、いつからはじまったものなのか？　聖女となった時からか、それとも勇者を選び間違えた時からか？

幸せを感じる時間はあまりにも短くて、手に入ったと思ってもすぐに奪われるものなのだと、そう感じてしまうくらいには今、とても絶望的な心境だ。

孤児である私は、ずっと前から家族というものに憧れを抱いていた。それを手に入れた時期は確かにあったけれど……すべては私を打ちのめすように奪い去られてしまった。勇者の仲間になれれば、もしかしたらなにか違うかもしれないと一瞬思いもしたけれど、そんなわずかな期待は簡単に裏切られた。

私には華がない。地味で、性格も素直じゃなくて可愛くないとはよく言われる。勇者に気に入られるようなことをすれば、良かったのかもしれないけど媚を売るのはひどく疲れるものだ。

だから、早々に諦めた。

早く、魔王を倒して王都に帰りたい。

……まあ、帰ったところで独り身であることには変わりないのだけど。友人と呼べる人達が王都にはたくさんいるから、今の状況よりはマシなはずだ。

そう、友人達の顔を思い浮かべていると一羽のフクロウが窓から飛び込んできた。よく調教されたフクロウで、窓際に大人しく止まった。足には手紙が括りつけられている。手紙フクロウだ。

わざわざ勇者ではなく、私の元に来たということは私事だろう、誰からかな？

フクロウから手紙を受け取ると、フクロウは飛び去っていった。急いで返事を求めている手紙ではないようだ。早く返事が欲しい時は、手紙フクロウは大人しく待っている。

私は月明かりを頼りに手紙を開いた。

『親愛なるシアへ。

君が旅立ってもう一年になるだろうか？　王都は相変わらず事件が多いが、まあなんとかやっている。リンス王子も三つ子姫達も相も変わらず元気だ。もちろん司教様も。

シア、君は元気だろうか？

三年ほど前に、君の護衛を務めてから去年までの間、ずっと傍について守ってきたが君が心から笑ったことは何回あったのだろうかと、ふと気になった。

悪戯好きで、お転婆なところもあるが君は常に他人と一線を引きたがるな。人付き合いはいいのに、不思議なことだ。

シア、君が辛い思いをしていないかどうかだけが今も心配だ。俺は勇者を正直よくは思っていないし、彼が仲間にと望んだ女達は実力も品位も疑わざるを得ない連中ばかり。この人選には副団長もリンス王子達も渋い顔をしていたんだ。結局、勇者に押し切られたけどな。

シア、君が無理をする必要はなにもない。

嫌だったら、王都まで帰ってこい。君の好きなことをしたらいい。君の人生なんだから。誰かが君の邪魔をするのなら、俺でも、リンス王子でも、副団長でも……君の味方は沢山いるんだということを忘れないで欲しい。

長くなったな。では、君の行く道が君にとって幸福でありますように。

ベルナールより』

——ベルナール様。

聖女修業時代、甲斐甲斐しくも護衛だけじゃなく世話まで焼いてくれた、美貌のイケメン騎士様だ。子爵家の貴族でありながら、とても気さくな人で、女性問題が本人の意思とは関係なく降り注ぐちょっと可哀そうな人でもあるが、こうして護衛の任が解かれた後も、私を気遣ってくれている。

私の落ち込むタイミングを見計らっていたかのような、励ましの手紙だ。タイミングが良すぎて泣きそう。くそう、あの完璧男、私を泣かすとは一周回って憎たらしい。

ポスポスと代わりに枕を殴っておく。

……せめて、聖獣の森で聖獣と契約が果たせればまだ良かった。でも、結局は私も伝説には選ばれなかった。勇者も仲間である彼女らも、ひそひそと私が偽物じゃないのかと陰口を聞こえるように叩き始めた。

私としても、どうして私が聖女なのか分からない。分からないが、司教様が断言しているのだから そうなんだろう。それに、そういう力もある。

やるしかないんだ。どんなに不遇だろうと。仲間として思われていなくても。ベルナール様は逃げてもいいと、帰ってきてもいいと優しいことを言ってくれるけれど、そんなことは許されるはずもない。この旅は世界の命運がかかっているんだから。

手紙を鞄へ入れようとするとパサリと、別の紙が落ちた。まだなにか手紙があったらしい。

『追伸
シア、君は責任感が強いところがあるから俺の言葉を優しい気遣いだと思ってスルーするだろう。
でもな、本当に勇者はあれでいいと思うか？　本気で勇者を見限る日が来たら、迷うことはない。手を切れ。勇者は選び直せる、聖剣が折れればな。シアの親愛なる友人達は全員、その日の為にアップを開始しているぞ。……もちろん俺もな。
健闘を祈る』

とんでもねぇ、追伸もあったもんだ。

でも、ベルナール様らしいな。

ずいぶんと落ちていた気持ちが浮上してきた。彼の手紙の内容に吹き出してしまう。全員アップを開始してるとか、どんだけ嫌われてるんだろうね勇者様は。

私はその時、その手紙のことは半分冗談として受け取っていた。


でも、その手紙を受け取って数日後――――。

『お前との婚約は破棄するから』

『あ、そう』

見限りというか、私を解雇したのは勇者だけど、結果的に私は自由の身となった。

『君の好きなことをしたらいい。君の人生なんだから』

友人達の言葉と思いが、私の背中を押した。

居場所がないなら、作ればよろしい。

自分も、家族も幸せになって、ついでに世界も救えたならば聖女としては、立派に務めを果たしたことになるだろう。

私は、手紙を鞄に詰めて王都行きの馬車に飛び乗った。

Ｓｉｄｅ：ルーク＊

薄汚れた場所、空腹と苛まれる絶望感。

俺はずっと、そんな掃き溜めで生きてきた。家族と呼ぶべき両親は確かにいた。けれど、彼らは俺を愛してはくれなかった。怒鳴られた言葉の端々から察するに、俺は望まれない子供だったらしい。愛人がどうとか聞こえた、ほんとロクでもねぇ。

生まれた俺に、いったいどうしろというのか。気が付けば、ボロボロのままひとりぼっちで浮浪児となっていた。

俺は頭が悪い。勉強なんてさせてもらえやしなかったし、たぶん元々の脳みそも出来が悪いんだろう。知識的なものはあまり蓄えられなかったが、どうも動物的勘の方は鋭い方らしい。おかげで様々な危機を死なずに乗り越えられた。

浮浪児となってストリートを彷徨い歩き、空腹が限界になって死にそうになり、ゴミを漁って日々をなんとか繋いだが、それも限界を感じて働き口を探した。あちこちに頭を下げた。まだ十にも満たないガキで、頭もよくなくて汚らしい。そんな子供を雇うところは少なかったが、本当に使い捨てと同じような安すぎる給料で使ってくれたところもあった。

一番給料が良かったのは……死体焼きと屠殺《とさつ》だ。

俺はまだ小さかったから、担当したのは動物の死骸の死体焼きだったが酷く臭うので一般人はまずやらない。

「お前、働いてるのか？」

そんな死体焼きの仕事をしていた時だった。俺と同じくらいの浮浪児が声をかけてきた。

「そうだけど？」

「ふぅん……うわ、くせぇ」

よくこんなことができるな、とその少年は悪態を吐いた。

「食べる為だ、お金を手に入れるのは苦しいことだってくらい知ってる」

「はあ？　こんなことしなくても、金なんて簡単に手に入るぞ。お前、馬鹿だろ」

「え？」

確かに、俺は馬鹿だ。自分でも認めるくらい頭が悪い。効率のいい稼ぎ方なんて知らない。こいつはそれを知っているのだろうか。

「興味ありそうな顔だな。いいぜ、同じ浮浪児同士だ、教えてやるよ」

と、少年は懐から財布を取り出して見せびらかすように宙に放ってみせた。財布はそこそこ重みがありそうで、コインの音も聞こえる。

「ついさっきスってきたんだ。簡単だぜ？　王都の大人は馬鹿ばっかだからな！」

これで美味い飯を楽して食えるんだ。少年は得意げに言った。

「スって……？」

「スリも知らねぇの？　盗るんだよ、金持ってそうな大人の懐からな」

「それ、泥棒じゃ……？」

「あいつらは俺らよりいっぱい金を持ってて、家まであるんだぜ？　ちょっとくらいもらっちまってもいいんだよ」

そうなのだろうか？

少年の手のお金が詰まった財布を凝視する。あれだけのお金があったら、お肉がお腹いっぱい食べられるんだろうか？　毎日毎日、腐った残飯を噛みしめて、吐かなくてもいいんだろうか？

「ほら、俺がいい場所教えてやるよ。お前、名前は？」

「え、っと……ルーク」

「ルークな。俺はヴィオだ」

手を取られて、俺はヴィオと共に彼の案内で王都でもスリが多いという区画へ足を踏み入れた。そこには俺と同じように汚い子供達が沢山いて、ギラギラとした目で金を狙っていた。

「競争率は激しいけど、ここは商業区画に行く近道で急ぎたい商人がそこそこ通るんだ。護衛もいるけど、あんなのちょろまかせばいい。騎士も敵じゃねぇよ」

ヴィオはスリの達人だった。まだそんなに俺と変わらないくらいの年なのに、熟練した腕前で相手を翻弄し、上手にスってみせた。

「ほら、お前もうまいもん食いたいなら頑張れよ」

「あ、うん……」

俺の手足は自然と震えていた。盗むという行為が、悪いことなのだということは馬鹿な子供でも知っている。それでも生きる為には仕方がないのだと言い聞かせた。

意を決して標的を定め、そっと近づいて……。

「おがあああぁあん‼」

すぐ傍で響いた泣き声に、思わず振り返ってしまった。背には見知らぬ小さな女の子がいて、なぜか俺の汚い服の袖を握っていた。

「おがあああざん、おがあああざーん！」

どうやら母親を呼んでいるようで、おそらくは迷子になってしまったんだろう。ここはとても治安が悪い。用がなければ通りたくない道だ。それを俺よりも小さな女の子が一人……。

ひとりぼっちが寂しいことを俺はよく知っている。愛してくれる人から離れたらきっとたまらなく不安だろう。

でも、俺は馬鹿だから泣いている女の子の慰め方なんて知らない。

どうしようかとワタワタしていると、ポケットに入っている物のことを思い出した。咄嗟にポケットからそれを取り出した。

「な、泣くな。これあげるから」

取り出したのは飴玉だ。非常に珍しいことだが、死体焼きをしていたら哀れんだ通行人がくれたのだ。甘いものは苦手だけど、大切な食べ物であることに変わりない。だからとっておいて空腹に耐えられなくなったら食べようとしていたのだ。

飴玉をあげると、女の子は興味を示して泣き止んだ。

「ほら、あーん」

「あーーん」

ぽいっと女の子の口に飴玉を放り込むと女の子は嬉しそうに笑った。

「あまーい♪」

「泣き止んだな。じゃ、お母さん捜しに行くか？」

「うん！」

女の子は当たり前のように手を出してきた。でも俺は躊躇した。自分が汚いのもあるし、他人から病気がうつるとも散々言われた。だから大丈夫だろうかと心配だったのだが、女の子は関係なしにぎゅっと握ってきた。

手があったかい。


しばらくして女の子の母親は無事に見つかったのだが、俺を人攫いだと勘違いした騎士に捕縛されそうになったので、必死に逃げた。

いいことをしても、いい結果には必ずしも繋がらない。

俺はさらにボロボロになって道端に転がった。

「馬鹿じゃねぇーの？」

「……ヴィオ」

いつの間にか、傍らにヴィオがいた。かなりご立腹の様子だ。

「金盗りにいって、なんでお前がもの恵んでんだよ」

「……うん」

「で、結果的に騎士に追い回されて犯罪者扱い？　お前、馬鹿通り越して脳みそザルだろ」

「……かもしれない」

でも不思議と後悔はしていないんだ。踏んだり蹴ったりだったのに、なんでだろう？　お金をスレなかったことに安堵すらしている。

ぼーっとしている俺にヴィオは冷えた目を向けた。

「命と善を天秤にかける余裕があるのかよ」

「でも、俺……」

情けない面をしているであろう俺の髪をヴィオは乱暴に掴んで引っ張り上げた。

「奪う力がないならさっさと死んじまえよ。お前みたいな弱い奴が生きてたってなんの意味もないだろ」

じゃあな、とヴィオは乱暴に俺を放すと暗い路地に消えていく。


――弱い奴が生きてたってなんの意味もない。


その言葉が深く俺の心を抉った。親から疎まれ、周囲の人間からはゴミのような目で見られる。誰にも必要とされない生に果たして意味はあるのだろうか？

生き方は、人それぞれだ。ヴィオのやり方に口を出すことはできない。そうでなければ生きられない現実は確かにある。けど、俺は誰かに教えられたわけじゃないけれど、殴られたら痛いのと同じように、奪われたら悲しいのだろう。俺は、たくさん泣いてきた。痛みはきっと、誰よりも知っている。

生きる意味を見出せなくても、生き方がどんなに下手くそでも。

――死にたくない。

どこか奥底で、強く思っている。死んだらもう絶対に欲しいものは手に入らない。生き続ければいつかはもしかしたら奇跡が起きるかもしれない。

俺は体を引きずりながらも、歩き始めた。楽に生きられる道が選べないなら、苦しくとも生にしがみつく道を行くしかない。

裏路地でゴミを漁っているとよく漏れ聞こえてくる壁の向こう側。温かい光に楽しそうな声、美味しそうな匂い。どんなに手を伸ばしても届かない場所。そこには俺の欲しいものが全部ある。

時折、街でヴィオを見かけた。あいつは笑っている。誰かにこき使われることも、怒鳴られて殴られることもなく、他人の金で満足に生きている。

年を経て、少年から青年になった今でも分からない。欲しいものを手に入れる方法を。頑張れば、奇跡は起きると本気で信じているわけじゃない。

けど、絶対に死んでなんかやるものか。

空を仰げば——遠くで、大聖堂の鐘の音が聞こえた。

Ｓｉｄｅ：リーナ＊

可愛いぬいぐるみ、甘いお菓子。

おかーさんはできるかぎりのことをしてくれた。いつもお出かけしていて、たまに帰ってきては機嫌が悪くて、りーなを殴ったけれど……りーなはそれでも幸せだったのです。

「夜までにはケーキでも買って帰ってくるから大人しくしてて」

「はいです……」

置いていかれるのはいつものこと。お部屋を綺麗にお掃除して、宿のご飯を美味しくないと文句を言うので、りーなが厨房を借りて代わりに作る。

美味しいとは言ってくれないけれど、文句は言われないのでたぶん大丈夫だと思う。

借りたお部屋には、またぬいぐるみやお菓子が増えた。最近は、節約をあまりしなくなったように思える。りーなにはよく分からないけど、高そうなバッグなども増えていた。

お化粧と香水の匂いは、本来のおかーさんの良い匂いを消してしまうのでりーなはあまりすぎじゃない。

今日もまた、おかーさんを待ちながらお掃除だ。

ピカピカに、機嫌が悪くてもぶたれる回数が増えないように。一生懸命、一生懸命お掃除する。

おかーさんが帰ってこなければ、りーなは痛い思いをしなくて済む。そんなことを少しでも考えたことがなかったかと聞かれたら、答えはいいえ。

りーなだって、痛いのは嫌い。おかーさんに、撫で撫でしてもらいたい。褒めてもらいたい。そう考えないことなんてない。それでも長く家を空けても、りーなのところへおかーさんはいつも帰ってきてくれた。それだけでいい、それ以上を求めておかーさんを困らせたくない。

いいえ、望みを口にしておかーさんが帰ってこなくなることをりーなは恐れているのです。だから言えなくて……。

「おかーさん、おそいですね」

りーなは、近くのぬいぐるみに話しかけながら帰りの遅いおかーさんを待った。いつ帰ってきてもいいようにご飯は作ってある。帰ってきたタイミングで温め直せばいい。

ぎゅっとぬいぐるみを抱いて、静かに部屋の隅で待った。

気が付くと、すでに外は明るくなり始めていた。いつの間にか、うとうとと眠ってしまったようです。慌てて部屋を見回して、奥のトイレやお風呂も見た。だけどおかーさんはどこにもいない。一度、戻ってきた形跡もみられない。

「おかーさん……?」

じっと待った。

胸には不安が渦巻く。おかーさんは、夜には戻ると言っていた。そういう約束をおかーさんが違えたことはない。なによりも約束を破ってりーなが勝手に外でうろうろすることを一番恐れていたのはおかーさんなのだから。

りーなにはそれがなんとなく分かっていました。だから不安だったけれど、昼まで待ち続けたのです。けれど戻ってくる気配はありませんでした。

おかーさんとの約束を破りたくありません、でももう待ってはいられなくて。鞄を下げて、おにぎりとお菓子を詰めて部屋を飛び出した。

『騎士に近づいてはダメよ。殺されてしまうから』

昔から、おかーさんが口を酸っぱくして言っていた言葉。

騎士は、お化け。怖いもの。りーなはずっとそう信じてきました。ならば、と考えたのはギルドに依頼をすること。

「あの、おかーさんをさがしてくれませんか？」

ギルドらしい看板を見かけては訪ね歩いた。

「ほーしゅーは、おかししか、ありませんが……」

お菓子では依頼は受けられない。

そういうのは、騎士団に持っていって。

一緒に、騎士の詰め所に行こう。

そう言われては、肩を落として立ち去り、または逃げ出した。

「しゅっせばらいは、ダメですか？　おはなのまちで、がんばりますので！」

門前払いすら受けたギルドもあった。

悪戯、遊び。

そんなのじゃないのに。

小さな足で、訪ね歩くには王都は広すぎる。

時折通る馬車に、心が躍ったけれど鞄にお金はない。お菓子の換金方法も分からなくて、ひたすら歩き続けた。

夕闇が迫り、影法師が伸びていく。

気を紛らわせようと一人で影遊びをした。

「おとーさん、おかーさん、もっと高く！」

「はいはい」

「手を離すなよ」

馬車の走る道を挟んで、反対側の歩道に賑やかな親子が歩いていた。三つの影法師が仲良く伸びて、真ん中の子供が両親の間に入って手を繋ぎ、ぴょんぴょん跳んでいる。

おとーさんの背が高くて、片方だけすごく高く飛ばされていたけれど、とても楽しそうで……。

「……あ」

気が付けば、頬は涙で濡れていた。

いつもは考えないようにしていたけれど、あんな風におかーさんが自分に笑いかけたことはない。

おとーさんのことも、りーなは知らない。

――本当は、りーなも……。

「ちがう、りーなはいまのままでも、いいのです」

ただ、おかーさんが帰ってくる日常があればいい。それで幸せ。

……本当に？

楽しそうな子供達の声に両親の温かな笑顔。

それをすべて見ないようにしながら、袖で涙を拭うと、また歩き出した。

――おかーさん、教えてください。

りーなとおかーさんは――家族なのですか？

Ｓｉｄｅ：レオルド＊

幼い頃は、とても体が弱かった。

今のこの姿を見たら、誰もが『冗談だろ』と言いそうだが、誰しも小さい頃というのはあって、なにも昔からこんな立派なガタイだったわけじゃない。ひょろっこくて、小柄で、いつも本を読んでいた根暗野郎だったんだ。

「……熱、下がらないわね」

妻のサラが、ベッドに横たわって苦しい呼吸をしている小さな娘のシャーリーを心配そうに撫でた。

娘は、俺の子供の頃とよく似ている。顔は美人な母親の方に似ているが、体の弱さは父親の方を引き継いでしまった。俺は良い出会いがあって、その人の下で鍛えてもらって、今では頑丈がとりえみたいな男になったが、それまではベッドと親友関係を築けそうなほど付き合いが長かったのだ。

「噂で聞いたんだが、とある貴族の屋敷にどんな病にも効く万能薬があるんだとか。ちょうどその貴族の屋敷を警護する仕事の募集をしていたし、事情を話せば分けてもらえるかもしれない」

「……そう、でも無理はしないでね」


ただの風の噂だった。だが、この時の俺は娘の体のことだけが心配で、その貴族がどんなやつかなんて調べることもしなかった。

あの瞬間に戻れれば。あの後、いったい何度考えたことだろう。けれど時間を巻き戻す術などあるわけもなく。壊れたものが元に戻ることもなく。

俺は――。

『百万G、きっちり耳を揃えて返してもらおうか』

『今すぐに百万Gを払え、払えなければもう二度と貴殿が家族の顔を見ることはないだろうな！』

『不運でしたな。大丈夫です、私どもがあなたにお金を貸しましょう』

考えている余裕はなかった。いつもだったら、これが見え見えの罠だと気付いただろうに。それでも真っ白になった頭はなかなか動いてくれなくて、俺は一生働いても返せないくらいの莫大な借金を負ってしまった。

「けほっ、けほっ」

「ほらシャーリー、薬湯よ。甘くしたから飲めるでしょ？」

「うん」

「いい子だ、シャーリー」


家財のほとんどを金にして、家も売り払い小屋も同然の場所に移った。衛生環境もよろしくなく、体の弱いシャーリーは日に日に弱っていく。薬を買う金を確保しようとすれば、返済が滞り、借金取りが薄い木の扉を殴打する。

「バーンズさんよぉ、こっちだって商売なんだ。期限は守ってくれなくちゃなぁ」

責め立てる怒声と扉を叩く音に、サラもシャーリーも震えていた。

けれど、

「大丈夫、平気よ。いざとなったら、私だって棒を持って戦えるんだから。忘れたの？　子供の頃は、私の方があなたのヒーローだったじゃない」

「……ああ、お前は昔も今も……カッコイイよ」

「シャーリーもパパのヒーローだよ！」

「はは、うちのお姫様は勇ましいな……」

妻も娘も、強い。

弱かったのは、俺の方だ。


泣きじゃくるシャーリーと、サラを田舎に返し、離縁を選択した。こんなヘタレな男、愛想をつかされることも覚悟していたが。

『待っています。あなたが迎えに来てくれる日を……いつかまた一緒に笑い合える日を』

サラは、俺を見捨てなかった。

ならば、俺ができることは一つ。なにをしてでも、借金を返して二人を迎えに行くこと。それだけだ。

俺は才がないと言われながらも、唯一まともに振るえる斧を携えて、戦士や冒険者としてギルドに拾ってもらえないかと就活をはじめた。

しかし、莫大な借金を背負っている男を預かるようなギルドがあるはずもなく、俺は個人で受けられる依頼を細々と受けながらも、諦めずに探し歩いた。

「おや、レオルドさん。また仕事探しかい？　精が出るね」

依頼掲示板を眺めていると、話しかけられた。確か、情報を統括する『空を駆ける天馬』のマスター、ジオだ。

「ええ……金が必要なので」

「そうか。ふむ、ずっと真剣なまなざしで依頼をご覧になられていると気になっていたんだ。よければ相談だけでもしていかないかい？」

ジオの厚意に俺は甘えることにした。一人で悩んでも解決の糸口すらも見当たらない。ここは仕事のプロに相談するのも手だ。

俺は、恥ずかしながら——事情を話した。ジオは、俺の浅はかさを笑うことも窘めることもしなかった。ただ、次は気を付けてとだけ言われた。正直、ありがたい。今責められると、心が折れそうだ。

「あまりにも金額が大きすぎるね。普通に仕事をするだけじゃ、とてもじゃないが完済は無理だ」

「そうですよね……」

「あなたに危険な仕事を渡すわけにはいかない。私も依頼を管理するマスターとして命に関わることは慎重にするよ」

そうだ、この真面目で優しい人に、どんなに危険でもいいから払いのいい仕事をくれ、などと言えはしないし、言ってもぴしゃりと断られるだけだ。それに死んだら誰がサラとシャーリーを迎えに行くのだ。

「できるかぎりギルドを紹介しよう。それともう一つ、それなりに金が入ったら情報屋を雇うといい」

「情報屋を？」

「ああ、その借金が正当性のないものだと証明できれば、ありえない金額を払う必要はなくなるからね」

そうか、そういえばそうだ。俺は確かに壺を壊したが、後に騙されて金額が膨れ上がった。その騙されたという証拠さえ掴めれば、あるいは……。

必死に全額返そうとしていた自分が、阿保らしい。最近は王立学校を卒業したのが嘘みたいに、頭が回っていない。疲れているのか、焦燥感《しょうそうかん》からか。

ジオから沢山のギルドの情報をもらい、立ち上がると、

「あ、そうだレオルドさん。そこのギルドメンバー募集の記事も見ていってくれないか。立ち上がったばかりの小さいギルドばかりだから、今のレオルドさんの要望には沿えないかもしれないけどね」

藁《わら》にもすがる思いで、俺はそこに書いてあったギルドの情報もメモした。


そしてたくさんのギルドを何度も何度も訪ねては、断られ、追い払われ。

再び家族と一緒に暮らせるなら、どんな困難も乗り越えてみせる。

そう、強く誓っても現実は甘くない。途方もない望みに、俺は何度も膝を折りたくなった。

俺はどうしてこうも才と運がないのだろう。

努力して、努力して、努力して。手に入れたものも、全部あっという間にこの手から零れ落ちていく。

愛する家族すら守れない、俺はぜんぜん強くなんかない。

『待っています。あなたが迎えに来てくれる日を……いつかまた一緒に笑い合える日を』

妻の泣きそうな笑顔と、娘の泣き疲れた顔が鮮明に蘇る。

――歯を食いしばれ俺。

弱くても、歩き続けろ。諦めるのは、俺が死んだ時だ。

ギルドの情報が事細かに書かれた手帳を握りしめ、俺は歩き続けた。

あとがき

はじめまして、白露雪音と申します。この度は、本書をお手に取っていただき誠にありがとうございます。ネット小説投稿サイトにて趣味で書いて掲載していたものを縁あって本にしていただき、大変貴重な経験をさせていただきました。最初はただ頭の中で描いていた妄想だけの世界でしたが、こうして筆を持って稚拙ながら文章を書きあげ、多くの方に読んでいただけたことをとても嬉しく思います。ネットで読んでくださっている方も、本書をお手に取っていただいた方も、その他この本に関わるすべての方にも感謝を。

この物語は、私の好きな要素をたっぷり入れており商業的需要の要素はあまり入っていないかと思いますが、主人公のシアやギルドメンバーの成長を軸にアットホーム、ハートフルな雰囲気をメインに、人やギルドとして最強を目指し、激戦を繰り広げる。そんな話になっております。

負けたり、泣いたり、修業したり。決して楽ではない道をガンガン進んで、どんどん強くなっていくシア達をお見守りいただけたら幸いです。

イラストレーターICA様による、可愛くてカッコよくて素敵なキャラクター達もぜひご覧ください！　文章で書かれたイメージが絵になると、本当にすごく頭の中に入ってくるので絵の力は凄まじいです。私の画力はシア並みなので羨ましい。いつかルークになりたい。

ちなみに私の小説は、よく猫が登場するのですがそれは私が猫好きだからです。最初は三匹飼っていて、どれも野良ちゃんから引き取ってきた子です。雑種だろうとなんだろうとうちの子が一番可愛い。今は一番年上の子が十三歳で天に召され、他二匹が母に懐いていたことから両親と実家に引き取られ、今年新たに子猫二匹を引き取りました。

可愛すぎて溺愛中です。

しかし、男の子二人だからか前の三匹より滅茶苦茶やんちゃで、テッシュをばら撒き、コップをとし、化粧台の化粧をすべて落下させ、洗面所で大暴れして、台所で悪さｅｔｃ……をするのであらゆる手段を使って対策し、台所にはＤＩＹして入り口を封鎖しました。手のかかる子達だわー（しかし可愛い）。

今日も今日とて、シア達の物語を書く為にＰＣに向かい、子猫二匹に邪魔をされ、私の書いたばかりの文章に『ああああああ』と文字を打っていく可愛い我が猫。お願い、後で遊んであげるから今は邪魔しないでえええぇぇぇ!!

聖女、勇者パーティーから解雇されたのでギルドを作ったらアットホームな最強ギルドに育ちました。

2020年2月1日　第1刷発行

著　者　白露雪音

発行者　本田武市

発行所　TOブックス
〒150-0045
東京都渋谷区神泉町18-8　松濤ハイツ2F
TEL 03-6452-5766(編集)
0120-933-772(営業フリーダイヤル)
FAX 050-3156-0508
ホームページ　http://www.tobooks.jp
メール　info@tobooks.jp

印刷・製本　中央精版印刷株式会社

ISBN978-4-86472-903-1